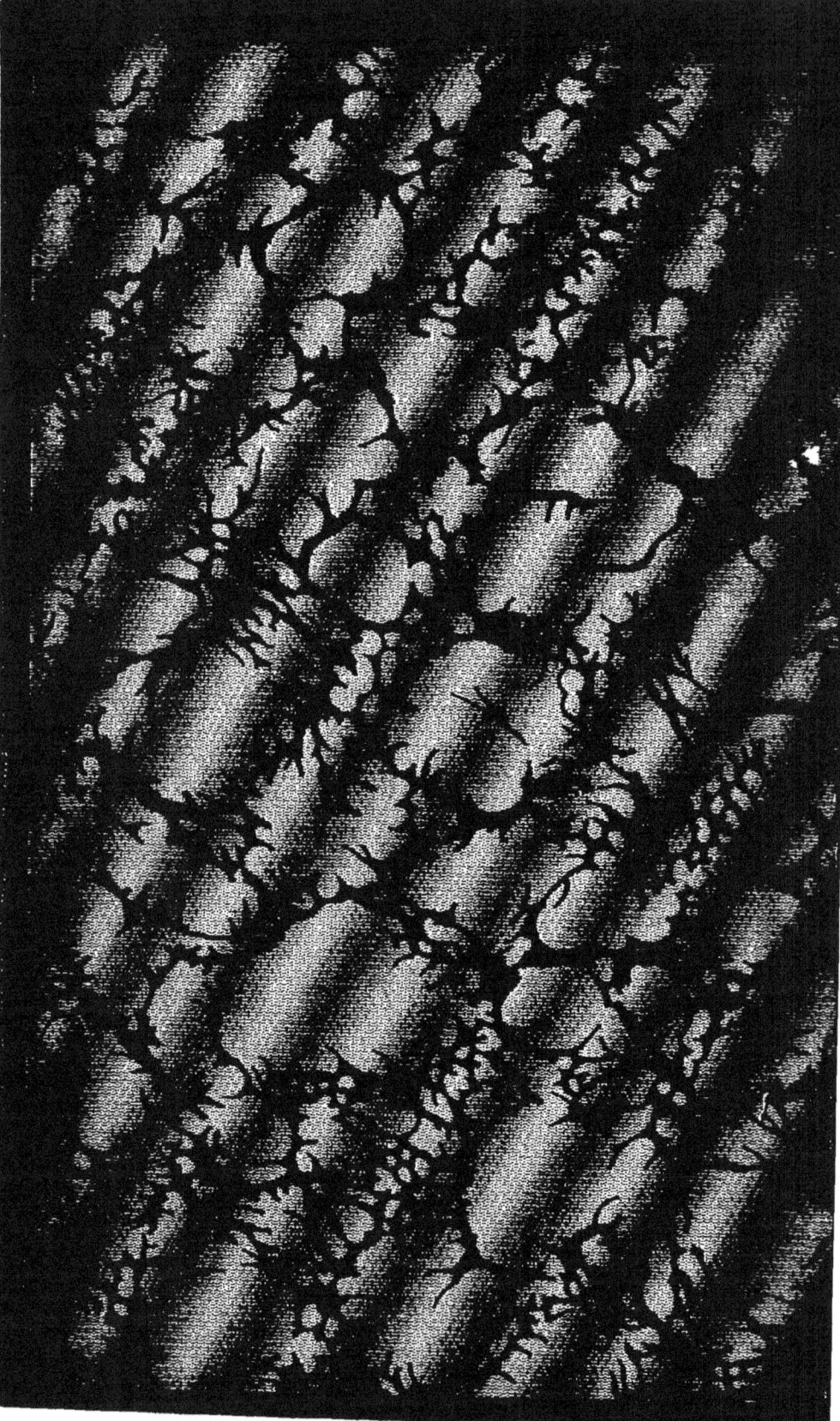

LES  MYSTÈRE

DU

NOUVEAU PARIS

—

TOME DEUXIÈME

PARIS

E. DENTU, EDITEUR

Libraire de la Société des Gens de lettres

PALAIS-ROYAL, 15-17-19, GALERIE D'ORLÉANS

LES MYSTÈRES

DU

NOUVEAU PARIS

———

II

LIBRAIRIE DE E. DENTU, ÉDITEUR

DU MÊME AUTEUR

Les Gredins, 2ᵉ édition, 2 vol. gr. in-18. . . . 6 francs.
Le Chevalier Casse-Cou, 2ᵉ éd., 2 vol. gr. in-18.   6 , —
Les Collets Noirs, 2ᵉ édition, 2 vol. gr. in-18.   6 —
L'As de Cœur, 2ᵉ édition, 2 vol. grand in-18.   6 —
La Tresse Blonde, 3ᵉ édition, 1 vol. gr. in-18.   8 —
Le Coup de pouce, 2ᵉ édition, 1 vol. gr. in-18.   3 —

EN PRÉPARATION :

La Jambe Noire, 2 vol. grand in-18. . . . . 6 francs.

F. AUREAU. — IMPRIMERIE DE LAGNY.

LES
MYSTÈRES

DU

NOUVEAU PARIS

PAR

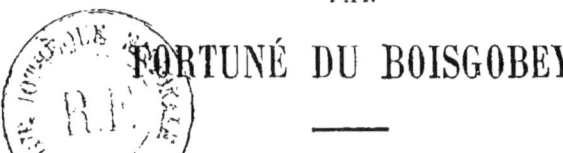

FORTUNÉ DU BOISGOBEY

TOME SECOND

PARIS

E. DENTU, ÉDITEUR

LIBRAIRE DE LA SOCIÉTÉ DES GENS DE LETTRES

PALAIS-ROYAL, 15-17-19, GALERIE D'ORLÉANS

1876

LES

MYSTÈRES DU NOUVEAU PARIS

I

Le lendemain d'un bal ressemble beaucoup au
lendemain d'une bataille.

Ceux qui y ont pris part sont épuisés de fatigue
et le sol est jonché de débris. Le jour éclaire des
visages défaits, des tentures ternies, des siéges
poussiéreux. Des hommes, en habit de travail,
s'emparent des salons qui resplendissaient la veille,
et s'évertuent à balayer les tapis, à remettre les
meubles en place.

On dirait des brancardiers venant ramasser les
morts. C'est l'envers de la fête, comme l'ambulance
est l'envers du combat.

L'hôtel Gondo subissait naturellement la loi qui
régit les divertissements de ce bas monde et, au
grand soleil de midi, dont les rayons entraient par

les fenêtres ouvertes, les appartements de réception avaient l'air d'avoir été mis à sac pendant la nuit.

La salle du souper surtout présentait l'aspect désolé d'un champ de carnage où les bouteilles renversées et les pâtés entamés figuraient assez bien les cadavres et les blessés.

Les maîtres de cette maison superbe et ravagée avaient laissé à un majordome le soin de diriger les ouvriers qui procédaient à la réparation de ce désordre.

C'est bon pour les petites gens de faire d'un bal un événement et de surveiller en personne une demi-douzaine de domestiques maugréant contre la corvée du jour, suite inévitable de la corvée de la nuit.

Chez les Gondo les choses se passaient royalement, et l'hôtel était assez vaste pour que ses habitants pussent ne rien changer à leurs habitudes, quel qu'eût été la veille le nombre de leurs invités.

Le baron était descendu dès le matin dans son cabinet. Le jeune Ernest avait galopé une heure au bois avant d'aller déjeuner chez Tortoni et de là à la Bourse.

La liquidation approchait. Il était fortement engagé à la baisse pour son compte personnel et le marché accusait des tendances à la hausse. La lutte s'annonçait comme devant être chaude. C'est pourquoi il avait éprouvé le besoin de se rafraîchir les idées par une promenade matinale.

La belle Noémi, qui ne spéculait pas encore sur les valeurs, quoiqu'elle fût au courant des cours cotés au parquet tout comme elle savait sur le bout du doigt l'histoire des *dames du lac*, la belle Noémi avait dormi jusqu'à deux heures et s'était levée d'assez méchante humeur pour conférer avec son couturier.

Quant à la baronne, qui s'était couchée en pensant à Savinien, elle commençait à peine à fermer l'œil, que sa fidèle femme de chambre, une Valaque ramenée de Constantinople, était venue la réveiller pour lui remettre une lettre apportée par un homme fort mal vêtu, lequel attendait la réponse au bas de l'escalier de service. Et il fallait que ce billet fût écrit d'un style éloquent, car madame de Gondo, qui faisait toujours chasser impitoyablement les quêteurs à domicile, était descendue en peignoir pour parler au messager déguenillé. Puis, à la suite d'un entretien court, mais animé, avec cet étrange personnage, et d'un colloque non moins bref et non moins vif avec Katinka, sa suivante, elle s'était habillée en toute hâte et avait quitté furtivement l'hôtel où elle n'était revenue qu'à une heure après midi.

Les bureaux de la maison de banque occupaient à côté de l'hôtel un corps de logis séparé, et les employés ne connaissaient les splendeurs de la fête du baron que par les récits enthousiastes des journaux du matin. Les pauvres diables, comme les appelait volontiers leur richissime patron, se contentaient de gagner honnêtement et laborieusement leur vie, et n'avaient par conséquent aucun titre pour figurer à ce bal, où les millions tenaient lieu de certificat de moralité.

Savinien, seul, avait eu le privilége d'être admis dans les salons de la baronne, car le caissier lui-même, le caissier, son chef immédiat, n'avait pas été invité, et il n'était pas probable que l'exception faite en faveur du jeune Brévan lui eût attiré les sympathies de son supérieur, ni celles de ses égaux, encore moins celles de ses inférieurs.

Il avait d'ailleurs pris son service à l'heure accoutumée et son travail ne s'était nullement ressenti des fatigues de la nuit, quoique sa besogne se trouvât doublée ce jour-là.

On touchait à une fin de mois, et le mouvement de fonds devait être considérable dans une maison aussi importante que celle de M. de Gondo.

Savinien, chargé du guichet des payements, s'en tira aussi vaillamment que de coutume, vérifiant les bordereaux d'un coup d'œil et feuilletant d'une main rapide et sûre les liasses de billets de banque qu'il allait puiser à la caisse principale au fur et à mesure des besoins du public, et que le caissier lui remettait par paquets de cent mille entourés d'un fil de soie et subdivisés en paquets épinglés de dix mille.

C'était merveille de le voir manier avec l'adresse et la probité confiante de la jeunesse, des trésors si faciles à perdre et à dérober.

Il se sentait assez sûr de ses doigts et de son honnêteté pour que ces dangereux chiffons ne lui fissent ni peur ni envie.

Plus d'un client du baron, après avoir touché ses fonds, s'en allait en haussant les épaules et en se disant tout bas que confier ainsi des millions à un garçon de vingt-cinq ans, c'était tenter le diable. Car beaucoup de ces capitalistes s'imaginaient que l'honneur croît avec l'âge, comme l'embonpoint. La plupart avait pourtant mille raisons de penser le contraire.

Donc, la journée s'était passée comme d'habitude dans les bureaux du puissant financier, et lui-même, il avait, selon sa coutume, siégé de midi à trois heures devant une table entourée d'une balustrade à hauteur d'appui, dominant de là, comme un capitaine de vaisseau qui commande la manœuvre du haut de son banc de quart, une vaste salle où travaillaient ses chefs de service.

C'était le moment du coup de feu, l'heure de la bataille qui se livre quotidiennement dans le temple grec de la place de la Bourse, et pendant toute la durée de l'engagement, M. de Gondo était à son poste, grave et muet, jetant les yeux sur les bulletins de cours que lui apportaient à tout instant les commis d'agent de change, les congédiant d'un geste ou d'un mot, pressant un bouton électrique ou approchant de ses lèvres un tuyau acoustique pour transmettre un ordre.

Ce n'était plus le joueur de whist du cercle donnant la réplique aux joyeusetés de M. d'Aldrige et souriant paternellement au récit des folies des jeunes. Dans l'exercice de ses fonctions, *grand-papa Vautour* était sérieux et majestueux comme le Veau d'or, que ses ancêtres adorèrent autrefois et qu'ils ne méprisent pas encore.

A trois heures un quart, le baron, toujours comme d'habitude, était rentré dans son cabinet, et, à partir de ce moment, il avait cessé d'être accessible aux subalternes de la grande armée des spéculateurs. Il venait de disparaître comme un général qui se retire sous sa tente après le combat, lorsque M. Ernest, son fils, revint de la Bourse.

L'héritier présomptif du banquier paraissait fort peu satisfait des opérations qu'il y avait faites, à en juger du moins par sa physionomie. Il était pâle, presque défait, et, au lieu de passer par les bureaux comme il le faisait d'ordinaire avant d'aller s'habiller, il monta tout droit à l'appartement particulier de sa sœur.

La belle Noémi avait fini avec son couturier et se disposait à livrer sa magnifique chevelure noire aux mains de sa coiffeuse, quand Ernest tomba chez elle comme un obus.

— As-tu trente mille à me prêter? lui demanda-t-il sans autre préambule.

— Tu te remets donc avec Coralie? dit Noémi répondant à une question par une question.

— Il ne s'agit pas de Coralie; qui est-ce qui te parle de Coralie?

— Je croyais. Avec elle, les raccommodements coûtent cher.

— Au diable les raccommodements et toute la

bicherie. La rente vient de monter de deux francs et, si ça continue, je vais la *gober dans le dur.* Il me manque déjà trente mille pour me liquider. Les as-tu?

— Non. Je viens de payer à Worth une note de huit cents louis. Et, du reste, si je les avais, je ne te les prêterais pas.

— Merci. Tu es bien bonne pour moi. Je te revaudrai ça la première fois que tu viendras me demander de quoi régler une note de modiste que tu n'oseras pas montrer au père.

— Ça m'est égal, car je suis décidée à ne plus rien payer jusqu'à ce que je sois mariée.

— Alors, il faudra que tes fournisseurs aient de la patience, riposta aigrement le jeune Ernest. Tu sais, ça ne prends pas du tout, tes manéges avec le Californien.

— Possible. Il y a d'autres partis qui le valent.

— Qui ça? l'Américain borgne? Oui, parlons-en; il est gentil. Au moins, un beau-frère comme Colorado, ça m'irait.

— Si tu crois que je te consulterai!

— Bon! il est trop vert, le Colorado! S'il avait eu l'air de mordre à l'hameçon, tu aurais été trop contente de pêcher un mari comme celui-là.

— Puisque tu le trouves si bien, dit froidement Noémi, pourquoi ne vas-tu pas lui demander de te prêter les trente mille?

— Ça, grommela Ernest, c'est ce que tu a dis de moins bête depuis que nous causons.

— Alors, vas-y tout de suite, dit Noémi en montrant la porte à son frère. J'ai à m'habiller, et je ne tiens pas à entendre plus longtemps tes propos d'écurie.

— Et moi je n'ai que faire de tes leçons.

— Je t'engage du moins à profiter du conseil que je viens de te donner.

— Oui, il est joli, le conseil, aller emprunter trente mille francs à M. de Colorado qui ne m'a pas parlé dix fois en tout! C'est ça qui me posera bien auprès de lui. Encore s'il avait envie de t'épouser! Entre futurs beaux-frères on peut s'obliger. Mais ça n'en prend pas la tournure.

— Assez de grossièretés, je te prie. Emprunte ou n'emprunte pas à ton Californien, peu m'importe, seulement, je crois que tu n'as rien de mieux à faire..., à moins que tu ne t'adresses à tes bons petits amis du Cercle.

— Allons donc! ils sont tous *pannés*.

— Ou au père, ajouta mademoiselle de Gondo avec un sourire méchant.

— Pas si bête! Il profiterait de ça pour me rogner ma pension. J'aime mieux avoir recours à *Madame veuve Baccarat*, une brave femme qui oblige les malins autour d'un tapis vert, toutes les nuits, de minuit à six heures du matin.

— C'est une idée, dit froidement Noémi. Joue, mon bonhomme. Tu dois avoir de la chance. Coralie et les autres se sont assez moquées de toi, et si le proverbe ne ment pas...

L'héritier du baron n'attendit pas la fin de la

phrase et sortit en repoussant la porte avec violence.

Sa sœur se remit à sa toilette aussi tranquillement que si rien ne s'était passé. Elle était accoutumée à ces petites scènes de famille et ne s'en
inquiétait guère.

Si la concorde eût été bannie de la terre, ce
n'est pas dans l'hôtel de Gondo qu'on l'eût re-
trouvée.

Ernest, de fait, se trouvait dans un grand embarras. Pour la première fois depuis que, suivant ·
son élégante expression, il *tripotait* à la Bourse,
Ernest s'était trompé. Il avait *vu* la baisse, quand
il aurait fallu *voir* la hausse, et de cette erreur de
vision, il résultait une situation assez tendue. En
dépit de son flair, le jeune Gondo allait liquider
en perte et, quand on a contracté la douce habitude de palper au commencement de chaque
mois huit à dix mille francs de différences perdues
par les naïfs, rien n'est plus désagréable que l'obli-
gation imprévue de verser à son tour une somme
ronde, en échange d'un bordereau qui se solde en
perte.

Pour comble de malheur, Ernest n'était pas en
fonds. Il venait de s'offrir une paire de chevaux de
six cents louis ; de plus, pour remplacer Coralie, il
visait aux bonnes grâces d'une chanteuse d'opérette, et les premiers travaux d'approche de ce
siége galant avaient déjà coûté gros. L'opérette est
en vogue et, par conséquent, hors de prix.

Il ne regrettait pas son argent, car il comptait

1.

sur cette nouvelle liaison pour se poser en homme à la mode et s'assurer définitivement une place dans la *haute gomme*. Mais les munitions menaçaient de lui manquer pour parachever cette conquête, et il ne pouvait se résigner à subir une défaite humiliante.

Demander un subside à son père, il n'y songeait même pas. Le baron était à cheval sur les principes, comme il l'avait proclamé bien haut devant Marcel. Il aurait parfaitement laissé *exécuter* son fils à la Bourse, et peut-être même ailleurs, plutôt que de lui avancer un sou en sus de sa pension mensuelle.

Ernest n'avait plus d'autre moyen de se tirer d'affaire que de s'adresser à la *veuve Baccarat*, c'est-à-dire de tenter la fortune au Cercle; mais, pour jouer, il faut des capitaux et il était à sec.

En descendant l'escalier, il se creusait la tête pour trouver une solution à un problème insoluble. L'idée lui vint d'aller vérifier le compte courant que son père lui avait généreusement ouvert sur ses livres.

Le jeune Gondo, quand il gagnait de l'argent n'aimait pas à en perdre l'intérêt. C'est dans le sang. Il versait donc régulièrement à la caisse paternelle le produit de ses spéculations personnelles et puisait à cette même caisse selon ses besoins, mais dans les limites de son crédit. Or, il n'était pas bien sûr d'avoir épuisé ce crédit dans le courant du mois, et il voulait voir s'il ne restait pas quelque argent disponible. Et puis il se disait que, même au cas où le compte serait débiteur, le caissier n'y regarderait pas de trop près et se montrerait peut-être assez coulant avec le futur chef de la maison.

Au lieu d'aller courir après des emprunts dont le succès lui semblait au moins douteux, il entra dans les bureaux et franchit sans difficulté la porte du compartiment réservé au caissier et à ses subordonnés. Là trônait, entre deux énormes coffres-forts, l'homme qui disposait matériellement de la fortune du baron.

Ce gouverneur des espèces métalliques ou soyeuses, ce distributeur de richesses, chargé d'ouvrir à bon escient, le robinet de la fontaine aux louis d'or et aux billets de banque, le caissier en chef était un petit vieillard sec et maigre, dont l'abord n'avait rien d'engageant. Il daigna cependant soulever sa calotte de velours noir quand Ernest vint lui dire, en lui frappant amicalement sur l'épaule :

— Bonjour, papa Gardon. J'ai besoin de quelques sous. Avez-vous là mon compte?

— Excusez-moi, monsieur, dit le bonhomme sans lever les yeux, je suis en train de vérifier un bordereau pressé, et il est trois heures et demie. Veuillez vous adresser à M. Brévan, le sous-caissier, qui est au guichet; il a la feuille des comptes courants et il vous donnera ce qu'il vous faut.

Ernest se garda bien d'insister. Il venait d'apercevoir Savinien et il avait reconnu aussitôt le protégé de M. de Colorado pour l'avoir vu valser avec la baronne, sa belle-mère. Il fit à l'instant même ce raisonnement qu'un employé, nouveau dans la maison, ne devait pas être bien au courant des us financiers que M. de Gondo père imposait à sa propre famille et qu'il n'oserait rien refuser au fils de son patron.

Savinien était justement au plus fort de sa besogne. La caisse fermait à quatre heures et le guichet était assiégé. Ernest vint se placer à sa gauche et lui dit d'un ton protecteur :

— Vous me connaissez, n'est-ce pas, jeune homme ?

— Certainement, monsieur, répondit Savinien avec une politesse nuancée, comme il convenait, de déférence, mais sans interompre un payement qu'il venait de commencer.

— Bon ! alors donnez-moi trente mille francs que vous porterez au débit du compte : Ernest de Gondo.

Le protégé de Marcel acheva de compter la somme que venait toucher un commis d'agent de change, et s'inclina devant le fils du baron en disant :

— A l'instant, monsieur. Le temps seulement de vérifier la feuille.

Et il se mit aussitôt à parcourir d'un œil exercé une longue pancarte affichée à sa droite.

— C'est inutile, dit vivement Ernest, qui croyait déjà tenir ses trois paquets de dix mille.

— Pardon, monsieur, reprit Savinien avec un

certain embarras, mais le compte se solde par dix-sept cents francs au crédit...

— Eh! bien, qu'importe? il se soldera momentanément par vingt-huit mille trois cents francs au débit. Vous n'avez pas à vous inquiéter de cela puisque vous savez qui je suis.

— C'est que... il me faudrait un ordre... et si vous voulez bien prendre la peine de le demander à mon chef...

— Ah! c'est comme ça! dit Ernest en changeant de ton, mais sans élever la voix, car il ne se souciait pas d'attirer l'attention du caissier.

En même temps il se reculait brusquement pour préparer sa retraite, La tentative sur l'inexpérience de Savinien était manquée, ni plus ni moins que celle de *Pain-de-Blanc* sur la caisse de M. de Colorado.

Savinien, un peu troublé, allait s'excuser de son mieux d'exécuter strictement les instructions du baron, quand une voix nasale lui jeta ces mots à travers le guichet :

— J'attends, payez-moi.

Une main osseuse s'allongea et tendit un *chèque*. Le jeune sous-caissier le prit et, pour l'examiner, tourna le dos un instant à M. de Gondo fils qui était resté accoudé sur la tablette intérieure, car il lui en coûtait de s'éloigner de ces paquets épinglés qu'il convoitait si fort.

— Je suis à vous, monsieur, dit Savinien en faisant volte-face, pour prendre à sa gauche une liasse de billets.

Ernest se pencha pour voir le personnage qui réclamait si impérieusement son argent.

— M. Atkins! s'écria-t-il.

En ouvrant aussitôt la porte qui le séparait du public, il se précipita hors du bureau et se mit à saluer respectueusement l'Américain qui se contenta de lui répondre :

— Bonjour, monsieur. Je voulais voir .votre père.

— Mon père va être heureux de vous recevoir, et, si vous le permettez, je vais vous conduire moi-même à son cabinet, dit avec empressement Ernest qui semblait avoir hâte de quitter la place.

— Voici la somme, monsieur, dit Savinien en déposant un à un dix paquets de billets de banque sur la tablette extérieure.

M. Atkins les compta, les fourra dans la poche de son paletot, et, se tournant vers Ernest, reprit de sa voix brève et nasillarde :

— Menez-moi chez le baron.

Le jeune Gondo s'empressa d'obtempérer à cette invitation aussi concise qu'impolie. Il n'était susceptible qu'avec les pauvres.

Il conduisit M. Atkins jusqu'à la porte du cabinet de son père et prit la peine de l'y introduire lui-même. Mais, dès que l'Américain eut franchi le seuil, l'héritier présomptif du banquier gagna prestement la rue, sauta dans une voiture et se fit conduire au cercle où il avait le projet de dîner et même de passer la nuit à tenter la fortune.

Cependant, le baron accueillit le millionnaire

transatlantique avec une cordialité charmante. Il avait fait ample connaissance avec lui au bal, et il appréciait à toute leur valeur son esprit pratique et la façon hardie dont il entendait les affaires. M. Atkins, tout en buvant du champagne à l'eau-de-vie, avait développé devant son hôte le plan de certaines opérations gigantesques autant que neuves, et le baron, doué d'une compréhension fort alerte en ces matières, ne demandait pas mieux que de s'associer aux projets de son client. Ces deux riches natures étaient faites pour se comprendre.

— Que c'est gracieux à vous, cher monsieur, de me venir voir, le lendemain d'un bal où vous avez veillé fort tard ; car j'ai peur d'avoir cette nuit abusé de votre complaisance jusqu'à vous fatiguer.

— Je ne suis jamais fatigué, dit l'Américain.

— Vous êtes comme moi. Ce matin, j'étais au travail à neuf heures. Les affaires avant tout.

— Je n'ai pas d'affaires, moi.

— Sans doute, puisque vous venez à Paris pour vous amuser, pour jouir des plaisirs que cette belle capitale offre aux étrangers. Et j'espère que vous voudrez bien disposer de moi pour vous faciliter les moyens de la connaître. Mon fils Ernest sera trop heureux de vous piloter dans les théâtres, et, si notre monde vous plaît, ma femme et ma fille se feront un plaisir de vous y présenter. Inutile d'ajouter, cher monsieur, que je serai charmé de vous mettre en relations avec toute la haute finance. Mais, j'y pense, vous venez peut-être chercher un renseignement, et j'aurais dû commencer par vous demander en quoi je puis vous être agréable.

— Merci. Je veux acheter un hôtel et je suis venu pour vous prier de m'indiquer...

— Excellente idée ! avec votre situation de fortune, vous ne pouvez pas rester à l'auberge. Je me charge de vous trouver cela et j'en connais précisé-ment un à vendre dans l'avenue des Champs-Élysées.

— Non, je voudrais demeurer dans ce quartier... près de la place de l'Europe.

— Comme votre compatriote, M. de Colorado. Je suis charmé que vous ayez la pensée de vous rapprocher de nous, et j'annoncerai dès ce soir cette bonne nouvelle à la baronne... et à Noémi. Elles seront ravies et vous mettriez le comble à leur joie si vous vouliez bien vous adresser à elles pour meubler et monter votre maison. Ma fille a beaucoup de goût et madame de Gondo s'entend fort bien à organiser une grande existence. Donc, si vous le permettez...

Le banquier n'acheva point sa phrase, car la porte s'ouvrit doucement et le caissier entra dans le cabinet. Savinien le suivait et M. de Gondo, surpris et presque courroucé de cette invasion inso-lite, leur demanda sèchement :

— Qu'y a-t-il donc? Je n'ai pas sonné, que je sache.

— Monsieur le baron, dit le caissier, je ne me

permettrais pas de vous déranger sans motifs. En faisant la caisse, après la fermeture, nous venons de constater une erreur de dix mille francs, au préjudice de la maison. Je viens vous signaler le fait et vous demander ce qu'il faut faire.

— C'est vous, jeune homme, qui étiez de service au guichet? demanda le baron en fronçant le sourcil.

— Oui, monsieur, répondit Savinien d'une voix ferme, et je suis parfaitement sûr de ne pas m'être trompé.

— Personne d'étranger n'est entré?

— Personne, monsieur le baron. Je ne parle pas de M. Ernest qui est venu regarder son compte courant, au moment où M. Atkins touchait un *chèque*.

— Et qui est sorti dès qu'il m'a aperçu, dit l'Américain.

— C'est un paquet de billets qui vous manque?

— Oui, monsieur le baron, et tout me fait supposer que M. Brévan l'aura donné en trop. Nous avons eu dans la journée beaucoup de gros payements.

— Je n'en ai pas fait un seul sans compter deux fois, dit vivement Savinien, et à moins de supposer que j'ai mis les billets dans ma poche...

— Je ne vous accuse pas, mon jeune ami, dit M. de Gondo d'un air tout à fait paternel; je vous demande seulement comment vous expliquez la disparition de cette somme.

— Je ne l'explique pas, monsieur.

— Eh ! bien, moi, je l'explique par une erreur, quoi que vous en disiez. Je sais que vous vous acquittez parfaitement de vos fonctions et j'apprécie beaucoup vos services ; mais croyez-en ma vieille expérience, jeune homme ; nul n'est infaillible, et vous avez dû vous tromper. Dans une maison comme la mienne, ce serait trop beau s'il n'y avait jamais d'erreurs de caisse.

Savinien ouvrait la bouche pour protester encore, mais M. de Gondo lui imposa silence d'un geste amical et dit au caissier :

— Écrivez demain matin à toutes les maisons dont les garçons de recette se sont présentés aujourd'hui. L'argent se retrouvera peut-être. S'il ne se retrouve pas, passez la somme à profits et pertes. Et vous, monsieur Brévan, croyez bien que cette petite mésaventure ne me laissera aucune impression fâcheuse, ajouta noblement le banquier en congédiant d'un signe ses deux employés.

— Alors, lui dit Atkins dès que la porte se fut refermée sur eux, vous êtes sûr que ce garçon n'est pas un voleur.

— On n'est jamais sûr de ces choses-là, répondit en souriant M. de Gondo. Mais j'ai grande confiance en lui, car il m'a été chaudement recommandé par M. de Colorado.

— Par ce Caradoc que vous m'avez présenté hier ?

— Et que vous aviez déjà vu en Californie, je crois. Oui, c'est lui qui m'a prié de le prendre dans mes bureaux.

— Comment s'appelle ce commis?

— Savinien Brévan.

— Caradoc s'intéresse donc bien à lui?

— Énormément. Je ne sais pas trop pourquoi, par exemple ; mais M. de Colorado est un répondant très-solvable, et je n'ai pas la moindre inquiétude. Si, ce que je ne crois pas, ce jeune homme commettait des infidélités dans son service, je suis certain que votre compatriote réparerait le dommage.

— C'est égal, dit l'Américain ; à votre place, moi, je le ferais surveiller.

— La somme n'en vaut vraiment pas la peine, cher monsieur, et je rougirais de mettre la police en campagne pour une pareille misère. Je craindrais aussi de blesser M. de Colorado, s'il venait à savoir que je soupçonne son protégé. Mais parlons de votre aimable projet. Nous allons donc nous occuper de vous trouver un hôtel à proximité du nôtre.

— Oui, interrompit Atkins en se levant subitement. Vous pouvez le payer jusqu'à cent mille dollars. Je n'avais pas autre chose à vous dire. Bonjour.

— Je regrette que vous soyez si pressé, balbutia le baron un peu déconcerté par ce brusque départ, et, si je n'insiste pas pour vous retenir, c'est que je crains d'être importun. Je tiens seulement à vous rappeler que vous devez être des nôtres à la grande battue qui se fera dans mes bois vendredi prochain. Mes gardes m'annoncent une chasse superbe en faisans et en chevreuils.

— Caradoc en sera-t-il?

— Il me l'a promis; mais, si sa présence vous déplaisait, je remettrais la partie au vendredi suivant et je ne renouvellerais pas mon invitation, dit vivement M. de Gondo, qui passait décidément dans le camp d'Atkins, depuis qu'il le croyait disposé à épouser Noémi un jour ou l'autre.

Il rêvait même déjà de la lui donner sans dot.

— Non, non, invitez-le, au contraire, répondit l'Américain avec un singulier empressement. Je tiens beaucoup à chasser avec M. Caradoc.

Et, sans écouter les protestations du baron, il sortit du cabinet, descendit l'escalier a grandes enjambées, grimpa dans son coupé et se fit conduire chez la gracieuse personne qu'il honorait de sa protection.

Mademoiselle Valentine, dite depuis quelque temps *Galantine*, figurait dans un petit théâtre et ne roulait pas précisément sur l'or quand elle avait eu le bonheur de *donner dans l'œil* à M. Atkins de Mariposa, selon l'élégante expression des cocodès, qui ne rencontraient pas toujours si juste. *Donner dans l'œil* était bien le mot, puisque l'ennemi de Marcel n'en avait qu'un.

Elle n'avait pas encore eu le temps d'extraire de fortes sommes de son Américain, et elle occupait, en attendant mieux, un fort bel appartement meublé, où elle avait chaque jour le déplaisir de recevoir, vers cinq heures, l'affreux millionnaire qu'elle exploitait.

Quand on a chanté le couplet de l'*artichaut* dans le *tableau des légumes*, on a tous les courages.

Atkins, ce jour-là, fit, chez sa belle, une entrée à la tartare, et, comme elle avait bien quelques peccadilles à se reprocher, elle crut d'abord qu'il venait lui signifier son congé ; mais, au moment où elle ouvrait la bouche pour se justifier, il lui dit, dans le style télégraphique auquel il l'avait accoutumée :

— Taisez-vous. Écoutez-moi. Je viens vous donner une... une mission.

Atkins avait un peu hésité sur le dernier mot, mais il n'en avait prononcé que onze en tout. Ses plus longues phrases ne dépassaient jamais les dimensions d'une dépêche ordinaire.

Il manqua, du reste, une belle occasion de connaître les fredaines de sa belle, car pour peu qu'il eût tardé à s'expliquer, *Galantine,* effrayée par son air de protecteur courroucé, aurait fait incontinent la part du feu en lui avouant des traits qu'il ne soupçonnait guère. Mais Atkins n'ayant jamais lu les *Fourberies de Scapin*, ne connaissait pas le procédé mis en scène par Molière, et ne profita point de l'émoi que ses façons menaçantes causaient à la dame pour en tirer une confession complète.

Il avait pour le moment bien autre chose en tête.

— Une mission, William ! répéta tendrement

Galantine. Vous voulez me charger d'une mission ?

— Oui, pressée.

— Et c'est pour cela que vous me faites des yeux furieux !

Le pluriel était de trop, et la donzelle, en se rappelant tout à coup que son Américain était borgne, faillit éclater de rire au plus fort de ses protestations. Elle se contint pourtant et reprit chaleureusement :

— C'est pour cela que vous oubliez de m'embrasser en entrant ! Oh ! William ! c'est mal ! c'est bien mal !

— Écoutez-moi, je vous l'ai déjà dit.

— Une mission ! mais je suis prête à la remplir, fût-elle pénible, périlleuse même. Ne savez-vous pas que je vous appartiens, que je suis votre esclave, votre chose... et que je m'estimerais trop heureuse de me dévouer pour vous !

Avant d'échouer sur les planches du petit théâtre où on représentait le *tableau des légumes*, *Galantine* avait joué le drame en province.

— J'ai dit aussi : taisez-vous !

— Parlez, mon William ! cette mission, quelle est-elle ?

— Je vous charge de me trouver un... *Tricoche.*

— Comment ? qu'est-ce que c'est ?

— Un homme comme il y en a un dans la pièce où je vous ai menée.

— A quel théâtre ?

— Celui où on entre par une galerie près d'un jardin.

— Le Palais-Royal ?

— Oui.

— Ah ! bon, j'y suis ! on jouait *Tricoche et Cacolet*... même que Coralie était dans l'avant-scène en face et qu'elle avait de rudes cristaux aux oreilles... et moi des turquoises de quatre sous... J'en rougissais pour vous, William.

— Encore une fois, taisez-vous.

— Je me tais, mon ami, mais au nom du ciel, expliquez-vous. Qu'attendez-vous de moi ?

— Que vous m'indiquiez un *Tricoche*.

— Un *Tricoche* ? Vous voulez dire un homme d'affaires.

— Oui.

— Pardonnez-moi une question. De quel genre d'affaires s'agit-il ? Est-ce que vous avez besoin d'argent ? demanda *Galantine* un peu inquiète.

Avec quelle célérité elle eût mis à la porte son William, s'il se fût avisé de lui confier qu'il éprouvait des embarras pécuniaires.

Heureusement, l'Américain répondit :

— Non ; au contraire, j'en donnerai.

— Oh ! alors, ça ira tout seul. Mais que faudra-t-il qu'il fasse, le *Tricoche* déjà nommé ?

— Il faudra qu'il suive quelqu'un.

— Une femme ?

— Vous êtes une sotte. Je ne fais pas suivre les femmes. Ce sont elles qui me suivent.

— Ça, c'est vrai, dit humblement *Galantine*.

La drôlesse pensait :

— Elles courent après tes dollars, vilain **borgne** !

Mais elle avait appris de bonne heure l'art de déguiser sa pensée.

— Alors, c'est un homme qu'il s'agit d'espionner ? reprit-elle.

— Oui, d'espionner. C'est le mot que je cherchais.

— Très-bien. Je vous trouverai ce qu'il vous faut.

— Quand ?

Galantine réfléchit un instant et dit :

— Peut-être dès ce soir.

— Vous connaissez donc un *Tricoche* ?

— Fi ! William, pour qui me prenez-vous ? Moi, connaître un drôle de cette espèce, jamais ! Je me respecte trop pour cela, croyez-le bien, mon ami. Mais j'ai là, dans ma chambre, une brave femme qui me montrait des soieries quand vous êtes arrivé comme un ouragan. Elle doit avoir ça dans ses relations. Voulez-vous la voir ?

— Oui. Vite.

Galantine ne se fit pas répéter deux fois la permission d'introduire la marchande à la toilette, qu'elle avait fait venir tout exprès pour lui acheter à crédit des robes, des bijoux et autres objets de première nécessité. La belle en était encore à ses premiers débuts dans la haute *bicherie ;* son rôle de l'*Artichaut,* qui lui avait valu la conquête d'Atkins, ne lui avait pas donné des rentes, et elle éprouvait le plus vif besoin de remonter sa garde-robe. Elle espérait même que la vue des marchandises allait décider ledit Atkins à lui faire quelques cadeaux en nature.

— Madame Alexis ! arrivez un peu ici, dit-elle
en ouvrant une porte qui donnait dans la pièce
voisine. Monsieur veut vous parler.

Madame Alexis parut aussitôt chargée d'un gros
ballot d'étoffes, de deux cartons et d'une demi-
douzaine d'écrins, la madame Alexis de Coralie
ou, pour mieux dire, de toutes ces dames, car la
revendeuse de la rue Albouy était fort répandue
dans le monde de la galanterie.

— Salut, monsieur, madame, dit-elle sans aucun
embarras. Monsieur veut peut-être voir des bra-
celets ou des boucles d'oreilles. J'ai là aussi une
broche, perle et rubis, qui irait divinement bien
à madame. J'ai vendu l'autre jour la pareille à
madame Félicie des Variétés, et si monsieur la
trouve à son goût, je pourrais...

— Assez ! je n'ai que faire de vos brimborions,
interrompit l'Américain.

— Brimborions ! répéta madame Alexis, scan-
dalisée d'entendre traiter ainsi sa bijouterie.

— Monsieur aurait envie de connaître quelqu'un
qui se chargerait de surveiller un individu, dit
Galantine.

— Surveiller ! faire de la police ! merci ! je ne
tiens pas cet article-là, s'écria la brocanteuse.

.— Je paierai beaucoup, dit froidement Atkins.

— Je sais bien que vous ne travaillez pas dans
ce genre-là, ma bonne madame Alexis, appuya la
demoiselle, mais, pour obliger monsieur, vous
pouvez bien lui indiquer un garçon de confiance.
Tenez ! votre neveu, par exemple... celui que j'ai

connu dans le temps figurant aux Folies-Marigny.

— Arthur ! un chenapan ! un propre à rien ! ah ! il n'y a pas de danger que je le recommande. Si je me mêlais de fournir quelqu'un à monsieur, je voudrais pouvoir en répondre comme de moi. Et d'abord, sans vous commander, qui *c'est-il* que vous voulez mettre en surveillance ?

— Un jeune homme, nommé Savinien Brévan, caissier chez M. de Gondo, banquier, boulevard Malesherbes, répondit nettement l'Américain.

— Savinien Brévan ! un grand brun, joli garçon... mais je le connais. Il vient tous les dimanches dans ma maison, voir une petite ouvrière de rien du tout, une mijaurée qui fait des fleurs artificielles, et il lui a promis de l'épouser. Une jolie connaissance qu'il a faite là ! La coquine reçoit, les jours de semaine, un monsieur cossu... un Américain qui *reste* place de l'Europe et qui a un nom espagnol.

— Colorado ?

— Justement. Monsieur est de ses amis ?

— Taisez-vous. Écoutez-moi. Je vous donne cent dollars par mois si vous faites ce que je vais vous commander.

— Cent dollars, ça fait ?

— Cinq cents francs, dit *Galantine* qui, malgré sa jeunesse, connaissait déjà la valeur de toutes les monnaies des deux mondes.

— Ça me va. Que désire monsieur ?

— Vous viendrez tous les jours ici à cinq heures

et vous me direz si le jeune Français est venu chez l'ouvrière ou bien si elle a reçu l'Américain.

— C'est facile. Monsieur paye d'avance ?

— Oui, dit Atkins en tirant un billet de mille francs. Voici pour les deux premiers mois. Mais ce n'est pas tout.

— Oh ! à ce prix-là, milord peut *y aller gaiement*. Qu'est-ce qu'il y a encore pour le service de milord ?

— Je vous le dirai plus tard. Il suffit que vous soyez toujours prête à exécuter mes ordres.

— Milord peut compter sur moi, si milord ne me commande pas quelque chose de trop canaille.

— Si c'est trop canaille, je payerai triple.

— Impossible de rien refuser à milord. Milord a des façons de s'exprimer...

— Alors, vous acceptez ?

— J'accepte.

— C'est bien. Sortez.

— Milord ne veut pas voir la broche perles et rubis ?

— Sortez ! répéta M. Atkins d'un ton qui n'admettait pas la réplique.

Madame Alexis ramassa lestement ses paquets et s'éclipsa, laissant *Galantine* stupéfaite et William très-satisfait.

— En attendant que je trouve l'occasion de me défaire de Caradoc, pensait le Yankee en allumant un cigare, je vais toujours faire du mal à son protégé. Je m'occuperai ensuite du Canadien qui m'a crevé l'œil.

II

Le dimanche qui suivit le bal de M. de Gondo, Savinien eut congé.

Le mois était fini, l'année aussi, et le jeune sous-caissier, débarrassé de ses travaux de surcroît et de ses devoirs du jour de l'an, put jouir enfin de quelques heures de liberté. On croira sans peine qu'il en profita pour courir chez Cécile, et que, ce matin-là, quoique le soleil ne brillât guère, la mansarde fût en fête.

L'ouvrière s'était habillée dès l'aurore, et elle était revenue depuis longtemps du cimetière, quand Savinien vint frapper à sa porte. Que se dirent-ils? Ce que se disent les amoureux quand ils se revoient après une absence, tout et rien, des mots dénués de sens qu'ils comprennent à merveille, des phrases naïves qui feraient sourire les indifférents et qui leur vont tout droit au cœur.

Les réponses devançaient les questions, les exclamations de joie s'entrecroisaient, et les récits s'enchevêtraient si bien, qu'ils ne finissaient pas. A vrai dire, leur conversation ressemblait beaucoup au gazouillement des oiseaux qui venaient manger le grain semé par Cécile dans le jardin suspendu de sa gouttière. Mais ils ne s'entendaient pas moins bien pour cela et ils se passaient parfaitement d'interprète.

Du reste, ils n'avaient que peu de temps à consacrer aux épanchements et aux confidences, car on les attendait. M. de Colorado les avait invités à déjeuner pour midi, et il y a loin de la rue Albouy à la place de l'Europe.

Marcel, après les poignantes émotions que lui avait causées la disparition de Dominique, voulait jouir du bonheur de ces enfants qu'il aimait Avant de poursuivre sa chasse aux coquins, avant d'ouvrir la campagne contre Atkins, il voulait goûter en paix la joie d'avoir fait des heureux.

Depuis sa visite au *dépôt*, il était sans nouvelles de M. Chambras, mais il en attendait d'un jour à l'autre, et il se tenait prêt à l'accompagner à sa première réquisition. Aussi avait-il saisi avec empressement l'occasion du dimanche pour passer quelques heures avec ses jeunes amis.

Il attachait d'autant plus de prix à leur visite, qu'il ne pouvait guère les voir ailleurs que chez lui. La rencontre de madame Alexis dans l'escalier de Cécile l'avait mis sur ses gardes, et il pensait

2.

que, dans l'intérêt de la réputation de l'ouvrière, mieux valait qu'il s'abstînt d'y retourner.

Une nouvelle apparition dans la pauvre maison de la rue Albouy aurait pu exposer la chère enfant aux commérages malveillants de ses voisines. La revendeuse et ses pareilles n'admettent pas qu'un homme du monde puisse grimper, pour des motifs innocents, les six étages d'une fleuriste.

Quant à Savinien, il était presque aussi difficile à rencontrer que sa fiancée. Depuis qu'il était entré en fonctions chez le banquier du boulevard Malesherbes, le courageux garçon travaillait seize heures par jour, et, quand il sortait de son bureau, il était épuisé de fatigue.

M. de Colorado n'avait pas eu le courage de lui demander de prendre sur son sommeil pour lui consacrer quelques moments. Rien ne l'empêchait, il est vrai, de l'aller voir à son guichet dans la journée ; mais, outre que le lieu eût été mal choisi pour la causerie, Marcel, à la suite du bal qui avait failli être si funeste à son ami Dominique, Marcel se souciait médiocrement de retourner à l'hôtel de Gondo.

Le baron lui inspirait, sans qu'il pût s'expliquer pourquoi, une certaine répulsion ; les airs triomphants de la baronne l'ennuyaient, les agaceries de Noémi l'effarouchaient, et les épigrammes qu'elle se permettait de lancer contre la famille Dortis lui étaient insupportables.

Il se proposait de réduire ses relations avec cette opulente famille à de rares visites de politesse, sans rompre pour cela avec le baron, qu'il tenait à ménager à cause de Savinien. C'était même uniquement pour ne pas nuire à son jeune protégé qu'il avait cru devoir accepter une invitation aux grandes chasses du banquier.

Il continuait d'ailleurs à le voir au cercle à peu près tous les soirs, et, la veille encore, il lui avait promis de prendre part au prochain massacre de faisans et de chevreuils qu'il offrait, le vendredi suivant, à ses clients de distinction.

Mais ce dimanche qui commençait, Marcel se l'était réservé, et il se faisait une fête de le consacrer tout entier à ses chers fiancés. Aussi fut-il désagréablement surpris quand, un peu avant midi, le valet de chambre, successeur de Philippe, vint lui demander s'il voulait recevoir M. Ernest de Gondo.

Le Californien avait bonne envie de fermer sa porte à l'héritier du baron, mais il pensa qu'il venait pour affaires et que la conversation ne serait pas longue. En conséquence, il se décida à lui donner audience. Il était écrit que, même ce jour-là, il n'échapperait pas aux Gondo.

Le jeune Ernest se présenta d'un air assez piteux et s'embrouilla d'abord dans des phrases dénuées de sens; puis, comme Marcel le ramenait à la question, il finit, après de longues circonlocutions, par accoucher d'une demande d'emprunt de quarante mille francs, ou plutôt de deux mille louis, car, en dehors des affaires, il ne parlait jamais que par louis.

La *veuve Baccarat* ne lui avait sans doute pas donné ce qu'il espérait, et l'heure du payement des différences avait sonné au cadran de la Bourse.

Il essaya d'ailleurs d'inventer une histoire pour justifier sa requête; mais Marcel, en véritable *gentleman*, ne le laissa point achever. Il lui dit qu'il n'avait pas besoin d'explications pour l'obliger, et il lui remit la somme avec une bonne grâce parfaite.

Au fond, il n'était pas fâché que le fils du patron de Savinien lui dût quelque reconnaissance.

Ernest n'épargna ni les remercîments, ni les protestations de dévouement. Son père ne l'avait point habitué à ces façons généreuses et discrètes; il ne rendait service qu'à bon escient et contre signature, ce grand financier, et il n'aurait pas prêté cent francs sans en demander un reçu. Aussi, en quittant M. de Colorado, le frère de Noémi épuisat-il tout le vocabulaire des emprunteurs satisfaits, et il en était encore à exprimer sa gratitude en termes chaleureux, lorsqu'il croisa sur l'escalier Savinien et Cecile.

Marcel, qui l'avait reconduit jusque-là, accueillit cordialement le jeune couple et ne remarqua point que M. Ernest, en apercevant le sous-caissier du baron, abrégea ses adieux et prit congé un peu brusquement, non pas toutefois sans adresser à Savinien un salut familier, mais protecteur.

M. de Colorado ne chercha point à le retenir et fit entrer au salon ses jeunes invités.

Cécile était charmante dans sa modeste toilette

les dimanches, et la joie qui brillait sur son visage
'avait presque transfigurée. Ce n'était plus la pâle
:t timide ouvrière que le Californien avait rencon-
rée, un triste jour d'hiver, glacée par la bise et
:ourbée sous le poids de la misère. Ses joues
waient repris les fraîches couleurs de la jeunesse,
:es yeux rayonnaient, sa bouche souriait.

Le bonheur avait passé par là, le bonheur qui
:end la beauté aux pauvres filles étiolées par le
:ravail, comme le soleil redresse les fleurs abattues
:ar l'orage.

Savinien, lui aussi, avait changé à son avan-
:age. Ses traits réguliers s'étaient animés d'une ex-
:ression plus douce ; sa physionomie un peu
:roide s'était détendue. Il n'avait plus cet air de
:erté ombrageuse qu'il portait sur son visage lors
:e sa première entrevue avec M. de Colorado, l'air
:u jeune homme qui lutte courageusement contre
:a mauvaise fortune et qui craint, par-dessus tout,
:u'on ne veuille l'humilier en lui reprochant son
:digence.

La lutte était finie, il le croyait du moins ; son
:œur s'ouvrait à l'espoir, et il redevenait ce qu'il
:tait aux jours heureux de son adolescence, un
:eau, brave et franc garçon, joyeux de vivre, heu-
:eux d'aimer et d'être aimé.

Marcel les regardait tous deux avec attendrisse-
:ent et remerciait Dieu qui lui avait permis de
:écompenser de si touchantes vertus. Peut-être se
:êlait-il à son émotion un peu de tristesse ; comme
:avinien, il avait lutté, il avait souffert, et si la

richesse lui était venue, elle ne lui avait pas donné
ces joies du cœur qui surpassent tous les biens de
ce monde. Mais il ne le leur fit pas voir, et il les
reçut avec une simplicité si affectueuse, que Cécile, un peu éblouie d'abord par des splendeurs
auxquelles sa mansarde ne l'avait point accoutumée, Cécile elle-même se remit bien vite de son
trouble.

Savinien n'éprouvait point cet embarras, qui
n'est souvent qu'une fausse honte, c'est-à-dire
de l'envie dissimulée, et il lui semblait que Marcel avait été son ami toute sa vie. Entre deux
hommes qui s'aiment et qui s'estiment, il s'éta-
blit tout de suite un courant sympathique plus
fort que toutes les hiérarchies sociales. D'ailleurs
Dominique vint se mettre de la partie, et sa ron-
deur canadienne acheva de mettre à l'aise les chers
amoureux.

Il n'avait jamais vu Savinien, et s'il avait déjà
aperçu Cécile au cimetière, elle ne le connaissait
pas du tout. Il fallut donc procéder à des présen-
tations en règle ; mais ce fut tôt fait, car Dominique
les interrompit en donnant à Savinien une poignée
de main qui faillit lui briser les os, et à Cécile un
baiser retentissant sur chacune de ses joues.

Une matinée si bien commencée promettait de
finir heureusement ; mais, dans cette vie, il faut
toujours compter sur l'imprévu. L'imprévu, ce
jour-là, ce fut l'entrée du valet de chambre de M. de
Colorado qui s'approcha de son maître et lui parla
à l'oreille.

Son prédécesseur, ce domestique si bien stylé, qui pour le moment méditait à Mazas sur l'instabilité des prospérités humaines, le correct Philippe, de son vrai nom Touillard, Pierre-Marie, ne se serait jamais permis une pareille énormité. Et de fait, il fallait qu'il se passât quelque chose de grave et d'insolite pour que ce serviteur qui n'était pas novice s'avisât de parler de si près à son maître.

Dominique cependant ne comprit pas ainsi la situation, car il s'écria :

— Mes enfants, on vient annoncer que le déjeuner est prêt. Si vous m'en croyez, nous ne le laisseserons pas refroidir. Moi, d'abord, je meurs de faim. Viens-tu, Marcel ?

Mais Marcel, au lieu de répondre à cette invitation, dit à son valet de chambre :

— Vous n'avez pas demandé le nom de cette personne ?

— Pardonnez-moi, monsieur, mais elle m'a répété qu'elle venait de la part de madame Pouliguen et elle a ajouté que monsieur comprendrait bien le motif de sa visite.

M. de Colorado semblait soucieux et même un peu troublé. Il n'était pas difficile de deviner que cet incident le contrariait vivement et qu'il hésitait à quitter ses chers protégés pour recevoir une inconnue. Mais, d'autre part, il pressentait que, si madame Pouliguen lui envoyait un message en toute hâte, c'est qu'elle courait quelque danger, et il se rappelait qu'au bal il lui avait promis de ne pas l'abandonner, en cas de malheur. Et puis il pensait aussi à Claire, à la pure jeune fille que menaçaient peut-être les malheurs attirés dans la paisible maison du quai de Valmy par la conduite d'une sœur imprudente.

— Faites entrer dans le petit salon, dit-il après un court silence. Excusez-moi, mes amis, ajouta-t-il ; je suis obligé de vous quitter, mais ce ne sera pas long.

— N'oublie pas qu'il est midi passé, lui cria Dominique, et qu'à l'âge de mademoiselle Cécile on a bon appétit.

Ces phrases s'échangeaient dans le salon qui précédait la salle à manger, un immense salon séparé par une portière en tapisserie d'un réduit capitonné où M. de Colorado donnait volontiers ses audiences. C'était là qu'il avait reçu tout à l'heure le fils du baron ; ce fut là aussi qu'il alla rejoindre la messagère qu'on venait de lui annoncer et qui l'y attendait, car le valet de chambre s'était empressé de l'introduire par une porte donnant directement sur le vestibule.

A sa très-grande surprise, Marcel vit une femme voilée, mais voilée de telle sorte qu'il était impossible de distinguer ses traits. Cependant, à sa taille, il put juger qu'elle était jeune, et il fut frappé d'une ressemblance de tournure qui lui causa une émotion indicible.

Il fit un pas vers l'inconnue et il allait l'interroger lorsqu'elle rejeta brusquement son voile.

— Claire ! s'écria-t-il en reconnaissant la fille de

madame Dortis, celle dont le souvenir vivait dans son cœur depuis leur première entrevue.

Et, pour réparer l'inconvenance de cette appellation familière que lui avait arrachée l'étonnement, il ajouta aussitôt :

— Vous ici, mademoiselle !

La pauvre enfant pâlit, chancela et s'affaissa sur elle-même.

Marcel la reçut dans ses bras et la porta sur un divan en criant :

— A moi, mes amis !

Dominique et Savinien s'élancèrent à la fois, et il serait difficile de décrire la stupéfaction dans laquelle les jeta le spectacle qui s'offrit à leurs yeux : Marcel à genoux devant une jeune fille évanouie et s'efforçant de la ranimer en pressant ses mains dans les siennes.

Au lieu de lui venir en aide, ils restèrent pétrifiés ; mais Cécile fut mieux avisée. Elle courut à un flacon placé sur une console pour les besoins du Canadien qui ne détestait pas la vieille eau-de-vie, versa quelques gouttes de la liqueur alcoolique dans son mouchoir et revint en imbiber les tempes de Claire.

L'effet de cette médication improvisée ne se fit point attendre. Mademoiselle Dortis revint à elle et murmura ces mots entrecoupés :

— Au nom du ciel, monsieur, venez !... venez vite... C'est Clotilde, c'est ma sœur qui m'envoie...

Elle en avait dit assez pour que Marcel comprit tout.

— Dominique, cria-t-il, cours dire à François d'atteler sur-le-champ mon meilleur cheval. Je n'ai pas une minute à perdre.

Et il ajouta tout bas :

— Il s'agit de sauver la vie à une femme.

— Sois tranquille, répondit le Canadien. M. Savinien et moi nous allons aider ton cocher. Dans cinq minutes, tout sera prêt.

Et il se précipita hors du salon, entraînant le jeune Brévan, qui, de tout cette scène, ne comprenait qu'une chose, c'était qu'il pouvait rendre service à son bienfaiteur en accélérant les préparatifs du départ.

— Vous avez entendu, mademoiselle, dit Marcel ; je viens de donner des ordres et je vais me rendre en toute hâte près de madame votre sœur.

— Merci, monsieur, merci de tout mon cœur, murmura la jeune fille, qui avait tout à fait repris connaissance, grâce aux soins intelligents de Cécile, qu'elle récompensa par un affectueux serrement de main.

— Que se passe-t-il donc ? demanda M. de Colorado d'une voix émue.

— Hélas ! je ne sais rien... je sais seulement que Clotilde a besoin de vous ; son mari est arrivé ce matin... nous étions dans la joie... mais lui, il avait l'air sombre... c'est à peine s'il m'a laissé le temps de l'embrasser... et puis il s'est enfermé avec ma sœur... j'ai entendu des éclats de voix, des pleurs... j'étais plus morte que vive... enfin mon beau-frère est sorti... il allait dans le jardin...

parler à Tolbiac, cet ancien contre-maître qui...

— Oui, oui, je sais. Et c'est alors que madame Pouliguen...

— Clotilde est venue dans ma chambre... elle était pâle... tremblante... elle m'a dit : Claire, je n'espère plus qu'en toi... cours à la grille... elle est ouverte... les domestiques ne te verront pas... il y a des voitures sur le quai... fais-toi conduire chez M. de Colorado, place de l'Europe... dis-lui que je lui rappelle sa promesse... que je l'attends et que s'il tarde...

— Eh! bien ?

— Clotilde a dit : S'il tarde, je suis perdue, murmura Claire en sanglottant.

Marcel respira. Il avait craint un instant que la pauvre enfant n'eût compris l'horrible situation de sa sœur, et son cœur se serrait à la pensée qu'une confidence imprudente avait pu ternir cette âme pure qui ne soupçonnait pas encore le mal. Grâce à Dieu, la femme coupable avait respecté l'innocence de Claire, et en réclamant d'elle une démarche compromettante, elle ne s'était point expliquée sur les causes du péril qui l'obligeait à adresser à M. de Colorado un appel désespéré. Et Claire n'avait point hésité à partir, à surmonter sa timidité, sa frayeur, toutes ses délicatesses de jeune fille, pour venir implorer un étranger, un homme qu'elle connaissait à peine.

Marcel était fier de lui inspirer tant de confiance et plus touché assurément de sa généreuse conduite que du malheur de madame Pouliguen.

— Mademoiselle, dit-il avec chaleur, je vais partir et j'arriverai à temps pour rendre à madame votre sœur le service qu'elle attend de moi. Soyez donc sans inquiétude de ce côté. Mais il importe que votre absence ne soit pas remarquée, pardonnez-moi de vous le rappeler et de vous adresser une question : Madame Dortis est-elle informée de ce qui se passe ?

— Non, monsieur, répondit Claire ; ma mère ne sait rien, elle n'a rien vu... elle est très-souffrante... elle garde le lit depuis deux jours et, le médecin ayant recommandé de lui éviter toute émotion, nous ne lui avons pas même appris l'arrivée de mon beau-frère... elle reposait quand je suis partie et j'espère que je serai à son chevet quand elle se réveillera...

C'est la première fois de ma vie que je sors sans elle, ajouta tristement la jeune fille.

— Et votre frère non plus, n'était pas là ? demanda Marcel.

Claire rougit et ses yeux se remplirent de larmes.

— Non, murmura-t-elle. Je ne l'ai pas vu depuis que notre mère... depuis avant-hier.

— Son absence simplifiera encore l'exécution du projet que je vais vous soumettre, mademoiselle, et que je vous supplie d'adopter. Il faut que tout le monde ignore que vous êtes venue ici. Je ne puis donc pas vous emmener dans ma voiture, et peut-être ne serait-il pas convenable qu'on vous vît rentrer seule.

Marcel, en disant cela, regardait Cécile, qui comprit à merveille :

— J'accompagnerai mademoiselle, si elle me le permet, dit aussitôt la fiancée de Savinien.

— Oh ! je serai trop heureuse que vous ne me quittiez pas, s'écria Claire.

— La voiture est attelée, annonça Dominique en soulevant la portière.

Cécile courut à Savinien et lui dit quelques mots qu'il approuva sans doute, car elle le quitta bien vite pour s'emparer du bras de Claire.

— Vous partez donc tous, s'écria le Canadien, qui voyait les deux jeunes filles gagner aussi la porte que Marcel venait de franchir en toute hâte. Par sainte Anne de Québec, je veux être scalpé si j'y comprends rien. Mais, du moins, vous restez, vous, mon jeune ami. Allons déjeuner. Vous devez avoir faim, que diable !

— Non, murmura tristement Savinien en suivant des yeux Cécile, qui emportait avec elle toute la joie de cette journée si impatiemment attendue.

Le fiacre qui avait amené Claire attendait à la porte de l'hôtel. Marcel l'aida à y monter et Cécile y prit place à côté d'elle. Il referma la portière en leur jetant pour adieu quelques paroles d'encouragement et il s'élança dans son coupé en disant à son cocher :

— Quai de Valmy, à l'hôtel où vous m'avez mené l'autre jour. Il faut que j'y sois dans un quart d'heure. Crevez le cheval, s'il le faut.

Le fouet siffla aux oreilles du pur-sang et le noble animal partit comme une flèche, pendant que la voiture de place qui portait les deux jeunes filles s'ébranlait lourdement.

Il était évident qu'elle allait mettre plus de temps à faire le trajet de la place de l'Europe au canal Saint-Martin qu'il n'en fallait à M. de Colorado pour dénouer la situation. Mais, ce dénouement, rien ne prouvait qu'il ne serait pas tragique.

Marcel en savait assez pour deviner ce qui se passait chez madame Dortis. En arrivant à Brest, le commandant avait dû y trouver une lettre de Tolbiac où cet ignoble drôle lui dénonçait la conduite de Clotilde. M. Pouliguen était parti sur-le-champ et venait de tomber comme la foudre dans la paisible habitation du quai. Là, l'explication conjugale avait dû commencer immédiatement, puisque l'impétueux marin n'avait pas même pris le temps de saluer sa belle-mère malade.

Cette explication ne pouvait être que fort orageuse, mais elle paraissait avoir eu plusieurs phases, car madame Pouliguen avait pu échanger quelques mots avec Claire, pendant que son mari était allé rejoindre au jardin l'abominable contre-maître, probablement pour lui demander des preuves ou pour faire contrôler par lui les justifications produites par la coupable.

Où en était à l'heure présente ce terrible tête-à-tête entre le mari et la femme? Marcel se le demandait avec une anxiété bien naturelle, car il connaissait à fond le caractère du commandant.

M. Pouliguen était Breton et doué en cette qualité d'une volonté de fer. Une résolution prise par
lui était une résolution inébranlable, et il l'exécu-
tait à quelque prix que ce fût. On l'avait vu une
fois dans les mers de Chine, par une épouvantable
tempête et au risque de jeter sa frégate sur les bri-
sants, s'engager dans une passe à peine praticable
en temps calme, et cela uniquement parce qu'il
avait dit, en quittant Saïgon, qu'il la franchirait
coûte que coûte.

De plus, cet enfant de la froide Armorique était
violent comme s'il fût né sous les tropiques. Marcel se rappelait fort bien qu'un jour, dans une
bar, il avait assommé un Allemand qui s'était permis une allusion à nos récentes défaites.

Et sa violence était d'autant plus à redouter
qu'elle se cachait sous des apparences fort trom-
peuses de calme et de douceur. A voir cet homme
sec et compassé, rasé comme un notaire et impassible comme un magistrat, nul ne se serait douté
qu'il était très-capable de faire sauter son bâtiment
plutôt que de se rendre et même de se battre en
duel à bout portant pour venger une injure.

Tel était le mari que l'imprudente Clotilde avait
osé tromper pour un fat. Et, circonstance très-ag-
gravante, ce mari l'adorait. Marcel avait encore
présentes à la mémoire leurs longues causeries
dans la rade de San-Francisco, sur le pont de la
Terpsichore. Le commandant ne lui parlait que de
Clotilde, il ne pensait qu'à elle, il ne vivait que
pour elle.

En mettant le pied sur le sol natal, au moment de revoir, après une campagne de trois ans, cette femme qu'il aimait si ardemment, ce terrible amoureux venait d'apprendre qu'elle le trahissait.

Sa première pensée, en recevant la dénonciation de Tolbiac, Marcel la devinait. Il avait dû se dire : En arrivant à Paris, j'interrogerai Clotilde et son accusateur, je la jugerai, je la condamnerai, si elle est coupable, et je l'exécuterai sans pitié. Puis, quand j'aurai fait justice, je me casserai la tête d'un coup de pistolet.

Et c'était cet effroyable procès qui s'instruisait en ce moment, en supposant même qu'il ne se fût pas déjà terminé par une catastrophe.

C'est pourquoi M. de Colorado trouvait le temps bien long dans son coupé qui filait cependant comme le vent. Arriverait-il assez tôt pour sauver Clotilde ? C'était une question, car M. Pouliguen n'était pas homme à prolonger une situation de ce genre. Au rebours de ces maris qui traînent pendant des années leurs querelles de ménage devant les tribunaux, afin d'obtenir une séparation de corps avantageuse, l'inflexible commandant estimait qu'un outrage à son honneur conjugal devait être puni sans bruit et sans délai.

Le drame qui se jouait dans l'hôtel du quai de Valmy devait donc être déjà fort avancé. Cependant, puisque madame Pouliguen avait eu l'idée d'envoyer sa sœur Claire lui chercher un défenseur, c'est qu'elle espérait tenir tête à son mari jusqu'à ce que ce défenseur parût.

Évidemment, elle avait repoussé par des dénégations obstinées l'accusation dont elle était l'objet, traité de calomnies les dénonciations de Tolbiac, inventé une histoire pour expliquer sa sortie nocturne. Une femme, en pareil cas, sait toujours se défendre, et l'homme qui l'aime éperduement hésite toujours à croire à son malheur.

·Il y avait donc des chances pour qu'un auxiliaire survenant tout à point pour confirmer le récit qu'elle avait imaginé pût encore sauver madame Pouliguen. Mais là se présentait un nouveau problème. Qu'avait dit Clotilde? comment avait-elle essayé de se justifier? En invoquant l'appui de M. de Colorado, espérait-elle seulement que son intervention calmerait la trop juste colère du capitaine de vaisseau, ou bien comptait-elle invoquer son témoignage pour appuyer une fable justificative? Et, dans ce dernier cas, qui était le plus probable, comment deviner ce qu'elle avait pu raconter? comment répondre aux questions du commandant, sans savoir si les réponses concorderaient avec celles de madame Pouliguen?

La moindre divergence devait avoir pour résultat infaillible de déterminer le mari outragé à prononcer l'arrêt de mort de sa femme et à taxer, qui plus est, d'imposture son ami de San-Francisco. Mentir, c'était déjà beaucoup pour Marcel, qui, de sa vie, n'avait déguisé la vérité; mais, s'il s'y décidait, encore fallait-il mentir assez habilement pour que le mensonge ne perdît pas l'accusée au lieu de l'innocenter.

3.

M. de Colorado eut beau se creuser la cervelle, il
ne parvint pas à découvrir un moyen sûr d'exécuter ce tour de force. Le raisonnement l'amena
cependant à penser que la délation du contre-maître
devait s'appliquer à l'escapade nocturne de Clotilde
qu'il avait surprise descendant d'une voiture de
place en compagnie d'un homme et rentrant furtivement par la petite porte du jardin. C'était donc
sur ce point qu'il fallait concentrer les efforts de la
défense, et Marcel s'y prépara, en se réservant toutefois de s'inspirer des circonstances.

Il y pensait encore lorsque son trotteur s'arrêta
devant la grille de la maison Dortis avec une précision qui faisait honneur à l'habileté du cocher.

Marcel descendit vivement et vit que, par bonheur,
cette grille était ouverte et la cour déserte. Le vieux
serviteur qui l'avait reçu à sa première visite n'était
pas là, et, ce qui valait mieux encore, il n'aperçut
point l'odieux visage de Tolbiac. On aurait dit que
l'hôtel était abandonné, et rien ne pouvait mieux
servir ses projets. S'il eût été obligé de parlementer
avec un domestique, il lui aurait fallu demander à
voir M. Pouliguen et attendre une réponse, un refus peut-être, car le marin ne devait pas être disposé à donner audience, même à un ami intime,
dans un pareil moment. Mieux valait cent fois
brusquer l'introduction et tomber à l'improviste au
milieu d'une scène dont l'apparition d'un tiers devait, au moins momentanément, apaiser la violence.

Mais il y avait une autre difficulté. Marcel n'était

venu qu'une seule fois chez madame Dortis et, de tout l'hôtel, il ne connaissait que le salon du rez-de-chaussée. L'appartement de madame Pouliguen devait être situé aux étages supérieurs, comme celui de sa mère, comme celui de sa sœur Claire, comme celui de son frère René.

Comment faire pour aller tout droit chez le commandant, pour éviter une erreur qui pouvait tout perdre ? Marcel n'en savait rien.

Cependant, il n'y avait point à hésiter. Il fallait entrer, et entrer naturellement, délibérément, comme un homme qui vient voir un ami, et qui, ne rencontrant personne pour l'annoncer, se décide à se présenter tout seul. Il franchit donc la grille et traversa la cour pour gagner le perron.

A ce moment décisif, une des fenêtres du premier étage s'ouvrit avec fracas, et Clotilde s'y montra pâle, échevelée.

— Au secours ! à moi ! cria la malheureuse femme.

Elle n'avait pas achevé que le commandant Pouliguen apparut un pistolet à la main, la saisit par le bras et dirigea vers elle le canon de son arme.

Il y a des minutes ou plutôt des secondes où la vie d'une créature humaine dépend d'un acte de présence d'esprit. Si Marcel eût répondu à l'appel désespéré de Clotilde par une menace, par une prière ou par un cri de frayeur, c'en était fait d'elle. Le commandant, affolé par la colère, pressait la détente, tuait sa femme et se faisait sauter la cervelle ensuite. Mais Marcel eut une inspiration :

— Bonjour, Pouliguen, dit-il d'une voix aussi posée que s'il n'eût rien vu de cette terrible scène ; vous voilà donc enfin, cher ami ! Pardieu ! je suis bien content de vous voir et j'ai eu une heureuse idée de venir aujourd'hui demander à madame Dortis si vous étiez arrivé.

Il n'en fallut pas davantage pour que le pistolet s'abaissât, car rien ne calme un furieux comme un incident imprévu.

— Veuillez m'excuser, madame, de vous saluer de si loin, reprit tranquillement M. de Colorado. J'ai vraiment l'air de vous présenter mes hommages avec un porte-voix, comme cela se pratique lorsqu'on se rencontre en plein Océan. C'est la joie de retrouver mon vieux camarade Pouliguen qui m'a donné tout d'un coup ces façons de loup de mer, mais je sais qu'à terre elles sont fort inconvenantes. Je monte pour vous prier de me les pardonner et pour embrasser le commandant.

Et appuyant ce petit discours d'un geste amical à l'adresse du capitaine de vaisseau, Marcel franchit lestement le perron, trouva la porte ouverte et se précipita dans l'escalier.

Avant de quitter la place où il venait de pérorer si adroitement, il avait eu l'indicible satisfaction de voir le mari courroucé changer de visage, et même lui répondre par un sourire qui, il est vrai, ressemblait beaucoup à une grimace.

— Dieu merci, j'arrive à temps, murmurait-il en grimpant les marches quatre à quatre. La pauvre femme en était à appeler sa sœur et ne voyait rien

venir. C'est le conte de *Barbe Bleue* qu'on repré-
sente là-haut. Heureusement qu'il se terminera
bien.

Au fond, il n'était pas tout à fait rassuré et il
tremblait d'entendre le bruit d'un coup de feu. Le
commandant pouvait se raviser et en finir avec
l'épouse coupable avant que Marcel fût là pour
la défendre. Mais il arriva au premier étage sans
qu'aucune explosion vînt troubler le silence qui
régnait dans la maison, et il trouva sur le seuil de
son appartement l'officier de marine très-pâle,
très-ému, mais désarmé.

Il avait mis son revolver dans sa poche. C'était
bon signe. Cela prouvait qu'il comptait tout au
moins suspendre sa vengeance jusqu'au départ de
son ami le Californien. Il ne s'agissait plus pour
Marcel que de manœuvrer habilement, afin de le
décider à jeter l'arme par la fenêtre. Mais là se
dressait de nouveau devant lui la terrible difficulté
de fournir une justification à Clotilde, sans qu'elle
invoquât son témoignage et surtout sans tomber
dans des contradictions avec ce qu'elle avait pu
dire ?

Il sentait qu'il allait être contraint de marcher
au hasard sur un terrain semé de piéges invisibles
et bordé de précipices presque inévitables; il s'en
remit à la Providence pour l'inspirer, et, brusquant
la situation, il se jeta dans les bras du commandant
qui se laissa faire et lui rendit même assez cordialement son étreinte.

— Je vous tiens donc, mon cher Pouliguen,

s'écria-t-il en lui prenant les deux mains. Ma foi !
il était temps que vous débarquiez, car vous étiez
attendu avec impatience par les vôtres et par moi.
Imaginez-vous que je m'ennuie à périr, faute d'un
ami avec qui je puisse causer Californie. J'ai bien
mon associé Dominique, mais il est silencieux
comme un trappiste, tandis qu'avec vous, qui êtes
resté deux ans en station dans le Pacifique, je vais
pouvoir m'en donner à cœur joie. Mais voilà que
je commence déjà à bavarder au lieu de m'occuper
de vous. Comment vous a traité le climat de la côte
mexicaine où votre frégate est allée, m'a-t-on dit,
faire de l'hydrographie en quittant San-Francisco?
Et de New-York en France, avez-vous eu une bonne
traversée?

— Très-bonne, mon ami, je vous remercie, répondit le commandant tout étourdi de cette loqua-
cité préméditée. Ma santé aussi est excellente et
je suis charmé de vous revoir.

— Et moi, donc! depuis que je connaissais l'ordre envoyé à la *Terpsichore* de rallier Brest, je
comptais les jours.

— Comment! vous saviez que j'étais rappelé?

— Parbleu! j'ai quelques amis au ministère de
la marine et naturellement je m'étais informé de
vous. Mais il me semble, cher ami, qu'au lieu de
vous accabler de questions sur le seuil de cette
porte, je ferais beaucoup mieux d'entrer et de saluer madame Pouliguen. Je crois, en vérité, que la
joie me trouble un peu la cervelle, car aujour-

d'hui, je commets toutes sortes de solécismes en savoir-vivre.

Au point où en étaient les choses, le commandant n'avait rien à objecter à la requête de son ami et il lui livra passage d'assez bonne grâce. Mais à l'expression contrainte de sa physionomie et au feu sombre qui brillait dans ses yeux, on devinait aisément qu'il s'efforçait de contenir une violente colère.

Marcel, lui, rayonnait. Il venait de trouver son moyen, ou du moins il croyait l'avoir trouvé. Il entra et il vit Clotilde, assise près de la fenêtre qu'elle venait de refermer, Clotilde, pâle comme la mort et tremblante comme une feuille. Il ne fit pas mine de s'apercevoir de son émotion, et s'inclinant avec une politesse aisée :

— Madame, lui dit-il gaiement, je viens de me conduire de façon à mériter tous vos reproches, mais j'en ai un à vous adresser. Vous avez oublié de parler de moi au commandant.... de ma première visite... qui a suivi la vôtre... car je vois bien qu'il ignore nos précédentes entrevues...

Clotilde tressaillit et le regarda, mais elle se tut. Elle venait d'entrevoir une lueur d'espérance et elle n'osait rien dire de peur de contrarier un plan qu'elle ne saisissait encore que confusément.

— En effet, répliqua M. Pouliguen, ma femme ne m'avait pas raconté que vous étiez déjà venu ici... elle a été très-souffrante ce matin... ma belle-mère aussi... de sorte que je ne savais pas encore que vous fussiez connu d'elles... et ma surprise a été grande en vous voyant... aussi grande que ma joie.

— Bon! s'écria Marcel, je m'explique alors pourquoi vous aviez l'air si étonné tout à l'heure. Je suis tombé chez vous comme un soldat qui reviendrait de Sibérie après avoir été fait prisonnier à la Bérézina. Et moi qui me croyais annoncé! que dis-je, annoncé? attendu, mon cher. J'avais eu l'honneur de danser l'autre jour avec madame Pouliguen au bal de M. de Gondo, mon banquier; nous avions parlé de votre prochaine arrivée et j'avais déclaré que je ne tarderais guère à venir vous relancer jusqu'ici. Ma foi! je ne me doutais pas que je vous surprendrais au débotté et avant que madame eût le temps de vous raconter que j'étais déjà l'ami de la maison. .

— Pardon, mon cher Caradoc, reprit le commandant dont le front soucieux ne s'éclaircissait pas encore, je suis charmé d'apprendre que vous êtes en relations avec la famille de ma femme, mais je ne comprends pas très-bien comment ces relations ont pu se nouer, car je ne me souviens pas de vous avoir donné à San-Francisco l'adresse de madame Dortis, ni même d'avoir prononcé son nom devant vous.

— C'est vrai. En Californie, j'ignorais parfaitement que madame Pouliguen fût une demoiselle Dortis, mais, à Paris, je l'ai appris, et cela d'une façon que vous ne soupçonnez guère.

— Je vous serais très-obligé de me la faire connaître, dit l'officier de marine avec quelque impatience.

— C'est bien facile, cher ami. J'étais donc allé au ministère demander non-seulement de vos nouvelles, mais encore votre adresse à Paris. J'ai su là que vous habitiez l'hôtel de madame Dortis et qu'une dépêche télégraphique venait de vous rappeler en France. Alors, je me suis permis d'écrire tout de suite à madame Pouliguen pour lui annoncer cette bonne nouvelle. C'était un peu bien hardi de ma part, puisque je n'avais pas encore eu l'honneur de me présenter chez elle, mais l'ordre du ministre était à peine expédié, j'en avais la primeur, et j'ai cru pouvoir en faire part à la personne qu'il intéressait le plus.

— Ainsi, c'est vous qui avez annoncé à ma femme...

— Oui, mon ami, et demandez à madame Pouliguen si j'ai bien fait; demandez-lui à quelle démarche l'excès de sa joie l'a conduite.

— Que voulez-vous dire?

— J'aurais quelque envie de laisser à madame le plaisir de vous répondre, dit Marcel en riant, car je vais commettre une grosse indiscrétion, mais j'espère qu'elle me sera pardonnée. Sachez donc qu'en écrivant à madame Pouliguen je lui disais que je me tenais à sa disposition pour de nouveaux renseignements, et naturellement je lui donnais mon nom et mon adresse. Je ne prévoyais pas que cette lettre me vaudrait un honneur dont j'ai été bien fier... et dont vous pouvez être fier aussi, car on ne fait ces choses-là que pour un mari qu'on aime.

— Expliquez-vous, je vous en supplie, s'écria l'officier.

Clotilde, affaissée sur elle-même, releva la tête. Elle commençait à comprendre où son sauveur voulait en venir.

— Eh! pardieu! c'est bien simple, reprit Marcel, et il faut que vous n'ayez guère d'amour-propre pour ne pas avoir encore deviné, mon cher Pouliguen. A peine madame avait-elle lu ma lettre, et elle l'a reçue fort tard, qu'elle montait bravement dans une voiture de place pour venir me demander chez moi si la nouvelle était exacte, à quelle époque le ministère pensait que la frégate atterrirait à Brest, et mille autres détails qu'on tient à connaître quand on attend quelqu'un avec impatience.

— Quoi! chez vous, répéta le commandant d'une voix étranglée par l'émotion.

— Oui, chez moi; soyez jaloux, mon cher. Et ce n'est pas tout. J'étais à mon cercle. Madame a eu le courage de venir m'y chercher.

— Votre cercle est à l'entrée des Champs-Élysées?

— Parfaitement, et j'ai eu le plaisir de reconduire Madame jusqu'à la petite porte de cet hôtel, dans le fiacre qui l'avait amenée.

— Donnez-moi votre parole d'honneur que tout cela est vrai. Je vous la demande... je l'exige.

M. de Colorado n'avait pas prévu ce coup. Il s'é-

tait lancé à corps perdu dans ce récit pour sauver
la vie à une femme, sans trop réfléchir aux conséquences d'une si charitable entreprise. Il avait eu
l'illusion de croire que cette ingénieuse invention
remédierait à tout, que M. Pouliguen s'en contenterait et ne le presserait pas de questions. Pour
entrer en accommodement avec ses scrupules, il
s'était dit que Dieu qui lit dans les cœurs lui par-
donnerait de déguiser la vérité en faveur de l'intention, et il avait volontairement évité d'examiner
de trop près la dangereuse situation où le jetait sa
générosité imprudente.

Et voilà qu'il se trouvait tout à coup acculé à un
mensonge, bien plus ! à un parjure.

Prononcer l'arrêt de mort de la malheureuse
Clotilde ou manquer à ce qu'un honnête homme a
de plus sacré, sacrifier la femme ou tromper indignement le mari. Il fallait choisir, et choisir sans
hésiter, car la moindre tergiversation équivalait à
un aveu d'imposture.

Comment décrire les angoisses qui étreignirent
le cœur de Marcel, la tempête qui se déchaîna
sous son crâne ? Il vécut dix ans en dix secondes.

Et c'était un mot, un seul mot qui venait de le
jeter brusquement dans cette affreuse perplexité.
Il avait suffi que le commandant lui parlât de
l'honneur pour que le voile tombât, le voile qui lui
cachait la gravité de la responsabilité qu'il encou-
rait vis-à-vis de lui-même.

Cette action, qui tout à l'heure encore lui semblait non-seulement licite, mais louable, lui appa-

raissait maintenant comme un odieux compromis avec sa conscience. Il n'avait pas cru manquer aux règles de la morale courante, celle du monde où on admet volontiers que la fin justifie les moyens, et deux syllabes prononcées à propos venaient de lui rappeler qu'on peut quelquefois cesser d'être un homme d'honneur pour avoir voulu rester un galant homme.

Mais Clotilde était là, pâle, tremblante, Clotilde qu'il allait tuer en refusant de jurer; et il pensait à madame Dortis, que l'horrible catastrophe allait atteindre aussi, à ce brave marin que ce refus allait pousser au meurtre et au suicide, à Claire, enfin, à Claire qui venait de se dévouer pour sa sœur, et qui aurait le droit de lui demander pourquoi lui, le sauveur qu'elle était venue chercher, il ne lui avait pas épargné ce deuil et cette honte.

Alors, il se souvint que Jésus pardonna à la femme adultère et il répondit à M. Pouliguen du ton le plus naturel qu'il put prendre :

— Puisque vous tenez tant à ma parole, mon ami, je vous la donne bien volontiers, quoique, en vérité, il me semble que la chose n'en vaut pas la peine.

— Ainsi, reprit le commandant, ma femme est allée vous chercher au cercle?

— Mon Dieu, oui. Elle m'a fait demander par un valet de pied; je suis descendu aussitôt, comme bien vous pensez; madame Pouliguen était dans un fiacre que je n'avais pas aperçu tout d'abord,

mais je suis revenu sur mes pas, je me suis approché de la portière, et je me suis nommé...

— Puis vous êtes monté dans la voiture ?

— Après quelques pourparlers, cher ami. Madame Pouliguen ne voulait pas accepter la proposition que je lui faisais de l'accompagner, mais,
pour rien au monde, je n'aurais consenti à la
laisser rentrer seule à une heure du matin.

— Ainsi, il était une heure ?

— Peut-être un peu plus. Mais, vraiment, mon
cher commandant, on dirait que vous m'accusez,
car vous m'interrogez comme le ferait un juge
d'instruction.

— Oh ! non... non, mon ami, je ne vous accuse
pas, je vous le jure.

— Je sais bien, reprit Marcel en riant, que tout
cela n'est pas conforme aux règles établies, et
que nous avons manqué, madame Pouliguen et
moi, à toutes les convenances; mais ne vous en
prenez qu'à vous-même. Il ne fallait pas vous
faire aimer en France et en Californie. Si votre
retour eût été indifférent à votre femme et à votre
serviteur, soyez bien convaincu que ni l'un ni
l'autre de nous ne se serait dérangé.

Ce fut dit d'un ton si franc et si cordial, que le
capitaine de vaisseau prit la main de Marcel et la
serra avec effusion, en disant :

— Pardonnez-moi, mon cher Caradoc, pardonnez-moi mes questions ridicules... la joie m'avait
troublé... je m'attendais si peu...

— A me voir le jour même de votre arrivée.

Parbleu ! je conçois cela ; mais, à présent que tout
est expliqué, vous me permettrez bien, je l'espère,
de revenir et d'entretenir des relations auxquelles
je tiens beaucoup, quoiqu'elles aient été nouées
sans votre autorisation.

— Cette maison est la vôtre, mon ami, dit chaleureusement M. Pouliguen. Et il me reste à remercier Clotilde, ajouta-t-il en s'avançant vers sa
femme, qui, pendant toute cette scène, était restée
immobile et muette, à la remercier de s'être adressée à vous, mon cher Caradoc.

C'était l'instant critique. M. de Colorado, très-
calme en apparence et très-ému en réalité, observait d'un œil inquiet les progrès de cette réconci-
liation conjugale. Il sentait bien que Clotilde était
sauvée, et pourtant il ne se réjouissait qu'à demi.
C'était le mari qu'il plaignait maintenant, ce brave
et loyal mari, qui en était réduit à s'excuser, à demander pardon de sa trop légitime colère.

Marcel avait presque des remords, et, si Clotilde eût abusé du triomphe qu'il venait de lui
ménager par humanité, peut-être eût-il défait d'un
mot ce qu'il avait fait si laborieusement. Mais les
choses tournèrent autrement.

— Pourquoi ne m'aviez-vous pas dit tout cela,
ma chère Clotilde ? murmura le commandant.

— Me l'avez-vous demandé ? répondit l'imprudente sans oser lever les yeux sur lui, ni sur son
sauveur.

— Non, c'est vrai... j'ai refusé de vous entendre... j'avais la tête perdue... j'étais fou... je vous aime tant...

Évidemment, M. Pouliguen allait en venir à une explication, à l'aveu complet de sa jalousie et de ses prétendus torts. Marcel ne se souciait pas d'assister à ce pénible dénoûment que son intervention avait amené et il se préparait à prendre congé des époux réconciliés, lorsque Claire entra brusquement.

La chère enfant était toute essoufflée d'avoir couru en traversant la cour et en montant l'escalier, et la voix lui manqua pour exprimer ce qu'elle sentait si bien, mais elle alla se jeter au cou de sa sœur, qui l'embrassa de bon cœur, on peut le croire, car elle lui devait la vie.

— Excusez-moi, mon ami, de vous quitter un instant, dit aussitôt M. Pouliguen, j'ai deux mots à dire à quelqu'un, dans le jardin.

— A votre aise, mon cher commandant, répondit Marcel, mais je vous demande la permission de ne pas vous attendre. Je vous ai vu, je suis sûr de vous revoir souvent. Cela me suffit, et je ne veux pas prolonger une visite assez indiscrète déjà. Vous vous devez aujourd'hui aux joies de la famille, et j'espère bien que l'amitié aura son tour.

L'officier ne lui répondit que par une énergique poignée de main et se précipita hors de la chambre.

— Il va chasser Tolbiac, s'écria Clotilde, mais

qui sait ce que ce misérable va lui dire, qui sait si...

Marcel la regarda en se tournant à demi vers Claire et elle se tut. Elle avait compris que M. de Colorado ne voulait pas d'explications devant sa jeune sœur.

— Madame, dit-il en s'inclinant, je vais prendre congé de vous, et...

— Oh ! que j'ai eu peur, interrompit Claire. Tout est donc fini ?

— Et oublié, mademoiselle. Je ne me souviens déjà plus que vous m'avez fait l'honneur de venir me demander de me rendre à l'appel de madame Pouliguen.

— Moi, je m'en souviens...ᵉje m'en souviendrai toujours, dit vivement la jeune fille.

— Tout le monde ici doit l'ignorer, reprit Marcel en s'efforçant de cacher son émotion.

— Mes souvenirs sont pour moi, murmura Claire en rougissant, pour moi seule.

— Merci, petite sœur, dit Clotilde, et merci à vous aussi, monsieur, ajouta-t-elle d'une voix tremblante.

Mais Marcel avait résolu de couper court, même aux actions de grâces, et il se rapprocha de la porte en disant :

— Veuillez, madame, présenter mes respects à madame Dortis. J'ai appris qu'elle était souffrante et je reviendrai prendre de ses nouvelles.

— Ma mère sera heureuse de vous recevoir, monsieur, répondit madame Pouliguen ; hier encore, elle exprimait le désir de vous voir... de vous consulter...

— De me consulter? répéta Marcel étonné.

— Oui, mon frère vient de lui causer un très-vif chagrin... sa conduite l'inquiète, et elle a en vous une telle confiance...

— Je serai toujours aux ordres de madame Dortis.

— Nous nous reverrons bientôt, n'est-ce pas? ajouta Claire; mais je veux vous dire tout de suite que j'espère bien revoir aussi cette jeune fille. Elle est si bonne, si douce. Nous nous aimons déjà comme si nous nous connaissions depuis notre enfance, et nous avons pleuré en nous quittant.

— Mademoiselle, vous m'avez promis d'oublier, dit Marcel en mettant un doigt sur ses lèvres.

Et, pour échapper à de nouvelles questions, il se hâta de saluer et de sortir, pas assez vite, toutefois, pour que madame Pouliguen, qui l'avait suivi jusqu'à la porte, n'eût le temps de lui dire tout bas :

— Je vous jure que je n'ai jamais été qu'imprudente, et, puisque je vous dois la vie, je vous jure de la consacrer tout entière à racheter un moment de faiblesse...

Marcel ne répondit pas, mais, en regardant sa voiture, il pensait :

— Voilà des serments dont j'avais besoin pour mettre ma conscience en repos, mais je commence à croire qu'en mentant j'ai fait une bonne action.

III

Marcel eut besoin de quelques jours pour se remettre des émotions de ce dimanche si fécond en incidents dramatiques.

Sa conscience ne lui réprochait rien et il s'était affermi de plus en plus dans la conviction d'avoir fait son devoir d'honnête homme en épargnant un meurtre à son ami l'officier de marine, en sauvant la vie d'une femme et l'honneur d'une famille. Mais il se trouvait dans une situation d'esprit toute nouvelle pour lui.

Le drame dont le dénouement pacifique lui était dû avait changé toutes ses idées. Il avait presque oublié, que de cette maison Dortis dont il était devenu l'ange gardien, on avait jadis chassé son père et il ne pensait plus qu'à continuer son œuvre protectrice.

Il faut dire que Claire était pour beaucoup dans cette conversion subite. Le dévouement si complet et si naïf dont elle avait fait preuve pour venir en aide à sa sœur le touchait profondément; et, depuis qu'ils étaient associés dans cette bonne œuvre, il s'était établi entre lui et la jeune fille un lien sacré, une sorte de complicité du bienfait. Ils avaient maintenant un secret à eux deux, un secret qui n'était pas celui de leurs sympathies réciproques.

Marcel en vint bientôt à se demander s'il ne ferait pas mieux de renoncer à la lutte contre ses ennemis, et de se contenter d'être heureux, sans se préoccuper davantage de poursuivre des vengeances problématiques.

Il était revenu à Paris pour récompenser et pour punir. La première partie de sa tâche, la plus douce, il l'avait déjà remplie en assurant l'avenir de Savinien. Et, quant aux persécuteurs de son père, le seul qu'il connût, l'ex-contre-maître Tolbiac, venait d'être chassé honteusement par M. Pouliguen.

Pourquoi se serait-il préoccupé des autres, de l'associé infidèle, du caissier larron, de voleurs de nuit qui avaient consommé jadis la ruine de Paul Robinier, en dévalisant son magasin? L'associé, Salomon Carpatz, avait fui à l'étranger, le caissier Fertugues s'était fait justice en se noyant dans le canal, et, si les voleurs continuaient encore leurs exploits dans Paris, c'était affaire à M. Chambras de les traquer, de les prendre et de les envoyer au bagne ou à l'échafaud. Pourquoi, lui, Marcel, millionnaire et amoureux, car décidément il était amoureux, pourquoi se serait-il chargé de cette vilaine besogne ?

Restait, il est vrai, Atkins, c'est-à-dire un adversaire avec lequel il fallait compter. Mais Paris n'offre pas les mêmes facilités que San-Francisco à un scélérat résolu. On n'y tue pas les gens à coups de revolver sans avoir maille à partir avec la justice, pas plus qu'on ne les fait impunément sauter en l'air à l'aide d'un baril de poudre.

Marcel ne craignait donc guère les violences de ce brigand borgne, et sur un autre terrain il se sentait de force à lui tenir tête. Il souhaitait même, sans l'espérer, que le Yankee lui cherchât querelle ouvertement et lui fournît ainsi l'occasion de le gratifier d'une balle ou d'un coup d'épée.

Dominique ne voyait pas les choses tout à fait de la même façon. Il croyait Atkins capable de tout et particulièrement de recourir à la ruse pour se défaire de ceux qui l'avaient évincé de sa mine, pour leur faire payer son filon perdu et son œil crevé.

L'enragé Canadien ne parlait de rien moins que de l'attirer dans le bois de Boulogne et de lui proposer là un duel à la carabine, au risque d'effaroucher et même de blesser les *dames du lac*. Son ami eut beaucoup de peine à lui faire entendre que les taillis qui avoisinent le pré Catelan n'étaient point faits pour de pareilles rencontres. Il y parvint cependant et, afin de lui mieux prêcher la paix, il alla jusqu'à lui confier ses sentiments intimes à l'endroit de mademsiselle Claire Dortis.

Dominique avait à peine entrevu la charmante jeune fille que Marcel aimait, et il n'était guère en état d'apprécier ses qualités; mais, quand Marcel lui raconta ce qu'elle avait fait, non-seulement il lui pardonna de grand cœur d'avoir retardé son déjeuner et troublé sa matinée du dimanche, mais il fut transporté d'admiration et il déclara que, depuis la perte de sa promise, enlevée autrefois par les Peaux-Rouges, il n'avait jamais rencontré de femme qui fût aussi digne d'épouser un brave garçon.

Il conseilla même fortement à son camarade de la demander en mariage le plus tôt possible, et peu s'en fallut qu'il ne lui offrît de se charger lui-même de la démarche, tant il s'enflammait vite au récit d'une action généreuse.

Il fit cependant une réserve en demandant que Marcel s'occupât aussi d'unir promptement ses jeunes protégés. Le Canadien aimait et estimait Claire, mais il professait un véritable culte pour Cécile, et, depuis qu'il avait passé une journée en tête-à-tête avec Savinien Brévan, il s'était pris pour lui de l'amitié la plus tendre. Il l'appréciait, il l'admirait; il proclamait que ce vaillant jeune homme était fait pour tenter hardiment la fortune en Californie, et il déplorait amèrement qu'il en fût réduit à vivre derrière le grillage d'un guichet, comme un écureuil en cage.

Aussi insista-t-il pour que Marcel le tirât de ce triste emploi, et Marcel, qui ne demandait qu'à

4.

clore ses relations avec les Gondo, ne se fit pas
trop prier pour le lui promettre.

— A la bonne heure! s'écria Dominique, marie-
les, marie-toi. Nous ferons les deux noces le même
jour, et nous quitterons tous Paris le lendemain.

Marcel ne dit pas non, mais il sentait bien que
les choses n'iraient pas tout à fait comme le croyait
son ami, ni aussi vite qu'il le souhaitait.

Pour marier Savinien, il fallait d'abord lui assurer une situation définitive, car le jeune caissier
n'était pas homme à accepter, en se laissant doter
par M. de Colorado, une fortune qu'il n'aurait pas
gagnée par son travail. Pour épouser Claire, il
fallait obtenir son consentement et celui de sa
mère, et avant de l'obtenir, de le solliciter même,
il fallait que certaines questions fussent réglées.

Depuis la scène du dimanche, trois jours s'é-
taient écoulés; le quatrième allait finir sans que
M. de Colorado eût reçu la visite du commandant
et il était absolument sans nouvelles de la famille
Dortis.

Que se passait-il dans cette paisible maison dont
le calme venait d'être si violemment troublé?
Qu'était-il advenu du bonheur de ses habitants
menacés par les viles menées d'un lâche coquin?
M. Pouliguen avait-il définitivement chassé ce
Tolbiac et oublié ses délations? La conversion de
Clotilde était-elle sincère?

Marcel voulait savoir tout cela avant de prendre
un parti, tout cela et bien d'autres choses encore.

Il n'avait revu ni Savinien, ni Cécile, et M. Chambras ne lui avait pas donné signe de vie. On aurait dit que tous ceux qui l'intéressaient s'étaient entendus pour le laisser dans l'incertude, et il tenait absolument à n'y pas rester.

Il venait de se décider à sortir de sa réserve et à aller aux renseignements, lorsque le jeudi, dans l'après-midi, il lui en arriva de tous les côtés.

Il reçut, presque en même temps, un billet très-aimable de M. de Gondo qui lui rappelait sa promesse de prendre part à la grande chasse du vendredi; un mot de M. Chambras qui le priait de passer chez lui le lendemain soir à neuf heures; une lettre de madame Dortis lui demandant de venir la voir le samedi dans la matinée; et du commandant Pouliguen une invitation à dîner au Café Anglais pour le samedi soir, à sept heures.

Il ne manquait à cette correspondance qu'une lettre de Savinien, mais Marcel comptait bien que son jeune ami viendrait le dimanche et il se proposait même de lui écrire d'amener Cécile.

Le baron ne faisait pas les choses à demi et il annonçait à M. de Colorado qu'une voiture attelée en poste viendrait le prendre, lui et son ami, M. Le Planchais, pour les conduire au rendez-vous de chasse fixé à onze heures, dans les bois de Tournan, à une dizaine de lieues de Paris.

M. Chambras promettait à M. de Colorado de lui apprendre du nouveau, et même de lui en faire voir en l'admettant à prendre part à une expédition nocturne dirigée contre certains coquins dont la capture lui serait particulièrement agréable. Il l'engageait en même temps à venir chez lui vêtu pour la circonstance, c'est-à-dire en blouse et le reste à l'avenant.

Madame Dortis disait avoir un service à demanper à M. de Colorado sans préciser de quelle nature était ce service.

M. Pouliguen s'était borné à rédiger son invitation dans les termes les plus amicaux, sans expliquer pourquoi le dîner n'aurait pas lieu à l'hôtel du quai de Valmy.

Marcel, un peu surpris par cette subite averse de rendez-vous, calcula bientôt que rien ne s'opposait à ce qu'il les acceptât tous, car ils étaient, par hasard, échelonnés de façon à ne pas s'exclure par des coïncidences de jours et d'heures.

Tous l'intéressaient, à des titres divers, sauf peut-être celui du baron, mais il tenait à ne pas le désobliger, tant que Savinien serait employé chez lui, et il ne fit pas d'exception.

Il écrivit sur-le-champ à ses correspondants pour promettre qu'il se rendrait au désir de chacun d'eux, et il passa gaiement la soirée avec Dominique, car il se disait que les deux jours qui allaient suivre éclairciraient bien des mystères.

IV

La matinée était charmante. Un ciel clair, un vent frais, pas de nuages à l'horizon, pas de neige sur la terre. Un temps fait à souhait pour les chasseurs. Les bois étaient secs et dans les champs la rosée brillait sous les rayons d'un doux soleil d'hiver. On aurait dit que la nature avait fait sa toilette à l'intention des invités de M. de Gondo.

Étendus sur les moelleux coussins d'un landau découvert et attelé de quatre vigoureux chevaux de poste, Marcel et Dominique, bien emmitouflés de fourrures, jouissaient du plaisir très-vif de sentir la brise matinale les frapper au visage et d'aspirer à pleins poumons l'air pur de la campagne.

Dominique surtout, qui étouffait dans les rues de Paris, et qui en était réduit depuis six mois à se promener la nuit pour se rafraîchir autant que pour se dégourdir les jambes.

Le Canadien avait accepté, sans se faire prier, l'invitation du banquier, et, quoiqu'il ne se souciât guère de massacrer de pauvres bêtes sans défense, il était ravi d'accompagner son ami. Seulement, malgré les observations très-sensées de Marcel, il avait tenu absolument à emporter sa fameuse carabine, celle dont il s'était servi jadis contre Atkins.

Marcel eut beau lui dire que, de mémoire d'homme, on n'a jamais vu personne chasser aux environs de Paris avec une escopette de cinq pieds de long. Dominique n'en voulut point démordre. Il soutint bravement que c'était une lâcheté de cribler de petit plomb les lièvres et les faisans, et qu'il fallait être bien maladroit pour ne pas les tirer à balle franche.

Marcel lui jura qu'on se moquerait de lui. Il répondit qu'il saurait bien se faire respecter des rieurs. Marcel lui assura que le baron ne le convierait plus à ses battues, de peur d'accident. Il déclara qu'il se passerait du baron et que, si l'envie lui reprenait de faire la guerre au gibier, il louerait une forêt pour lui tout seul, une forêt où il ne tirerait que les sangliers et les loups.

Marcel finit par le laisser faire à sa fantaisie; car il savait combien il tenait aux idées qu'il chaussait, et ce jour-là il le voyait en veine d'entêtement.

Peut-être le Canadien avait-il des raisons particulières pour s'obstiner ainsi à emporter son *rifle* américain. Ce qu'il y a de sûr, c'est que, pendant tout le trajet, il fut d'une gaieté folle. M. de Colorado était aussi de très-bonne humeur. Ils avaient tous les deux laissé leurs soucis en dedans des fortifications.

Les préoccupations de Marcel étaient pourtant assez sérieuses, mais il espérait qu'elles allaient prendre fin, car il faisait grand fond sur les lettres qu'il avait reçues la veille. Celle de M. Chambras semblait lui promettre l'arrestation de la bande dont les exploits avaient ruiné autrefois Paul Robinier, celle de madame Dortis lui faisait entrevoir une occasion de rendre un nouveau service à la famille de Claire, et celle du capitaine de vaisseau ne l'inquiétait plus du tout. Il trouvait même très-naturel que M. Pouliguen aimât mieux, pour la première fois qu'il l'invitait, l'engager à dîner dans un restaurant, où ils seraient plus à l'aise pour causer librement.

Il y a des jours où on voit tout en rose.

Les deux amis roulaient donc depuis deux heures sur la route de Tournan, et ils touchaient au terme de leur voyage. Déjà ils apercevaient la gare de Gretz, une des stations du chemin de fer de Mulhouse, et un *mail-coach* qui les précédait, chargé d'invités.

Il y en avait dans l'intérieur de cette voiture à l'anglaise que les courses ont acclimatée chez nous, il y en avait sur le siége de derrière, il y en avait même sur l'impériale.

Marcel, qui avait d'excellents yeux, reconnut de loin M. d'Aldrige et M. de la Roche-Perrière perchés au sommet de ce véhicule élégant.

Selon toute apparence, M. de Gondo avait convié à ce déplacement, le dernier de la saison, la fine fleur de son cercle. Mais M. de Colorado et son ami étaient les seuls à jouir du privilége de courir la poste dans un landau exclusivement réservé pour leur usage personnel.

Au moment où ils venaient de traverser un passage à niveau et de s'engager dans le chemin de traverse qui conduisait au rendez-vous de chasse, ils entendirent derrière eux des claquements de fouet, et, en se retournant, ils aperçurent une calèche attelée à six qui arrivait à fond de train.

Le baron seul pouvait mener si grand bruit.

— Ce marchand d'écus a au moins le mérite de l'exactitude, dit Dominique.

— Oh ! l'exactitude, c'est son fort, surtout quand il s'agit de palper des bénéfices, répliqua Marcel.

— Mais il me semble qu'il n'est pas seul dans sa calèche. Qui, diable ! nous amène-t-il ?

— Nous le verrons tout à l'heure, car ces bois doivent être les siens, ou je me trompe fort.

En effet, les postillons venaient de tourner à gauche et de se lancer dans une route étroite et sinueuse qui serpentait entre deux taillis. Cinq minutes après, ils s'arrêtèrent à l'entrée d'un rond-point au centre duquel se dressait un petit obélisque de pierre grise.

Arrivés les premiers, les voyageurs du *mail-coach* avaient déjà mis pied à terre et s'étaient groupés autour d'une table ronde agréablement garnie de pâtés, de galantines et autres mets froids destinés à sustenter les chasseurs avant l'ouverture du feu.

On peut croire que les meilleurs vins ne manquaient pas à ce déjeuner champêtre, servi par des valets de pied à la livrée de M. de Gondo.

Six gardes en uniforme se tenaient rangés devant l'obélisque, et sur la lisière du bois s'étaient groupés les payans en blouse et en sabots, racolés pour la battue et regardant avec admiration les apprêts du festin.

M. de Colorado fut cordialement accueilli par ses *partners* du cercle, mais Dominique fit sensation. Il s'était accommodé pour la circonstance d'une jaquette en peau d'ours gris et d'un bonnet en peau de renard qui lui donnaient un faux air de Robinson Crusoé. Sa longue carabine surtout devint l'objet de l'attention générale, et les jeunes se permirent même d'en rire un peu.

Marcel présenta son ami, et, après cette formalité, M. d'Aldrige, le vieux beau, dit gravement :

— Monsieur ressemble à *Bas-de-Cuir*, le dernier des Mohicans, et s'il tire aussi bien que lui...

— Mieux, cher monsieur, dit Marcel pour couper court à des plaisanteries qui auraient pu mal tourner.

Dominique, n'ayant jamais lu les romans de Cooper, ne savait pas du tout ce que c'était que *Bas-de-Cuir* et commençait à froncer le sourcil.

— Aurons-nous M. Ernest de Gondo? reprit le Californien, qui tenait à détourner la conversation.

— Je ne crois pas, répondit M. de la Roche-Perrière. La Bourse et le *baccarat* l'ont assez maltraité, m'a-t-on dit, ces jours derniers, et il est fort occupé à se rattraper. Mais nous nous consolerons facilement de son absence, car sa charmante sœur est des nôtres.

— Quoi! mademoiselle de Gondo?

— Elle-même, et j'aperçois déjà dans la calèche paternelle la plume de son feutre tyrolien. La fille du baron chasse avec autant d'ardeur que de succès. C'est Diane en personne.

— Le fait est qu'elle lui ressemble un peu, dit le vieux beau. Diane devait être brune.

— Mais la baronne n'est pas des nôtres, je suppose? demanda M. de Colorado.

— Oh! non, la baronne, c'est Junon, une déesse qui aimait mieux faire des scènes à Jupiter que de courir les monts et les plaines.

— Bah! riposta M. de la Roche-Perrière, la baronne n'est pas jalouse. Ce serait plutôt ce pauvre baron qui aurait sujet de...

— Messieurs, interrompit Marcel, voici M. de Gondo qui nous salue.

La calèche, en ce moment, débouchait dans le rond-point, et le banquier se découvrait devant ses invités avec un geste tout à fait royal.

M. de la Roche-Perrière courut à la portière pour offrir la main à mademoiselle Noémi, pendant que M. d'Aldrige disait à demi-voix :

— Diane a amené un bien vilain Endymion.

Marcel ne comprit pas tout d'abord à qui s'appliquait cette observation ironique. La calèche se présentait de trois quarts, et il ne voyait que le baron et sa fille assis sur le siége du fond, plus, le dos d'un personnage qui leur faisait vis-à-vis. Mais bientôt il put reconnaître que le vieux beau avait raison.

Endymion, c'était Atkins.

Cette apparition déplut considérablement à M. de Colorado, et certes, s'il avait pu prévoir que "affreux borgne serait de la partie, il aurait refusé avec empressement l'invitation du financier; mais il était trop tard, et il ne songea pas un seul instant à battre en retraite. C'eût été faire une grossière impolitesse à M. de Gondo, et, inconvénient plus grave, Atkins aurait pu croire que son ennemi avait peur de lui.

Dominique, non plus, ne songeait pas à lâcher pied. Il regardait le *yankee*, et, après l'avoir suffisamment examiné, il dit entre ses dents :

— C'est bien lui. Ma balle n'a fait que lui écorner le front. J'avais déjà remarqué que mon *rifle* portait un peu trop à droite. La prochaine fois, je rectifirai mon tir.

Et il ajouta, en donnant un coup de coude à son ami :

— Comme j'ai bien fait d'apporter ma vieille carabine !

— J'espère que tu ne vas pas t'en servir pour le tuer, répondit vivement Marcel. Tu sais que tu m'as promis de ne pas faire de sottises. La mort de ce coquin ne servirait qu'à nous attirer de fâcheuses affaires.

— Bon ! mais nous serions débarrassés de lui.

— Ce serait un assassinat et je m'y oppose formellement. Promets-moi que tu ne vas pas jouer de ton *rifle*.

— Tu le veux ? Eh ! bien soit. J'attendrai une meilleure occasion, mais j'aurai peut-être à me repentir de ma patience. Qui te dit qu'il n'est pas venu, lui, pour t'assassiner ?

— Ici ! Il n'oserait pas.

— Ouvertement, non. Mais il peut se ménager un accident... volontaire.

— Sois tranquille. Je le surveillerai.

— Et moi aussi. Je te déclare même qu'au moindre geste suspect, je ferai feu sur lui comme sur un lapin, et, cette fois, je te jure que je ne le manquerai pas.

— Je te répète que je serai sur mes gardes et je te prie de me laisser me protéger tout seul. Un meurtre, même dans le cas de légitime défense, me jetterait dans des embarras que je tiens pardessus tout à éviter, et, si tu as quelque amitié pour moi, pour Savinien, pour Cécile qui ont tous les deux besoin de mon appui, tu t'abstiendras de tirer sur ce scélérat.

Dominique ne répondit que par un grognement qui pouvait, à la rigueur, passer pour un acquiescement aux injonctions réitérées de Marcel. Peut-être le nom de Cécile avait-il produit plus d'effet sur lui que tous les raisonnements de son vieux camarade.

Du reste, ce colloque, tenu à voix basse, prit fin forcément, car le baron s'avançait derrière sa fille, nonchalamment appuyée sur le bras de l'Américain.

La belle Noémi avait revêtu un costume de circonstance qui lui seyait à merveille. Crânement coiffée d'un chapeau pointu orné d'une plume de héron, la taille pincée dans une espèce de justaucorps de velours formant jupe par le bas, ses jambes nerveuses emprisonnées dans des guêtres de cuir verni montant jusqu'au genou, elle marchait d'un air aussi délibéré que si elle eût porté toute sa vie le costume masculin.

Atkins, harnaché à la dernière mode des chasseurs élégants, n'en avait pas moins l'air d'un bandit, et le baron, sanglé dans un ceinturon trop étroit et botté jusqu'au ventre, ressemblait assez, avec ses cheveux blancs et sa carrure épaisse, à un Fra Diavolo en retraite.

— Bonjour, messieurs, dit-il en saluant à la ronde. Je ne vous présente pas M. Atkins de Mariposa, que vous connaissez tous, je crois, depuis que vous m'avez fait l'honneur de passer la soirée chez moi.

Le Canadien aurait pu réclamer contre cette as-

sertion, car il ne s'était pas trouvé dans le fumoir
quand M. de Gondo y avait amené le *Yankee*, et encore moins au buffet, ni au souper. Mais il n'était
vraiment pas nécessaire qu'on les mît en rapport.
Leurs relations antérieures suffisaient pour qu'ils
ne se fussent pas oubliés réciproquement. Quand
on s'est fait la guerre à coups de fusil, à coups de
couteau et à coups de mine, on se connaît à fond.

Ils ne se livrèrent, du reste, à aucune démonstration hostile ou sympathique, et ils se bornèrent
à échanger un regard froid. En un mot, leur attitude fut correcte, et nul ne se douta que la longue
carabine de M. Le Planchais avait envoyé jadis une
balle dans l'œil gauche de M. de Mariposa, qui la
considéra de l'œil droit et ne la vit peut-être pas
avec plaisir. Il faut dire qu'il n'avait pas eu à se
louer d'avoir fait autrefois connaissance avec elle,
et qu'il ne devait pas se réjouir de la rencontrer
de nouveau.

Cependant chacun s'empressait autour de mademoiselle de Gondo, et Marcel lui-même se crut
obligé de lui adresser quelques compliments sur
son costume. Elle les reçut avec une indifférence si
dédaigneuse, que son père, qui tenait à ne pas in-
disposer M. de Colorado, coupa court au colloque
en pressant les invités d'attaquer le déjeuner.

Personne ne se fit prier, car rien n'ouvre l'appétit comme une course de dix lieues au grand air,
et on se mit à manger debout autour de la table
ronde.

— Mes compliments, baron, dit M. d'Aldrige.

Votre château-larose est excellent, et c'est bien
ainsi que je comprends un déplacement de chasse.

Qu'en dites-vous, messieurs les Américains?
ajouta-t-il en s'adressant collectivement aux trois
étrangers.

— On ne fait pas mieux les choses que M. de
Gondo, répondit Marcel.

— Ma foi! s'écria Dominique, je conviens que
là-bas, dans les prairies, nous n'avons pas besoin
de tant de préparatifs pour chasser un ours ou un
élan. Mais un bon repas n'est jamais à dédaigner.

— Et j'espère que vous allez faire honneur à celui-ci, dit gracieusement le baron.

La recommandation était inutile, car Dominique
fonctionnait déjà avec un entrain des plus satis-
faisants.

— Parbleu! cher monsieur, s'écria le vieux beau,
puisque vous parlez d'ours, permettez-moi de vous
demander si c'est dans l'espoir de rencontrer un
de ces terribles quadrupèdes que vous avez apporté cette vénérable canardière?

— C'est la seule arme dont je sache me servir.
Ces joujoux-là sont bons pour les enfants, riposta
le Canadien en montrant le mignon fusil à deux
coups que mademoiselle de Gondo portait en ban-
doulière.

— Le fait est, reprit le baron, que j'aurais dû
vous prévenir. Nous ne tirons aujourd'hui que le
lièvre, le faisan et le chevreuil. Un de ces jours
j'organiserai à votre intention une battue au sanglier.

—Merci. Mais, en attendant, je vais vous montrer que mon vieux *rifle* peut faire sa partie dans vos fusillades de basse-cour. Il me servait autrefois à décrocher les écureuils gris dans les hautes branches des érables, et pour tuer un écureuil gris sans abimer sa peau, il faut le toucher dans l'œil.

— Alors vous allez tirer à balle le gibier du baron? Je suis curieux de voir cela.

— Vous le verrez, dit flegmatiquement Dominique.

— Gare aux accidents, ricana Noémi. Je demande à me placer hors de portée de l'escopette de monsieur.

— Soyez tranquille, mademoiselle, je ne touche que ce que je veux toucher.

La belle chasseresse, cette fois, lui tourna le dos sans lui répondre et tendit son verre à M. Atkins de Mariposa, dont elle affectait de rechercher les soins.

Plus civilisé que Dominique, le galant cyclope s'était conformé à l'usage français en se munissant d'un simple fusil à bascule, mais il buvait plus sec que son ennemi et il vida un carafon d'eau-de-vie avant de quitter la table.

Le déjeuner fut, d'ailleurs, promptement expédié, et le baron fit signe à ses gardes, qui se rapprochèrent pour entendre ses ordres.

— Messieurs, dit-il aux invités, nous allons commencer, si vous le voulez bien, par une battue au lièvre, en plaine. Nous passerons ensuite dans les tirés de ma réserve pour le faisan, et nous finirons par un grand rabat au chevreuil dans mes bois. La nuit vient tôt en cette saison, et j'ai commandé les chevaux pour quatre heures.

Ce programme fut approuvé à l'unanimité, et, de fait, il convenait fort à Marcel, qui désirait rentrer à Paris de bonne heure, afin de pouvoir se trouver dans la soirée au rendez-vous de M. Chambras.

Les gardes ouvrirent la marche, et les chasseurs s'acheminèrent par petits groupes vers la plaine, qui commençait à quelques centaines de pas de l'obélisque.

Les deux amis firent route côte à côte, et Marcel dit à Dominique :

— Il n'a pas de mauvaises intentions, puisqu'il est venu avec un fusil de chasse.

— Dont le canon gauche est rayé et doit parfaitement porter la balle, répliqua le Canadien.

— Tu crois? Au fait, c'est possible.

— C'est certain. Donc, ouvre l'œil.

— On l'ouvrira.

Dix minutes après, les invités arrivaient à la lisière du bois et le baron se mit en devoir de les placer lui-même.

Le théâtre de l'action était une plaine très-large qui aboutissait à des taillis récemment coupés. Ces taillis la bordaient de trois côtés, et le gibier, poussé par les rabatteurs, devait nécessairement venir se jeter dans cette impasse, où les chasseurs l'attendaient.

M. de Gondo les posta à cinquante pas l'un de

5.

l'autre sur ce front triangulaire, et, pour faire honneur aux Américains, il eut soin de leur réserver la meilleure ligne, celle qui faisait face à la plaine. Dominique eut Marcel à sa gauche, Atkins à sa droite, avec mademoiselle de Gondo un peu plus loin, M. d'Aldrige et M. de la Roche-Perrière aux deux angles. Le menu fretin des invités fut échelonné sur les deux lisières latérales. Le baron se tint modestement en seconde ligne, comme un général qui dirige les mouvements d'une bataille.

Les tireurs étaient en position depuis un quart d'heure, immobiles, le fusil prêt, cachés jusqu'à mi-corps par les cépées, mais parfaitement visibles les uns pour les autres, quand éclatèrent les cris lointains des rabatteurs. Bientôt le bruit se rapprocha et on aperçut une longue file de paysans armés de bâtons, dont ils se servaient pour frapper les sillons. Les lièvres, troublés dans leur sieste, commencèrent à détaler, et le premier qui se montra à portée fut tiré et manqué par M. de Mariposa. Il fit un crochet et alla tomber à vingt pas de là sous le plomb de mademoiselle de Gondo.

— Si ce brigand d'Atkins n'a pas envoyé son second coup, c'est qu'il y a une balle dans l'autre canon de son fusil, dit entre ses dents Dominique.

Cependant les rabatteurs avançaient, et aux lièvres isolés qui étaient venus se faire tuer en éclaireurs succédèrent bientôt des bandes entières de pauvres bêtes affolées, accourant à fond de train pour fuir le bruit et se jetant étourdiment sous les

fusils qui les attendaient à droite, à gauche, en
avant. Ce fut un feu roulant. Les coups partaient
de tous les côtés, drus comme le pétillement de la
grêle, et mademoiselle de Gondo faisait fort bien
sa partie dans ce concert. Elle était même beaucoup plus adroite que M. de Mariposa, lequel, soit
défaut d'habitude, soit distraction, manquait plus
de gibier qu'il n'en tuait.

Marcel, au contraire, tirait fort bien et prenait
tant de plaisir à cet exercice, qu'il paraissait avoir
complétement oublé la présence de son ennemi.
Mais Dominique s'occupait beaucoup moins des
lièvres que de son voisin. Il ne le perdait pas de
vue un seul instant, et il avait fort bien remarqué
que le *yankee* ne lâchait jamais ses deux coups et
remettait, dès qu'il avait tiré, une cartouche dans
le canon droit de son fusil. Le canon gauche restait toujours muet.

Cependant le Canadien n'était pas fort inquiet
pour le moment. Les chasseurs étaient placés de
façon à ce que chacun pût s'apercevoir, et il pensait
bien que William Atkins, tant qu'il serait ainsi en
vue, n'oserait pas faire de son arme un usage ho-
micide.

Il crut même pouvoir se permettre, ce brave
Dominique, de donner aux invités du baron un
ou deux échantillons de son adresse. Il abattit à
soixante-dix pas un lièvre qui se présentait en tête,
et, deux minutes après, comme il achevait de
bourrer sa carabine, cinq ou six perdreaux étant
venus à passer à toute volée au-dessus de sa tête,

il en tua un qui vint tomber perpendiculairement sur son bonnet.

— Le coup du roi ! et à balle ! C'est superbe ! lui cria de loin M. d'Aldrige en le saluant de la main.

Atkins avait vu de plus près ce tour d'adresse, mais il s'abstint d'en complimenter l'auteur.

Le premier acte du drame cynégétique était joué. Les rabatteurs ramassaient les morts sous l'œil vigilant des gardes, et les portaient dans une voiture légère qui stationnait à l'angle avancé du bois. Le baron convia ses hôtes à le suivre dans les réserves.

Là, le massacre recommença sur les faisans, et les tireurs, rangés dans une allée assez large, fusillèrent pendant une heure ces beaux oiseaux dont les plumes dorées miroitaient au soleil et volaient sous le plomb impitoyable.

Pendant cette extermination des innocents, Atkins se tint fort bien, et le Canadien, qui le surveillait toujours, ne surprit aucun mouvement suspect. Seulement, le protecteur de *Galantine* persistait à ne se servir que du canon droit, et, même au moment du bouquet, alors que les coqs, acculés au coin extrême du taillis réservé, s'enlevaient par douzaines comme des fusées de pourpre, pendant que les plus maladroits chasseurs faisaient coup double à chaque instant, il s'obstina prudemment à recharger chaque fois qu'il venait de lâcher son coup unique.

Dominique profita du court repos qui suivit cette

fusillade enragée pour faire part à son ami de ses obervations.

— Bah ! dit en riant Marcel, s'il ne fait jamais feu du canon gauche, c'est que l'œil gauche lui manque pour viser de ce côté-là.

Le baron, d'ailleurs, ne leur laissa pas le temps de causer, car il annonça qu'on allait passer immédiatement à la grande battue aux chevreuils.

C'était la plus belle partie de cette chasse princière, et M. de Gondo s'évertua à l'organiser de telle sorte que chacun fût assuré d'y prendre part.

Le bois qu'il s'agissait de fouiller était assez grand pour que les tireurs dussent être espacés sur trois de ses faces par pelotons séparés et hors de la vue les uns des autres.

Les gardes connaissent à merveille les habitudes du gibier et savent très-bien de quel côté il débûchera de préférence. C'est pourquoi il est d'usage que le maître d'une chasse distribue lui-même les places au bord des taillis avec plus de soin encore que pour la battue de plaine, en réservant les meilleures pour ceux de ses hôtes qu'il veut favoriser.

Le baron n'eut garde de manquer à cette coutume traditionnelle, et, dans la répartion des postes, il observa avec soin la hiérarchie des millions. M. de Mariposa et M. de Colorado, qui en en avaient beaucoup, furent chargés de garder le débouché de deux ou trois sentiers aboutissaient tous à une clairière couverte de hautes berbes sèches et précédée d'un taillis clair-semé, très-favorable à l'embuscade. Dominique eut, un peu plus loin, la surveillance d'une allée couverte. Atkins se trouvait, cette fois, entre lui et Marcel. Enfin, aux deux extrémités de la ligne, M. de Gondo laissa d'un côté sa fille et de l'autre M. de la Roche-Perrière.

Pendant qu'il continuait sa tournée et avant que le rabat commençât, le Canadien eut tout le loisir de réfléchir. Si Atkins avait vraiment de mauvais desseins, c'était là, selon toute apparence, qu'il allait chercher l'occasion de se défaire de l'un de ses ennemis, sans qu'on pût l'accuser de meurtre, car on aurait dit que la place avait été choisie tout exprès pour favoriser l'exécution de son projet.

Le coquin se proposait sans doute de simuler un accident, car il n'était pas homme à risquer une attaque ouverte en présence de témoins. Son plan devait être de faire semblant de tirer sur le gibier et d'envoyer, par mégarde, son fameux coup gauche dans le flanc de Marcel, occupé de son côté à viser.

Or ce qui était impossible au bord d'une plaine, où tout le monde se voyait, et dans une large allée où les faisans s'envolaient en montant perpendiculairement, devenait facile sur cette lisière occupée seulement par cinq chasseurs.

On ne peut pas prétendre qu'on a tué son voisin par maladresse quand le gibier qu'on est censé ajuster pique droit vers le ciel ou passe à vingt pieds en l'air ; mais, quand un chevreuil bondit pour débûcher entre deux tireurs, l'un des deux peut très-bien envoyer son coup un peu trop haut, manquer la bête et toucher l'homme en plein corps.

Le jour baissait déjà un peu, et la diminution de la lumière devait favoriser encore une erreur préméditée.

— C'est clair, pensait Dominique ; le bandit a tout calculé. Il a prié le baron de le mettre entre nous deux et de ne laisser avec nous que sa fille et ce vieux fat, dont le témoignage ne l'inquiète guère. Il voit que j'ai ma carabine et il sait que je ne manque jamais un but. Donc, ce n'est pas à moi qu'il en veut aujourd'hui, c'est à Marcel. Il va lui envoyer une balle dans la poitrine au premier chevreuil qui passera de son côté. Son coup gauche est chargé en conséquence, et s'il l'a chargé ainsi dès l'ouverture de la chasse, c'est qu'il voulait être prêt à profiter de la première occasion qui se présenterait. Elle est venue, l'occasion. Mais je suis là.

Il achevait mentalement ce monologue, lorsque les traqueurs commencèrent leur tapage.

Il prit son *rifle*, se tourna un peu de trois quarts, afin de ne pas perdre un seul des mouvements d'Atkins, et il attendit dans la position du chasseur qui s'apprête à faire feu.

Le *yankee*, lui aussi, tenait son arme en travers et paraissait regarder avec attention la clairière qui s'étendait devant lui.

Du reste, personne ne bougeait ni ne parlait, le silence et l'immobilité étant de rigueur en pareil cas.

Bientôt, Dominique crut voir onduler un peu les
hautes herbes, et presque aussitôt ses yeux exer-
cés virent poindre le sommet de la tête d'un chevreuil.

La gracieuse bête était là, à vingt pas de lui,
sur la gauche, levant le nez au vent et écoutant
le vacarme lointain qui éveillait les échos du bois.
Il regarda avec plus d'attention, et il reconnut
que le broquart n'était pas seul. Les herbes sèches
s'agitaient autour de lui, foulées probablement par
deux ou trois chevrettes. Au premier bruit inquié-
tant, la bande allait débûcher et très-probablement du côté d'Atkins.

Dominique se mit à reculer tout doucement de
quelques pas, et, quand il eut réussi à se placer
un peu en arrrière de la ligne des tireurs, il attendit.

La belle Noémi fut la seule à s'apercevoir de
cette manœuvre contraire à toutes les règles, et
elle haussa les épaules en signe de dédain pour
l'ignorance du Canadien. Puis, tout à coup, elle mit
en joue et tira sur un chevreuil qui arrivait droit
à elle.

La détonation effraya les autres, qui bondirent
tous ensemble et se lancèrent dans l'espace libre
entre Atkins et Marcel.

Dominique vit son ami épauler vivement et, en
même temps, le fusil d'Atkins s'abaisser non pas
dans la direction du gibier, mais parallèlement
à la ligne d'horizon, c'est-à-dire juste à la hauteur
du cœur de Marcel.

Deux coups partirent en même temps et pourtant le *yankee* ne tira pas le sien.

Celui de Marcel foudroya un chevreuil qui vint rouler au milieu de l'allée. L'autre fut envoyé fort à propos par Dominique. La balle de sa carabine vint frapper par le milieu le canon du fusil de l'Américain et le lui fit sauter des mains. Il était temps. Une seconde plus tard, Marcel était mort.

La longue carabine avait fait son œuvre avec une précision qui prouvait que le Canadien se souvenait de ses promesses. Il s'était engagé à ne pas tuer Atkins et il ne voulait pas qu'Atkins tuât son ami. Il avait donc procédé comme un homme qui tient à désarmer son adversaire dans un duel à l'épée. Seulement, le désarmement à vingt pas est une opération délicate et un vieux chasseur accoutumé à envoyer une balle dans l'œil d'un écureuil gris était seul en état d'exécuter ce tour d'adresse.

Dominique connaissait à fond son *rifle* et, cette fois, il n'avait pas tiré trop à droite comme le jour où il avait écorné le crâne du Yankee, au lieu de le percer de part en part. Il avait annoncé, au commencement de la chasse, qu'il rectifierait son tir. Il l'avait rectifié.

Ce qui se passa ensuite fut encore plus curieux que ce coup extraordinaire. Marcel s'était remis en position et il attendait un autre chevreuil sans se douter le moins du monde qu'il venait de l'échapper belle. Mademoiselle de Gondo n'avait rien vu non plus.

Cependant, Dominique rechargeait tranquillement sa carabine et Atkins, après lui avoir lancé un regard expressif, s'en alla ramasser son fusil double, l'examina, et, le trouvant hors de service, fit jouer la bascule, enleva les cartouches, posa la crosse à terre et ne bougea plus. Ce que voyant, Dominique revint à sa place et se divertit à admirer la grâce de Noémi fusillant avec acharnement les pauvres bêtes qui passaient à portée.

On aurait dit qu'il ne s'était rien passé de particulier, mais Atkins savait parfaitement à quoi s'en tenir. Un Français, même scélérat, n'aurait pas pu se maîtriser en pareil cas et se serait livré à une démonstration quelconque. Atkins ne jeta pas un cri, ne fit pas un geste inutile. Seulement, il n'oublia pas de retirer du canon gauche de son arme la balle qui aurait pu servir à prouver ses intentions homicides. On n'est pas plus Américain.

Les traqueurs se rapprochaient, les chevreuils débûchaient par bandes et la fusillade pétillait de tous les côtés. Ce fut un massacre sans distinction d'âge ni de sexe, car le baron qui faisait bien les choses avait annoncé qu'on pouvait tirer même les chevrettes. Puis on vit poindre dans le taillis les blouses des paysans et les tricornes des gardes. La battue était finie, et les chasseurs postés sur les autres faces ne tardèrent pas à rallier l'allée principale.

On se rassembla pour se raconter, selon l'antique usage, des coups merveilleux et surtout invraisemblables. M. de Gondo fut chaudement félicité et s'enquit avec une bonne grâce parfaite des exploits de chacun de ses invités. Les étrangers, particulièrement, furent l'objet de ses prévenances et M. de Colorado, qui venait d'abattre une dizaine de pièces, se déclara très-satisfait.

M. de Mariposa montra moins d'enthousiasme et M. de la Roche-Perrière, lui ayant fait remarquer que les canons de son fusil étaient faussés et même un peu troués, il répondit que le pied lui avait glissé sur une touffe de fougères et que son arme, en s'échappant de ses ·mains, était allée se fracasser contre une pierre.

— Et vous, cher monsieur, demanda le baron à Dominique, avez-vous mis bas beaucoup de broquarts? Vous étiez à une bonne place, mais le gibier est capricieux, et c'est toujours une affaire de chance.

— Je n'ai pas tiré, répondit le Canadien.

— C'est singulier, dit M. de la Roche-Perrière, il m'a semblé entendre siffler une balle.

— Impossible, reprit M. d'Aldrige. Monsieur a bien voulu nous montrer là-bas, au bord de la plaine, comment on tue un lièvre ou un perdreau à balle franche, mais ce fut pure obligeance de sa part. D'ordinaire, il n'use de son escopette que contre les bêtes féroces.

— C'est vrai, répliqua tranquillement Dominique en regardant le *yankee* qui ne broncha pas.

La nuit venait. On regagna le rond-point où les victimes de cette tuerie étaient symétriquement étalées sur l'herbe. On donna quelques instants à la contemplation de cet agréable tableau et, après de copieux échanges de poignées de main, on remonta en voiture et on roula vers Paris.

— Eh bien, dit Marcel à Dominique dès qu'ils se retrouvèrent en tête-à-tête, Atkins a été sage. Je l'avais prévu, et tu conviendras, j'espère, que tes craintes n'avaient pas le sens commun.

— C'est toi qui n'as pas le sens commun, ou plutôt qui es aveugle, s'écria le Canadien.

— Comment cela?

— Eh! parbleu! le damné *yankee* t'a mis en joue, et il allait t'envoyer un lingot à travers le corps, si je ne lui avait fait sauter son fusil d'un coup de mon vieux *rifle*.

— Pas possible! à quel moment donc?

— Tout à l'heure, sur la lisière du bois; tu étais si acharné à exterminer des créatures du bon Dieu que tu n'as rien vu. Et, entre nous, là, vraiment, je ne te reconnais plus. Autrefois, en Californie, tu avais l'œil à tout et tu ne te serais pas laissé approcher à cinq cents pas par un sauvage ou par un bandit américain. Maintenant tu te laisserais tuer bêtement sans te défendre. Ah! Paris t'a bien changé.

— Heureusement qu'il ne t'a pas changé, toi, mon ami, dit Marcel en lui serrant la main. Tu m'as sauvé la vie ici comme tu me l'avais déjà sauvée en Californie. Il est écrit que je serai éternellement ton débiteur; mais avec toi les dettes de reconnaissance ne me pèsent pas.

— De la reconnaissance entre nous! Tu veux rire. Je n'ai fait que ce que tu aurais fait à ma place. Mais, c'est égal, si tu tiens à me payer tes dettes, comme tu le dis, il y a un moyen bien simple.

— Lequel?

— Partons demain pour San-Francisco.

— Y penses-tu? Et Savinien? Et Cécile?

— Nous les emmenons et nous les marions en arrivant.

Marcel n'osa pas ajouter : Et Claire? mais il secoua la tête et répondit :

— Je ne puis pas quitter Paris maintenant. Plus tard, bientôt peut-être, quand j'aurai achevé mon œuvre, nous verrons.

— Ton œuvre! ton œuvre? dit Dominique avec un peu d'humeur, mais elle n'avance pas du tout, ton œuvre. Ce M. Chambras a beau lâcher ses limiers sur la piste des coquins que tu poursuis, il ne les retrouve pas, et m'est avis que tu te leurres d'un espoir chimérique.

— Il m'a promis du nouveau pour cette nuit.

— Ah! oui, c'est vrai. J'oubliais que tu dois te lancer avec lui dans une expédition périlleuse. Vois-tu, Marcel, tout cela finira mal, c'est moi qui te le dis.

— Te voilà devenu tout à coup bien prudent.

— Prudent, je l'ai toujours été et bien m'en a pris... aujourd'hui, par exemple. Et, d'ailleurs, ce ne sont pas les voleurs parisiens que je crains, c'est Atkins.

— Atkins ne fréquente pas ces gens-là, je suppose.

— Qu'en sais-tu? Il est très-capable d'entrer en relations avec eux pour t'atteindre plus sûrement. Ce n'est pas le souci de sa dignité qui l'en empêchera. Les brigands qu'il avait embauchés pour nous assassiner dans la Nevada ne valaient certes pas mieux que les pratiques ordinaires de M. Chambras. A présent surtout qu'il vient de manquer son coup, Atkins va chercher d'autres moyens de se défaire de nous, et je ne serais pas du tout étonné qu'il achetât à prix d'argent l'appui de quelques scélérats de bas étage.

— Tu vois vraiment les choses trop en noir.

— Et toi, tu les vois trop en beau. Enfin, puisque tu n'en veux pas démordre, j'espère bien du moins que tu vas m'emmener ce soir avec toi.

— C'est impossible. Dans sa lettre, M. Chambras me recommande de venir seul.

— Alors tu ne veux pas permettre de t'accompagner?

— Je te répète que cela m'est interdit.

— C'est bien, n'en parlons plus. Je sais ce que j'ai à faire, grommela Dominique en s'accotant dans le coin de la calèche.

Il s'endormit bientôt ou il fit semblant de s'endormir, et la route s'acheva sans que les deux amis échangeassent une parole.

Marcel eut donc tout le loisir de se livrer à ses réflexions et, dans son for intérieur, il ne put s'empêcher de reconnaître que le Canadien avait raison quand il lui prêchait la prudence. Il se promit même d'agir avec plus de circonspection et il

lui vint à l'esprit qu'il serait sage de prendre certaines précautions en vue d'un accident.

Dominique Le Planchais était son associé, en
Amérique; mais, en France, rien n'établissait ses
droits, et au cas où Marcel Robinier serait venu à
mourir subitement, le Canadien n'aurait pas même
été en mesure de toucher au crédit ouvert chez le
baron, au nom de M. Caradoc de Colorado.

Marcel voulut pourvoir sur-le-champ à cette
éventualité et assurer en même temps le sort de
ses jeunes protégés; peut-être aussi laisser un souvenir à une autre personne.

La première chose qu'il fit en arrivant à son
hôtel de la place de l'Europe, ce fut donc d'écrire
quelques lignes et d'enfermer l'expression de sa
dernière volonté dans une enveloppe cachetée,
qu'il remit à son ami en lui recommandant de l'ouvrir en cas de malheur.

V

Dominique reçut le dépôt avec beaucoup d'indifférence. Les intérêts d'argent le préoccupaient
fort peu et, pour le décider à accepter la garde de
son testament, il fallut que Marcel prononçât le nom
de Cécile. Le Canadien comprit qu'il importait d'assurer l'exécution des généreuses intentions de son
ami à l'endroit de la jeune fille, et il promit, d'assez
bonne grâce, de s'en charger. Seulement, il déclara
qu'il se sentait fatigué et qu'il allait se coucher
sans dîner.

Marcel savait qu'il était inutile de discuter avec
Dominique, et il se contenta de cette affirmation
assez invraisemblable de la part d'un homme accoutumé à faire pour sa santé douze à quinze
lieues par jour ou par nuit.

Il avait d'ailleurs des préparatifs à terminer et peu

de temps devant lui. Le rendez-vous de M. Chambras était pour neuf heures, et il lui fallait dîner, s'habiller et se rendre à pied au domicile indiqué.

Le dîner fut promptement expédié ; mais la toilette lui prit une grande heure.

Il avait la veille donné ordre à son nouveau valet de chambre de lui procurer plusieurs costumes complets d'ouvrier, et le domestique, accoutumé aux fantaisies des millionnaires, s'était acquitté de la commission, sans se préoccuper de savoir ce que son maître voulait faire de ces hardes.

M. de Colorado trouva donc dans sa chambre un assortiment complet de vestes, de blouses, de chemises et de pantalons de grosse toile. Il y avait même des bottes, des souliers, des casquettes et des cravates de couleur.

Tout cela était trop neuf et trop propre. Le valet de chambre avait acheté des vêtements très-convenables pour un travailleur honnête, alors qu'il aurait fallu des guenilles de rôdeur de barrière. Mais c'était la faute de Marcel, qui n'avait pas osé s'expliquer trop clairement sur ce point. Et puis, tout le monde n'a pas l'avantage de connaître le père *Rigolo* qui habille les gens avec tant de goût et à si bon marché.

M. de Colorado avait donné congé à son valet de chambre, et il dut s'accommoder comme il put de ces luisantes défroques. Il choisit un pantalon bleuâtre et une blouse grise qu'il fripa de son mieux, sans réussir complétement à leur donner l'air usé. Il y pratiqua même quelques accrocs et

II   6

il poussa la précaution jusqu'à les tacher en les
traînant dans le charbon de son foyer. Mais il dut
s'avouer à lui-même qu'il n'était pas de première
force dans l'art de salir les habits et de leur donner
un cachet suffisamment ignoble.

Les chaussures l'embarrassèrent aussi beaucoup, et, après délibération, il finit par enfiler des
bottes ressemelées qu'il eut soin d'éculer en les
tordant au talon avec une pince.

Pour la coiffure, ce fut bien pis. Pas une des
casquettes ne lui allait. Elles étaient toutes trop
petites. Comment les remplacer ? Le domestique
de confiance n'était pas là pour aller en chercher
d'autres et rien n'est plus difficile à trouver dans
l'hôtel d'un millionnaire qu'une casquette de soie,
molle et à visière rabattue, la casquette d'ordonnance des chenapans.

M. de Colorado allait se décider à sortir la tête
nue, sauf à s'adresser en route à quelque chapelier
en plein vent; mais il lui vint une idée.

Il avait gardé comme pièce de conviction le chapeau ramassé par lui sur la berge du canal Saint-
Martin, la nuit où il s'était fait le chevalier de
madame Pouliguen. Ce chapeau, abandonné selon
toute apparence par le malheureux que deux bandits venaient de jeter à l'eau, ce chapeau bossué,
souillé, déformé, devait lui convenir parfaitement
pour l'expédition qu'il méditait. Il le tira de l'armoire où il l'avait enfermé, l'essaya et reconnut
qu'il semblait avoir été fait tout exprès pour sa tête.

L'affreux couvre-chef était en feutre gris et en-

touré à sa base d'un ruban vert encore assez frais.
Marcel crut avoir fait là une véritable trouvaille,
et s'en coiffa incontinent. Après quoi, ayant com-
plété son accoutrement par un vieux cache-nez en
laine rouge qu'il roula autour de son cou, il se
glissa hors de sa chambre et sortit de son hôtel par
la petite porte de la serre.

Dans sa lettre, M. Chambras lui recommandait
de ne pas porter d'armes. Il ne prit donc ni revolver, ni poignard, ni casse-tête. Seulement il mit, à
tout événement, une poignée de louis dans la poche
de son pantalon.

L'agent de police demeurait rue des Prêcheurs,
près des halles, et, fagoté comme il l'était, Marcel
ne pouvait pas se permettre de prendre un fiacre.
Il s'achemina donc à pied vers le lieu du rendez-
vous, en tâchant d'imiter de son mieux la démarche traînante de ces chevaliers du ruisseau qui
rôdent le soir au coin des bornes, dans les rues
sombres.

Il ne mit pas plus de quarante minutes à faire le
trajet, et il eut la satisfaction d'entendre neuf
heures sonner à Saint-Eustache, juste au moment
où il s'engageait dans la ruelle habitée par
M. Chambras.

Cette voie étroite qui va de la rue Pierre-Lescot
à la rue Saint-Denis ne compte qu'un très-petit
nombre de maisons ; mais, pour trouver celle de
l'agent de police, encore fallait-il pouvoir lire les
numéros, et l'éclairage n'était pas brillant. Pendant que M. de Colorado levait le nez en l'air pour

tâcher de s'y reconnaître, on lui frappa sur l'épaule. Il se retourna vivement et vit un individu dont l'aspect sordide le fit reculer.

— Vous êtes exact, monsieur ; je vous remercie, dit une voix qu'il reconnut aussitôt.

— Quoi ! c'est vous ? s'écria-t-il.

— Moi-même, répondit Chambras. Que dites-vous de mon costume ?

— Étonnant, prodigieux. Je ne vous aurais pas reconnu si vous ne m'aviez pas parlé. Que n'ai-je votre talent ! Vous devez me trouver bien mal déguisé ?

— Mais non ; pour un début c'est assez réussi. Un malin y trouverait bien quelque chose à redire. Ainsi vous êtes tout flambant neuf, et, dans le monde où je vais vous conduire, vous ferez certainement sensation. Mais je vous présenterai comme un *grinche* qui a *fait* un étalage chez un marchand de confection.

— Un *grinche* ?

— C'est-à-dire un voleur. J'oubliais que vous ne possédez pas la langue du pays où nous allons. C'est même un inconvénient majeur pour l'expédition que je projette. Mais vous vous en tirerez tout de même en parlant peu et en tâchant d'imiter l'accent traînard des gamins de Paris.

— Bon ! je le connais et je sais assez d'*argot* pour en placer quelques mots quand il le faudra, dit Marcel qui n'était pas aussi étranger que le croyait M. Chambras.

— Et puis, laissez-moi faire. Je me charge de

diriger la conversation ; vous n'aurez qu'à dire comme moi.

— C'est convenu. Puis-je savoir maintenant dans quel bouge vous me menez ?

— Au bal d'abord. Nous y passerons la soirée, et si nous n'y trouvons pas ceux que je cherche, nous irons ensuite coucher aux carrières d'Amérique.

— Vous avez donc reçu de nouveaux renseignements sur nos coquins ?

— Venez, je vous conterai cela en chemin. Il ne faut pas nous faire remarquer en stationnant ici, et, d'ailleurs, le bal en question ferme à onze heures, et nous n'avons pas de temps à perdre.

M. de Colorado ne fit pas d'objection et suivit son compagnon d'aventures, qui tourna à droite par la rue Saint-Denis, et gagna les quais en passant devant la tour Saint-Jacques.

— Maintenant, dit Chambras, nous n'avons plus qu'à remonter jusqu'au pont d'Austerlitz, et nous pouvons causer tranquillement. Personne ne nous écoutera.

En effet, le quai était à peu près désert. Quelques rares passants rasaient les maisons en baissant le nez pour se garer du vent qui leur soufflait au visage.

— Eh! bien, reprit le policier, Touillard a fini par *entrer dans la musique*.

— Touillard ! la musique ! répéta Marcel ahuri.

— En d'autres termes, votre ancien valet de chambre s'est décidé à faire des révélations.

6,

— En vérité ? et qu'a-t-il dit ?

— D'abord il m'a appris, ce dont je me doutais un peu, que son associé, dans la tentative de vol commise chez vous l'autre nuit, ce bandit qui a jeté M. Le Planchais dans la Seine, est l'ami de l'*Epoulardeur*.

— De l'homme que vous a dénoncé cet assassin exécuté à la Roquette ?

— Précisément. Touillard avoue qu'il l'a connu aussi autrefois ; il prétend qu'il l'a perdu de vue depuis plusieurs années ; mais il convient que, dans sa jeunesse, il a pris part avec lui à l'affaire Robinier.

— Enfin ! murmura Marcel, nous allons donc savoir...

— Nous savons déjà. Touillard, qui connaît son Code, ne craint plus d'être poursuivi pour ce vol, couvert par la prescription, et il nous a donné des indications précieuses. Le coup fut fait dans le temps par Jacques Crambard, dit l'*Epoulardeur*, et par un individu nommé Canoche, qui n'est autre que notre *caroubleur* du bal de M. de Gondo.

— Alors, il me semble qu'il sera facile de retrouver...

— Pas autant que vous le pensez. Ce Canoche a fait comme son complice. Il s'est terré. L'*indicateur* qui me l'avait signalé le connaissait fort peu et ne l'a plus revu depuis la nuit où il a essayé de forcer votre caisse. Mais j'ai des raisons de croire qu'il se montre parfois dans un bal très-mal famé ; c'est là que nous allons en ce moment. De plus, comme il a été mis en recherche dans tous les garnis et qu'on ne l'a découvert nulle part, il se peut qu'il couche aux carrières, et nous y passerons après le bal. Du reste, Touillard nous a fourni encore un renseignement tout nouveau et assez intéressant. Il nous a appris que les auteurs du vol Robinier furent aidés par la servante de Robinier lui-même.

— Quoi! la servante de mon... de M. Robinier, s'écria Marcel.

— Oui, dit Chambras. Dans les vols *à la vrille*, comme celui qui nous occupe, la complicité d'un domestique n'est pas très-rare. Cette fille était, à ce qu'il paraît, la maîtresse de Jacques Crambard ; elle lui donna toutes les indications nécessaires, et elle fit le guet pendant qu'on dévalisait la boutique.

— Était-elle depuis longtemps au service de M. Robinier? demanda Marcel qui cherchait à rappeler ses souvenirs de jeunesse.

— Je ne le crois pas. Touillard, au surplus, n'a pu nous donner que son petit nom, et il ne sait pas du tout ce qu'elle est devenue. Elle s'appelait Catherine.

— Ah! dit Marcel, soulagé d'une grave inquiétude.

Il avait craint un instant que la complice des voleurs ne fût justement la vieille bonne qu'il avait connue chez son père.

— Il serait très-important de la retrouver, car, au dire de votre valet de chambre, elle a beaucoup connu le caissier Fertugues, et elle pourrait peut-être éclaircir le mystère de sa mort tragique. Malheureusement, elle a disparu précisément à l'époque où ce caissier fut retrouvé dans le canal, et, pour remettre la main sur elle, nous ne pouvons plus compter que sur le hasard.

— Ce n'est pas une raison pour désespérer. Le hasard en fait bien d'autres.

— Je conviens qu'il entre pour un quart au moins dans nos combinaisons les plus habiles. Aussi, je ne renonce pas à découvrir cette Catherine. Mais, en attendant qu'une bonne chance nous mette sur sa trace, nous allons nous occuper ce soir de Crambard et de Canoche. Tenez! voyez-vous cette illumination dont l'éclat perce le brouillard, là-bas, devant nous?

— Oui.

— Eh bien, c'est l'enseigne du bal où se rendent de préférence les *escarpes*, les *scionneurs*, les travailleurs de la *grande soulasse*, toute la *haute pègre*.

— Et on tolère que ces misérables se rassemblent là tous les soirs?

— Non-seulement on tolère, mais on facilite. Rien ne sert mieux l'administration que ces bouges où elle n'a qu'à jeter son filet pour pêcher les coquins.

— Mais les coquins doivent savoir cela.

— Oh! parfaitement.

— Comment se fait-il alors qu'ils viennent s'y faire prendre?

— Mon Dieu! ces gens-là sont un peu comme le gibier qui passe toujours au même endroit. Ils ont des habitudes et ils y tiennent. Et puis il faut dire qu'il leur serait difficile d'aller ailleurs. Les gaillards aiment le plaisir tout comme les viveurs du grand monde et même davantage. Or, ils ne peuvent pas dîner au Café Anglais, ni danser chez le baron de Gondo. Ils vont se régaler à la *bibine du père Pernette*, rue des Anglais, ou au cabaret de la *Guillotine*, rue Galande, et finir leur soirée au bal de l'*Ardoise* ou au bal que nous allons visiter.

— C'est juste, et je comprends maintenant que la police tienne à conserver des établissements si utiles. Seulement il faut qu'elle ait un personnel bien nombreux pour les surveiller tous.

— Pas si nombreux que vous le pensez. Le service de la *sûreté* est fait, sous les ordres d'un chef supérieur, par quatre inspecteurs principaux, six brigadiers, cent dix-sept inspecteurs et sept auxiliaires. En ajoutant à ce personnel actif quatre commis de bureau, on n'arrive qu'au chiffre de cent quarante-cinq personnes composant l'armée qui tient en échec tous les malfaiteurs de Paris.

— C'est à n'y pas croire.

— Et le nombre des individus arrêtés varie annuellement entre trente et trente-cinq mille.

— Je me demande comment vous pouvez suffire à une telle besogne et comment vous procédez quand il vous faut exécuter seulement une de ces trente-cinq mille arrestations.

— Vous avez vu cela l'autre soir sur votre terrasse quand j'ai *ligotté* Touillard. Il est vrai que c'était un cas spécial. Mais, par exemple, dans un

bal comme celui où nous allons entrer, il y a deux
inspecteurs en surveillance, rarement trois, et,
s'ils aperçoivent l'homme qu'ils cherchent, ils se
gardent bien de lui mettre la main au collet, car
on leur recommance avant tout d'éviter le *coton*,
c'est-à-dire les rixes. Elles ne tourneraient pas
toujours à leur avantage; les habitués de ces en-
droits-là prennent toujours parti contre les agents,
et de plus, elles discréditeraient l'établissement
auprès de messieurs les voleurs, qui s'en iraient
fréquenter ailleurs,

— Comment vous y prenez-vous donc?

— Nous ne perdons pas de vue l'individu et nous
le *filons* à la sortie, jusqu'à ce qu'il passe dans une
rue déserte où nous puissions opérer sans bruit,
ou bien devant un poste de sergents de ville, où on
le fait entrer immédiatement.

— Et, s'il se défend à coups de poignard ou à
coups de pistolet?

— On reçoit les coups. Ce sont les revenants-bons
du métier.

— Mais vous êtes armés?

— Oui, d'une *ligotte* et d'un *cabriolet*, rien de
plus. Les bâtons même sont défendus.

Marcel n'insista pas. Il admirait le dévouement
sans éclat de ces héros obscurs qui risquent à chaque
instant leur vie pour la société et ne récoltent en
échange de si périlleux services que l'indifférence
et souvent le mépris. Et il se trouvait presque fier
d'accompagner dans sa chasse aux brigands ce

Chambras dont naguère encore il n'aurait pas re-
cherché la compagnie.

— Nous y sommes, dit l'agent. Vous n'avez pas
oublié mes recommandations?

— Non, non. Je parlerai le moins possible et je
réglerai mes mouvements sur les vôtres. C'est donc
dans cette baraque en planches que se tient le bal?

— Oui. Entendez-vous le vacarme?

Il aurait fallu être bien sourd pour ne pas l'entendre, car, en ce moment, les sons qui sortaient
de cet enfer grondaient comme une tempête.

Chambras franchit la porte, les deux mains dans
ses poches, et Marcel le suivit en se dandinant du
mieux qu'il put pour se donner l'air d'un habitué.

La fête se tenait dans une grande salle dont les
murs et le plafond étaient en bois et pavoisés de
drapeaux tricolores. Cela ressemblait assez à une
cale servant à abriter les navires en construction.

L'orchestre se composait de trois cornets à pis-
ton, d'un ophicléide, d'une clarinette, d'une grosse
caisse et d'une paire de cymbales. Il jouait des airs
violents dont les notes cuivrées déchiraient les
oreilles et troublaient les cerveaux les plus calmes.

Les danseurs, hommes et femmes, affolés par cette
terrible harmonie, s'agitaient, se disloquaient, tré-
pignaient à peu près comme les Aïssaoua, ces convulsionnaires algériens qu'une musique endiablée
pousse à dévorer des scorpions et des moutons vi-
vants. Certes, après une heure ou deux de cet exercice, ils devaient infailliblement perdre la raison,
et, en sortant de cette bacchanale, ivres de bruit et

de mouvement. abrutis, enragés, se jeter pour l'assommer sur le premier passant venu.

Les énergumènes musulmans ne s'en prennent qu'aux bêtes. La barbarie retarde toujours sur la civilisation.

Quoiqu'il s'attendît bien à voir des choses étranges, Marcel ne s'était figuré rien de pareil, et ce qui l'étonnait le plus c'était peut-être l'éclairage. Il s'imaginait que dans un bouge de ce genre on devait danser à la lueur douteuse de cinq ou six quinquets fumeux, et, tout au contraire, le gaz inondait la salle de ses clartés aveuglantes.

Du reste, le spectacle n'en était que plus repoussant, car la lumière pénétrait jusque dans les moindres recoins, se réflétant dans le vin bleu des saladiers, ruisselant sur les haillons sordides, éblouissant les yeux rougis au feu des orgies immondes, brûlant les faces plombées par la débauche.

Un observateur des mœurs parisiennes, qui est aussi un écrivain d'élite, a dit, en décrivant ces sabbats : « Il semble que, sous ces clartés excessives, les âmes scélérates mises à nu vont laisser pénétrer leur secret et qu'on va voir sortir les larves qui habitent les cerveaux de ces fous criminels.

La foule était énorme et les démoniaques des deux sexes avaient atteint le paroxysme de l'excitation.

Marcel arrivait au bon moment et il admira l'aisance avec laquelle manœuvrait M. Chambras.

On les regarda bien un peu, comme on regarde des figures nouvelles, mais personne ne vint leur chercher noise, et ils purent faire sans accident le tour de la salle.

Deux fois, M. de Colorado surprit entre son compagnon et des individus aussi mal vêtus que lui un échange de regards significatifs. Il pensa que ceux-là étaient des agents déguisés, et il ne se trompait pas.

Lorsque Chambras eut d'un œil sagace dévisagé les hommes et les femmes qui se bousculaient à la danse, quand il eut examiné les buveurs et les buveuses attablés sur une estrade qu'une balustrade protégeait contre les redoutables évolutions chorégraphiques de ces quadrilles infernaux, il revint à son point de départ, et il se cantonna dans un angle voisin de la sortie, à proximité de deux sergents de ville. Marcel qui le suivait pas à pas le regarda pour lui demander sans parler s'il y avait du poisson dans la nasse, et l'agent lui répondit par une grimace rapide qui voulait dire évidemment : pas encore, mais il y en aura peut-être bientôt. Il faut voir.

L'orchestre venait de lancer un formidable accord final, ponctué par un coup de grosse caisse aussi retentissant que l'explosion d'un mortier; les danseurs et leurs femelles se ruaient vers les tables ou refluaient vers la porte. Les deux agents avec lesquels *Chambras* s'était *recordé*, c'est le terme technique, se replièrent sans affectation sur le poste choisi par leur chef. Marcel vit tout à coup une

femme s'approcher d'eux, et il entendit ces mots
jetés par une voix rauque :

— Je veux *casser sur* (1) mon homme.

Marcel savait assez d'argot pour comprendre le
sens de cette phrase.

La femme qui offrait aux agents de dénoncer son
amant était une grande créature qui avait encore
quelques restes de beauté. Ses cheveux, noirs
comme du jais et rudes comme des crins, retom-
baient en désordre sur son front; ses yeux bril-
laient d'un éclat sauvage et sa bouche, crispée par
la colère, laissait voir une double rangée de dents
blanches et pointues. Elle avait l'air d'une louve
enragée.

— Allons, Brune, allons, ma fille, lui dit tout
bas celui des agents qu'elle avait interpellé, tu as
bu un coup de trop et tu veux encore nous *faire
voir le tour*, comme l'autre fois. *Donne-toi de l'air*,
si tu ne tiens pas à pincer de la guitare demain aux
barreaux de la maison de campagne du faubourg
Saint-Denis.

— Non, la dernière fois j'ai *planché* devant le
quart-d'œil (2); mais ce soir je veux *manger le mor-
ceau* (3) jusqu'au bout.

— Qu'est-ce qu'il t'a fait, ton homme?

— Des misères, parce qu'il a un *béguin* pour
Amanda, la blonde à Jacques. Il va me le payer.
C'est un *escarpe*. A deux, ils ont encore *charrié* un

(1) Dénoncer.
(2) J'ai faibli devant le commissaire.
(3) Dénoncer.

homme dans le canal, il y a quinze jours. Je veux qu'il soit *gerbé à la passe* (1).

— C'est bon. Va m'attendre dehors sur le boulevard Contrescarpe, dit vivement l'agent de la sûreté.

Chambras n'avait pas perdu un mot de ce dialogue, et il approuva de l'œil la réponse de son subordonné, qui sortit aussitôt. La fille brune le suivit en grommelant, et on remarqua d'autant moins dans la salle ce rapide colloque entre elle et le policier déguisé, qu'un tumulte effroyable commençait à quelques pas de là.

Deux hommes venaient de se ruer l'un sur l'autre, comme deux bêtes féroces, et, au lieu de chercher à les séparer, les danseurs faisaient cercle autour d'eux. Ce n'était pas à coups de poing ni à coups de pied qu'ils s'attaquaient. Ils avaient pris du champ et ils se heurtaient le front baissé, à la façon des béliers. Leurs visages saignaient, leurs poitrines résonnaient sous le choc, et les spectateurs applaudissaient en poussaient des cris sauvages. La vue du sang les mettait en joie.

Marcel, indigné, avait bien envie d'intervenir pour faire cesser cette ignoble rixe, mais M. Chambras lui dit à l'oreille :

— Allons-nous-en. Nous n'avons plus rien à faire ici.

Et, s'adressant à celui des deux agents qui était resté, il ajouta en baissant encore la voix :

(1) Condamné à mort.

— Dis au brigadier de les *enlever*, et quand ils seront au violon, *cueille-les* pour le dépôt. Je veux les confronter demain avec la brune.

Puis, il gagna prestement la porte et Marcel fit comme lui.

— Ma foi ! dit le Californien quand ils eurent fait quelques pas sur le boulevard qui va du pont d'Austerlitz à la place de la Bastille, je ne suis pas fâché de respirer un peu. Il me semblait que j'étais dans une fournaise.

— Moi j'y suis habitué, répondit tranquillement Chambras, mais je conviens que la surveillance est plus agréable dans les salons de M. de Gondo.

— J'ai admiré votre sang-froid pendant que ces deux chenapans s'assommaient.

— Peuh ! s'ils se tuaient tous les deux, il n'y aurait pas grand mal, ce sont des gredins de la pire espèce, *chevaliers grimpants* de leur métier.

Et, comme M. de Colorado le regardait d'un air qui équivalait à un point d'interrogation :

— Les *chevaliers grimpants* sont des voleurs *au bonjour*, ajouta-t-il, des drôles qui se glissent dans les hôtels garnis pour dévaliser les voyageurs endormis.

Je ne m'occuperais pas de ceux-ci, croyez-le, si l'un d'eux n'était le frère de cette fille que vous venez d'entendre proposer à un de mes inspecteurs de nous livrer un assassin. J'ai pensé qu'on tirerait peut-être de lui quelques renseignements sur l'affaire du canal Saint-Martin. Les *chevaliers grimpants* sont des messieurs qui aiment leurs aises, et en accordant quelques douceurs à celui-là on le fera parler, au cas où sa sœur se raviserait. Avec les femmes, il faut toujours se défier. Dans un accès de jalousie, elles viennent nous offrir de dénoncer l'homme qu'elles aiment et qui les trompe, et puis, le lendemain, elles se remettent à l'adorer et elles rétractent tout ce qu'elles on dit la veille.

— Il y a donc eu un crime commis récemment sur les bords du canal? demanda Marcel qui en savait quelque chose.

— Oui, on a retiré un homme de l'eau à la hauteur de la rue des Vinaigriers, et il avait bien la mine d'avoir été *scionné*. Le corps n'a pas été reconnu à la morgue. Mais nous sommes à peu près sûrs qu'une bande a travaillé dernièrement de ce côté-là. C'est même dans l'espoir d'arrêter quelques-uns de ces *escarpes* que j'ai organisé pour cette nuit une descente aux carrières d'Amérique.

— Malheureusement, ils n'ont rien de commun avec les auteurs du vol Robinier.

— On ne sait pas. Toute la *pègre* se tient. Tenez, vous avez entendu tout à l'heure cette créature se plaindre que son homme la trahissait pour une certaine Amanda, la blonde à Jacques. Eh bien, Jacques, c'est l'*Époulardeur*.

— Quoi! ce bandit que *Casse-Dos* a dénoncé?

— Lui-même. Il s'appelle Jacques Crambard,

comme vous savez, et cette Amanda est devenue aussi introuvable que lui et que son complice le *caroubleur* Canoche. Or, si nous pouvons mettre la main sur l'homme de Brune, la fille à la crinière noire qui demande à faire des révélations, il nous dira peut-être où est sa préférée, et une fois que nous tiendrons le fil, nous ne le lâcherons plus. Pour le moment, ce qu'il y a de sûr, c'est qu'aucun de ceux que nous cherchons n'était au bal. J'ai *frimé* toutes les figures et je suis sûr de mon fait.

— Pourvu que nous soyons plus heureux là où nous allons.

— Je l'espère et je me permets de vous rappeler mes recommandations. Vous vous êtes fort bien tenu jusqu'à présent ; là-bas, aux carrières, ce sera plus difficile, car nous aurons forcément des conversations à soutenir. Mais je serai là, et, au besoin, je vous soufflerai. Au surplus, l'épreuve ne sera pas trop longue.

Onze heures vont sonner et nous voici à la place de la Bastille. Nous serons aux buttes vers minuit, et la descente est commandée pour deux heures.

— La descente ?

— Oui, en d'autres termes, la ronde de police. A deux heures, les agents, divisés en quatre bandes et commandés par un officier de paix, cerneront les repaires et empoigneront tout ce qui s'y trouvera.

— Nous aussi alors ?

— Mon Dieu, oui. J'ai oublié de vous prévenir de ce léger désagrément, mais je m'empresse de vous assurer qu'il ne sera pas de longue durée, car je me ferai reconnaître de l'officier de paix et vous serez relâché immédiatement.

— Oh! peu importe, surtout si nous réussissons. Seulement, veuillez me dire ce que je dois faire pour bien jouer mon rôle.

— Peu de chose. Il faut qu'on nous prenne pour des *grinches*, et vous êtes maintenant assez au courant de leurs allures et de leur langage. Il ne s'agit que de les imiter. Au surplus, on ne vient guère aux carrières que pour dormir; nous ferons semblant de tomber de sommeil et nous nous coucherons en arrivant. Cela ne nous empêchera pas d'écouter.

— Fort bien. Mais apprenez-moi donc au juste ce que sont ces carrières d'Amérique, dont on parle même en Californie.

— Elle n'ont rien d'américain, je vous le jure, dit en riant M. Chambras, et ceux qui les fréquentaient autrefois les ont même à peu près désertées. Elles sont creusées, comme vous le savez sans doute, sous les buttes Chaumont; l'eau y dégoutte des voûtes en toute saison et on y marche dans la boue jusqu'à la cheville. Aussi, messieurs de la *pègre* se gardent bien d'y établir leur bivouac. Ils ont mieux que cela tout à côté, dans les fours à plâtre qui flambent jour et nuit. Ils trouvent là des fagots pour se garer des courants d'air, un sol sec pour s'étendre et un foyer toujours allumé qui leur tient lieu de calorifère. Les premiers arrivés prennent les meilleures places, et n'en a pas qui veut. Mais nous y serons de bonne heure et nous pourrons choisir.

— C'est fort curieux, en vérité, et ces mœurs-là sont pour moi toutes nouvelles.

— Vous avez pourtant des coquins en Californie, et ils doivent avoir comme les nôtres, leurs mœurs, leurs refuges. J'ai pu étudier récemment ceux de New-York où j'ai été envoyé par M. le préfet pour suivre une affaire importante, mais je n'ai pas eu occasion de pousser jusqu'à San-Francisco, et je le regrette, car je suis sûr que, là-bas, j'aurais appris bien des choses.

— Oh! les procédés californiens sont bien simples. D'abord, en ville, les vols sont impossibles.

— Impossibles! et pourquoi?

— J'entends les vols par effraction, la nuit, dans les maisons où il y a de l'argent.

Il faut vous dire que, dans les villes américaines, chacun confie ses fonds à une banque et paie toutes ses dépenses en *chèques*. On ne garde chez soi que le numéraire indispensable aux besoins de la vie courante. Ces banques sont donc dépositaires d'énormes sommes en or. Eh! bien, elles les mettent sous verre.

— Sous verre? répéta M. Chambras en souriant d'un air assez incrédule.

— Oui, sous verre. La Banque de France enferme sa réserve métallique dans des caves pro-

fondes; les banques de San-Francisco se contentent de loger la leur dans des caves exposées à
tous les regards, au rez-de-chaussée, derrière des
glaces transparentes.

Mais qu'avez-vous donc? demanda M. de Colorado, en s'apercevant que son guide se retournait
à chaque instant.

— Rien, répondit l'agent. J'avais cru qu'on nous
suivait. Je vois maintenant que ce grand escogriffe
qui s'avance là-bas en rasant les murs va tout bon-
nement coucher comme nous aux carrières d'Amérique.

Les deux promeneurs nocturnes avaient suivi le
boulevard jusqu'au faubourg du Temple, qu'ils
avaient remonté, et ils étaient arrivés au bas de la
rue de Belleville, où ils allaient s'engager pour
gagner les buttes Chaumont.

Marcel se retourna et vit en effet un homme de
haute taille qui débouchait du faubourg et qui avait
l'air de suivre le même chemin qu'eux.

Quoiqu'il fût près de minuit, cela n'avait rien
d'extraordinaire dans ce quartier où les cabarets
abondent et restent ouverts fort tard.

— Vous disiez donc, reprit Chambras tout à
fait rassuré, vous disiez donc qu'à San-Francisco
on met les millions sous verre. Il me semble qu'on
doit casser souvent les vitres qui les abritent?

— Jamais, répondit M. de Colorado.

— Alors ils sont gardés par un régiment de *poli-
cemen*?

— Par un seul homme qui dort tranquillement toute la nuit.

— C'est incroyable, et je vous serai fort obligé de vouloir bien m'expliquer ce mystère, car enfin la Californie ne passe pas pour être habitée par des saints, et, devant les trésors qui s'y entassent, un saint ne résisterait peut-être pas à la tentation.

— On use d'un moyen que vous m'avez indiqué vous-même la première fois que j'ai eu le plaisir de vous voir. On éclaire la pièce où se trouve la caisse.

— Et cela suffit pour effrayer les voleurs ?

— Parfaitement. Il faut dire que c'est un éclairage à nul autre pareil. Vingt, trente becs de gaz inondent d'une lumière éblouissante le rez-de-chaussée et ses alentours. L'illumination se voit d'un bout à l'autre de la rue. Comment voulez-vous qu'on essaie de briser cette clôture étincelante? Si quelque malfaiteur s'en avisait, avant même qu'il pût éteindre le gaz, le gardien unique aurait mis la main sur un bouton, et une sonnerie bruyante réveillerait tout le personnel de la maison.

— Parbleu! voilà qui est ingénieux et plus sûr, j'en conviens, que la bougie et le petit chien que je vous conseillais. Reste le cas d'émeute, où une bande donnerait l'assaut à la caisse, en dépit de l'éclairage *à giorno*.

— Il n'y a pas d'émeute dans ce pays-là. Tout le monde y travaille.

— C'est juste. Je crains bien que cette méthode ne soit pas adoptée à Paris, dit Chambras avec un sourire significatif.

Mais, avant d'entrer dans ces banques si bien gardées, l'or voyage beaucoup après qu'on l'a tiré des mines, et il me semble qu'en route, loin des villes, en plein désert, il doit courir quelques risques.

— Là, c'est autre chose, et je pourrais vous raconter des détails assez curieux ; mais il me semble que nous devons approcher des carrières, et...

— Nous n'y sommes pas encore. Voici l'église de Belleville. Nous tournerons à gauche un peu plus haut, par la rue Compans, et, tant que nous n'aurons pas quitté les régions habitées, nous pouvons causer librement. C'est pourquoi, si je ne craignais de vous importuner, je vous demanderais comment on entend la police des grands chemins dans l'État de la Californie. Excusez-moi d'insister. Nous sommes fort arriérés ici ; je tiens à m'instruire, et j'en rencontre si rarement l'occasion...

— Qu'à cela ne tienne, puisque nous avons le temps. Sachez donc qu'aux *placers* proprement dits, et dans les contrées peu explorées de la Nevada, chacun se garde soi-même. Les chercheurs d'or défendent leur propriété à coups de *rifle*, et ils la défendent bien, je vous en réponds. J'ai, moi qui vous parle, soutenu avec M. Le Planchais, que vous connaissez, un siège de six mois, pour rester maître d'un filon.

Quand un bandit devient trop entreprenant et

qu'il a commis des vols ou des meurtres dans un campement, on le saisit, on le juge sommairement et on le pend à l'arbre le plus prochain.

— Bon! mais l'or qu'on expédie par quantités énormes des grandes mines à San-Francisco?

— Cet or-là descend des montagnes par les bateaux à vapeur du Sacramento ou par des diligences appartenant toutes à de puissantes compagnies qui répondent intégralement des valeurs qu'on leur confie. Les mines les plus riches, *Comstock, Gould and Curry, Crown point, Yellow Jacket*, qui ont, en vingt ans, jeté dans la circulation plus d'or que le Pérou n'en avait fourni en trois siècles, toutes usent de ce système et s'en trouvent fort bien.

— Sans doute, puisque les compagnies de transport payent en cas de malheur, mais ces pauvres entrepreneurs de diligences ne doivent pas faire brillantes affaires.

— Ils en font d'excellentes. D'abord, en cas d'attaque, les voyageurs, les postillons et le conducteur se défendent vigoureusement, car ils sont tous armés jusqu'aux dents. Et, s'ils ne sont pas les plus forts, la Compagnie a toujours, pour rentrer dans son argent, un moyen qui manque rarement son effet. Elle met à prix la tête des voleurs.

— Diable! c'est vif.

— Oui, mais c'est sûr.

— Si nous procédions ainsi en France, les journaux feraient un beau tapage.

— En Californie, on se moque des journaux,

La prime offerte est généralement de cinq mille dollars par tête de bandit. On l'affiche partout avec le signalement, à Sacramento, à Washaw, à Virginia City, sur les rochers de la sierra Nevada et sur les sapins de la vallée du Yosemiti. Alors, il se passe une chose curieuse. De toutes parts, les mineurs se lèvent, préférant à leur travail quotidien la chance de gagner vingt-cinq mille francs d'un coup de carabine. Il est plus facile de trouver les voleurs qu'un lingot de cinq mille dollars. C'est pourquoi chacun se met en chasse. A ce métier-là, on risque sa peau, c'est vrai, mais on s'enrichit plus vite qu'enpiochant le quartz ou en lavant le sable.

— Je conçois cela, mais ici ce système aurait bien quelques inconvénients.

— Là-bas, personne ne s'en plaint, et les plus honnêtes gens ne dédaignent pas de gagner la prime. Tenez, il y a quelques années, la voiture de Virginia City fut pillée par quatre coquins dont le signalement fut aussitôt répandu dans tout le comté. Le *shériff*, quelque chose comme le juge de paix d'un canton de France, se mit en campagne avec une arme de nouvelle invention, une carabine à quatre coups, sur laquelle il comptait beaucoup. Il courut les bois, sans rien trouver, pendant trois jours; mais le quatrième, à l'aube, il déboucha tout à coup dans une clairière où les brigands étaient assis autour d'un feu de bivouac. Inutile de vous dire qu'en l'apercevant ils sautèrent aussitôt sur leurs *rifles*, mais il ne leur laissa pas le

temps de l'ajuster. En quatre coups de sa cara-
bine-revolver, il les abattit tous les quatre.

— Ce juge de paix-là en aurait remonté à Guil-
laume Tell. Les nôtres n'expédient pas si vite leurs
justiciables. Et il toucha cent mille francs pour
prix de cette quadruple vacation ?

— Oh ! le soir même, et l'armurier qui avait
fabriqué l'heureuse carabine fit fortune aussi. Il la
racheta au *shériff*, l'exposa dans un local où
on payait un demi-dollar pour la voir, et, à dix
lieues à la ronde, il n'y eut pas un mineur qui ne
voulût en posséder une pareille (1).

— On ne voit ces choses-là qu'en Amérique, dit
en soupirant M. Chambras, qui pensait peut-être
aux façons paternelles dont on use chez nous avec
les malfaiteurs de la pire espèce.

En ce moment même, il allait jouer sa vie contre
l'arrestation problématique d'un assassin, et il ne
lui était pas permis de se précautionner du moindre
rifle à quatre coups. M. de Colorado courait volontairement la même chance, mais lui, du moins, il
avait un intérêt personnel à entreprendre cette
dangereuse expédition. Chambras s'exposait, non
pas même pour l'honneur comme un soldat qui
marche à l'ennemi, mais pour le devoir. Et il n'en
était pas plus fier.

Cependant, tout en causant Californie, les deux
compagnons d'aventures avaient tourné, à gauche,
par la rue Compans, puis à droite par la rue de

(1) Toute cette histoire est authentique.

Bellevue, très-bien nommée, car, le jour, de ce chemin escarpé, on découvre tout Paris.

La nuit, on n'apercevait que des terrains incultes et accidentés bordant la ruelle du côté du couchant.

— Nous y sommes, dit l'agent de police en lui montrant ce désert de plâtre.

Et il s'y jeta sans hésiter.

Marcel le suivit. Il n'avait plus envie de parler et il avait déjà oublié les bandits californiens pour ne plus penser qu'aux coquins de Paris. Ceux qu'il cherchait ne devaient pas être loin, si M. Chambras ne se trompait pas, mais l'ami de Dominique ne se faisait pas une idée bien nette des repaires où ils se tenaient. Il était bien venu dans son enfance lancer des cerfs-volants sur les buttes Chaumont, mais le sol avait été bouleversé depuis ce temps-là et il ne s'y reconnaissait plus du tout. Il s'attacha donc aux pas de l'agent de police qui se dirigeait, lui, à travers ces solitudes, sans plus d'embarras que s'il eût eu simplement à traverser le jardin des Tuileries.

La nuit était sombre et le vent d'est soufflait avec force. Marcel, en regardant autour de lui, crut bien deux ou trois fois apercevoir une forme humaine se détachant sur le fond grisâtre d'un des monceaux de plâtre qui parsemaient ce versant ondulé. Mais M. Chambras était le chef de l'expédition ; il savait ce qu'il avait à faire et Marcel jugea superflu de lui donner des avis.

De place en place, le sol était percé d'excava-

tions en forme d'entonnoirs que l'agent vint examiner une à une, en s'approchant du bord avec
précaution. Quelques-unes contenaient un four à
chaux allumé ; aucune n'était habitée, et les deux
chercheurs en avaient bien visité inutilement une
vingtaine, lorsque Chambras s'arrêta près d'un trou
plus profond que les autres, en disant tout bas :

— J'ai dans l'idée que notre gibier est re-
misé là.

Marcel se pencha sur l'excavation et sentit qu'il
en sortait de la fumée. Un four à chaux brûlait au
fond de cette carrière à ciel ouvert dont les parois
surplombaient de tous les côtés, hors un seul où on
avait pratiqué pour y descendre un chemin assez
commode.

En prêtant l'oreille, il entendit, en dépit du vent
qui soufflait avec force, des rires et des voix. Evidemment, ce repaire était habité et l'agent de
police avait conduit M. de Colorado au bon endroit.

— Vous n'avez pas oublié mes leçons ? lui demanda-t-il tout bas.

— Non, certes.

— Alors tout ira bien. Souvenez-vous seulement
que la razzia n'aura lieu qu'à deux heures et que
la prudence est de rigueur jusqu'à ce que mes
hommes se montrent.

— Je ferai de mon mieux, répondit M. de Colorado.

Chambras n'ajouta pas un seul mot à cette courte
harangue et s'engagea le premier dans le sentier

qui conduisait au fond du trou. Marcel suivit, et, en arrivant au niveau de la bouche du four à chaux, il reconnut que la place était fort bien disposée pour servir de refuge à des rôdeurs nocturnes.

De profondes cavités entouraient le puits d'où se dégageait une douce chaleur, et, sous ces voûtes commodes, ces messieurs étaient parfaitement à l'abri de la pluie, du vent et du froid. L'éclairage même ne leur manquait pas, et la caverne circulaire était illuminée de place en place par des bougies plantées dans le plâtre ou fichées dans des bouteilles.

La société était nombreuse et partagée par petits groupes qui se livraient à des occupations diverses. Les uns dormaient, la tête appuyée sur un fagot ou bien vautrés à plat ventre, dans un coin obscur. Ils dormaient du sommeil lourd de la bête fauve traquée tout le jour par les chasseurs et rembûchée enfin dans sa bauge, où elle tombe épuisée de fatigue.

D'autres, fort éveillés ceux-là, mangeaient, buvaient ou jouaient aux cartes, au piquet ou au bezigue, car les voleurs dédaignent l'écarté, par la raison bien simple que celui qui donne le premier gagne toujours, puisque, dès la première passe, il fait trois points : le roi et la vole.

Deux drôles déguenillés se roulaient par terre en se disputant à coup de poing la possession d'un carafon d'eau-de-vie enlevé dans quelque estaminet. Et ils ne se faisaient pas grand mal, car ils

étaient tellement ivres tous les deux qu'ils avaient
à peine la force de se frapper. Il est vrai qu'ils
parvenaient de temps en temps à se mordre.

Quatre gamins sordides, haves, ébouriffés, dé-
peçaient à pleines mains et mangeaient une motte
de beurre dérobée à la halle. Ils n'avaient pas de
pain, mais, après un copieux échange d'injures
bestiales, ils s'étaient décidés à admettre au partage
un vieux chiffonnier qui possédait une fiole d'anisette volée, et les cinq convives fêtaient bravement
ce repas de sauvages. Ils procédaient du reste avec
ordre. La fiole circulait à la ronde, et, après chaque
bouchée de beurre, chacun de ces affreux gastro-
nomes lampait une gorgée d'anisette.

Au fond, tout au fond de la caverne, un vieillard
assis sur un bloc de plâtre toussait d'une façon
lamentable. Ses quintes perpétuelles formaient la
basse de ce concert de jurons, de grognements et
de rires.

L'ensemble de la scène égalait en originalité
répugnante tout ce que les légendes racontent de
la Cour des Miracles. Rien n'y manquait, ni les
faux aveugles, ni les faux estropiés.

Un grand coquin, porteur d'un tableau représentant l'accident où il était censé avoir perdu la vue,
exerçait à faire des tours un barbet crotté qui lui
servait à tendre aux passants une sébile, appât
menteur offert à la charité crédule. Un peu plus
loin, deux paralytiques très-ingambes se donnaient
réciproquement une leçon de canne avec leurs béquilles.

C'était complet et M. de Colorado reconnut du premier coup d'œil que les truands parisiens n'avaient pas dégénéré depuis le moyen âge.

Il y avait même deux ou trois truandes, repoussantes créatures, aussi laides et aussi dépenaillées que les sorcières de Macbeth, accroupies dans les angles noirs et grommelant d'une voix cassée des paroles sans nom.

Marcel avait vu les enfers de San-Francisco où les bandits jouent masqués et le couteau à la main, les orgies des *placers* où les querelles s'achèvent à coups de revolver, où le sang et le *whiskey* coulent à flots. Il n'avait rien vu de pareil.

Son attitude au début se ressentit un peu de la surprise qu'il éprouvait et on commençait à le regarder de travers, lorsque Chambras se mit à crier :

— Ohé ! les *frangins*, y a-t-il encore de la place dans la *tole* pour deux bons *zigs* ?

Personne ne répondit, car l'hospitalité des fours à plâtre n'a rien d'écossais, mais chacun reprit son occupation sans plus s'occuper des nouveaux venus.

M. de Colorado se demandait ce que son guide allait faire et ne le perdait pas de vue, afin de régler ses mouvements sur les siens.

L'agent se mit à rôder par la caverne en homme qui voudrait trouver une place pour se coucher, et son compagnon fit comme lui. Mais tous les bons endroits étaient pris, et, après avoir cherché ou fait semblant de chercher, Chambras se rapprocha peu à peu de deux immondes chenapans, occupés à jouer, avec des cartes grasses, une partie acharnée.

Ceux-là s'étaient installés à l'écart, dans un coin où la voûte faisait une saillie prononcée et à deux pas de l'orifice brûlant du four à chaux.

— Hé! Pavard, dit l'agent de police en s'adressant à Marcel, puisqu'il n'y a pas de *pieu* pour *pioncer* dans c'te *cambriolle* (1), *collons*-nous ici pour nous chauffer les *arpions* (2).

— Il paraît que je m'appelle Pavard, pensa M. de Colorado.

Et il s'assit par terre à côté de son guide, qui venait de prendre la même position tout près des joueurs.

Ces hommes avaient des figures sinistres, et Marcel eut tout de suite l'idée que Chambras ne s'était pas sans intention établi dans leur voisinage immédiat.

Un coup d'œil furtif du policier lui apprit bientôt qu'il ne se trompait pas, et il se mit à examiner attentivement les deux sacripants.

Celui qui lui faisait face était très-grand et très-maigre. Sa mâchoire inférieure développée outre mesure, sa bouche presque sans lèvres et fendue jusqu'aux oreilles, ses yeux mobiles, son front fuyant et ses bras d'une longueur démesurée lui donnaient l'air d'un énorme gorille. Il était impossible de rêver un type plus parfait d'assassin.

(1) De lit pour dormir dans cette chambre.
(2) Les pieds.

L'autre, plus petit et plus replet, avait un museau de putois et des oreilles détachés du crâne et saillantes comme celles d'un renard.

Les gens de la *pègre* ressemblent tous plus ou moins à des animaux malfaisants, et parmi eux on trouverait sans peine des ressemblances avec toutes les variétés de félins, de rapaces et de quadrumanes.

Ces gracieux personnages n'avaient rien dit ni l'un ni l'autre en voyant les deux intrus qui venaient former galerie autour d'eux sans leur en demander la permission, mais ils leur lançaient des regards très-peu bienveillants.

Chambras ne paraissait pas s'émouvoir de cet accueil évidemment hostile. Il avait tiré de sa poche une pipe courte et noire, et il paraissait fort occupé à battre le briquet.

— En v'là assez, dit tout à coup l'homme aux longs bras à son *partnèr*. Tu *maquilles* trop *la brême*(1). J'tiens pas à *pomaquer* tout mon *carle* (2).

Et, ramassant les cartes, il les mit dans sa poche.

L'homme au museau pointu ne réclama point. On aurait dit qu'ils s'entendaient pour cesser la partie.

— *Ça corne* ici (3), reprit le gorille. La *rousse* n'est pas loin. *Décarrons* (4).

Et il fit mine de se lever.

(1) Tu triches trop.
(2) Perdre tout mon argent.
(3) Corner, puer.
(4) Décampons.

Chambras avait sans doute deviné son intention, car il fut debout avant lui.

— C'est-il vrai que la *rousse* va *abouler ?* s'écria-t-il en prenant un air effrayé.

— Va demander ça aux *cognes* qui *battent leur quart* en bas des buttes, espèce de *pante.*

— Pas plus *pante* que toi, vieux *scionneur.* Je suis *roulotier* (1), et je ne *jaspine* pas avec les *cognes.*

— Et ton *camaro* qui se *balade* avec des *frusques* neuves, il n'est pas *roulotier ?* hein ?

— Non, il *fait* l'étalage.

M. de Colorado s'était levé aussi, mais il n'avait pas encore osé placer un mot, et, à vrai dire, il paraissait embarrassé comme un Parisien qui débarque à Londres, après avoir appris l'anglais au collége, et qui s'aperçoit qu'il n'est pas de force à soutenir une conversation avec les naturels du pays.

— Il est *rupin,* ton *camaro ;* il sème des *médailles* quand il se couche, dit le grand maigre en se baissant vivement pour ramasser trois louis qui avaient coulé hors de la poche de Marcel pendant qu'il était accroupi.

— Cette *douille* n'est pas à moi, répliqua le millionnaire avec empressement.

L'intention était bonne, mais il aurait mieux fait de se taire, car son argot sonnait faux, et un vrai *grinche* ne pouvait pas s'y tromper.

(1) Voleur de colis sur les camions.

— Alors, c'est que les *philippes* sont tombés de ma *profonde* et je les *pige*, dit l'affreux gredin.

Chambras maudissait intérieurement l'imprudence de son compagnon, qui avait eu la déplorable idée de se charger d'or en allant visiter les carrières d'Amérique, mais il faisait, comme on dit, bonne mine à mauvais jeu, et il allait intervenir, quand le gorille s'écria en mettant la main sur le couvre-chef délabré de Marcel :

— Dis donc, *sinve* (1), c'est-il à un étalage que tu as *grinché* ce *galurin*-là (2) ?

En dépit de sa bévue et de ses solécismes en argot, M. de Colorado avait fait jusqu'alors assez bonne contenance, mais l'interpellation du sacripant qui lui demandait où il avait pris son chapeau le désarçonna complétement.

Ce chapeau était celui qu'il avait ramassé sur le quai du canal Saint-Martin, et il comprit à l'instant que ce bandit reconnaissait cette pièce de conviction. Il comprit même comment il se faisait qu'il la reconnût.

Le misérable feutre avait dû servir de coiffure à un complice que son interlocuteur avait jeté à l'eau, et le ruban vert qui ornait ce couvre-chef devait être un signe de ralliement, car les deux coquins en portaient de pareils.

Marcel ne douta pas une seconde qu'il n'eût devant lui les deux brigands dont il avait délivré Do-

(1) Imbécile.
(2) Chapeau.

minique la nuit où il était venu à son secours, après avoir reconduit madame Pouliguen.

Aux carrières d'Amérique la rencontre était fâcheuse, car les habitués de ce repaire devaient être unanimement disposés à prendre parti pour les assassins, dans le cas où une lutte viendrait à s'engager entre eux et deux intrus soupçonnés d'appartenir à la police. Mais, à un autre point de vue, Marcel pouvait se féliciter de se trouver enfin face à face avec un chenapan qui connaissait l'*Époulardeur*. Car l'un de ces deux hommes devait être l'amant de la femelle à crinière noire qui l'avait accusé au bal de la tromper pour Amanda la blonde, Amanda, la douce compagne de Jacques Crambard, dit l'*Époulardeur*.

Chambras avait certainement la même pensée que son compagnon; la manœuvre qu'il venait d'exécuter pour se rapprocher des *escarpes* occupés à jouer aux cartes le prouvait bien. Mais, l'histoire du chapeau rapporté comme trophée par M. de Colorado lui étant totalement inconnue, il ne s'expliquait pas pourquoi le gorille s'informait avec une insistance menaçante de la provenance du feutre mou.

— Ce *galurin*? je l'ai acheté, répondit enfin Marcel.

— Moins cher qu'au bureau, pas vrai? ricana le bandit.

— Et après? Pourquoi donc qu'il ne l'aurait pas acheté? dit Chambras sentant bien qu'il était temps d'intervenir. Je connais le *chineur* (1) qui l'a vendu.

(1) Marchand d'habits.

— Et moi je *conobre* le *galurin* (1) et je te dis que le *zig* qui se le *collait* sur la *tronche* (2) n'a pas pu le *bazarder* (3) à un *chineur*.

— Mets que le *camaro* l'a *grinché* et n'en *jaspinons* plus, dit l'agent pour clore cette dangereuse discussion.

En même temps, il touchait le bras de M. de Colorado pour l'avertir de se préparer, et il reculait à petits pas.

Avec la grande habitude qu'il avait des scènes de ce genre, Chambras comprenait que la mèche était éventée et qu'on allait leur faire un mauvais parti. Il fallait fuir et fuir au plus vite, sauf à aller chercher la ronde de police qui était peut-être déjà en marche et à revenir avec elle envahir ce nid de coquins.

Il y a dans le métier des cas où, si brave que soit un agent, il ne fait que son devoir en cédant au nombre, au lieu de se laisser assommer, sans profit pour la chose publique. Chambras battait donc en retraite tout doucement, et Marcel allait en faire autant, lorsque le gorille vint d'une seule enjambée se placer entre eux et la sortie de la caverne, leur barrant ainsi le chemin par où ils pouvaient s'échapper.

— Tu voudrais te *cavaler*, cria-t-il d'une voix de tonnerre, mais on ne *décarre* pas d'ici sans ma permission.

(1) Je reconnais le chapeau.
(2) Qui le portait sur sa tête.
(3) Le vendre.

— J'en ai pas envie, dit l'agent avec aplomb.

Marcel, enveloppé aussi par le mouvement tournant, serrait les poings et se préparait à en jouer.

Tout à coup. le grand maigre ouvrit ses bras immenses, saisit Chambras par le milieu du corps et l'emporta sous la voûte, en jetant le cri de ralliement des voleurs :

— Au *roussin !*

En un clin d'œil, l'immonde cohue fut sur pied.

Les affreux gamins, qui se régalaient de beurre, quittèrent leur gluant festin; le chiffonnier, leur convive, accourut à la rescousse, non sans profiter de l'occasion pour avaler le reste de l'anisette; les faux paralytiques arrivèrent la béquille haute; le faux aveugle s'avança, précédé de son caniche, qui aboyait avec furie; les vieilles s'abattirent comme un vol de chauves-souris sur le policier, et les ivrognes, hors d'état de se lever, se traînèrent à quatre pattes, dans l'espoir de prendre part à la curée.

Seul, le vieillard qui toussait dans un coin, resta neutre.

Cependant, Marcel avait eu le temps de se mettre en défense, et, avec lui, l'autre bandit ne devait pas avoir beau jeu. Un homme qui avait naguère enlevé l'*Époulardeur* à bras tendu était bien de force à se défendre contre un coquin de petite taille et d'apparence peu redoutable.

Le drôle fit mine d'imiter la manœuvre de son camarade; mais au moment où il s'avançait les

bras ouverts, M. de Colorado lui détacha un coup
de poing dans la figure et s'apprêtait à redoubler,
lorsqu'il se sentit saisi par les jambes.

Une des sorcières s'était baissée pour l'empoi-
gner aux jarrets et lui fit perdre l'équilibre.

Il trébucha et les deux béquillards profitèrent du
moment pour se jeter sur lui, tous deux à la fois,
pendant que le chien de l'aveugle lui mordait les
talons.

Il tomba et toute cette tourbe grouillante se rua
sur lui comme des chiens sur un noble cerf aux
abois. Avant qu'il eût le temps de faire un mouvement pour se dégager, le chiffonnier lui avait
passé une corde autour du corps, et cela si adroitement, qu'en un tour de main il se trouva lié de
façon à ne plus pouvoir bouger.

Chambras n'était pas en meilleure situation.
Les gavroches avaient leurs poches pleines de
ficelle, volée comme la motte de beurre, et le gorille leur apprit à s'en servir, si bien que l'agent
de police fut bientôt attaché.

Il pouvait encore parler et il essaya de récrimi-
ner en argot contre le procédé des *frangins* à l'en-
contre de leurs confrères de la *pègre*. Mais on ne
l'écouta guère, et, au lieu de lui répondre, le grand
maigre se mit à le fouiller.

— Diras-tu encore que tu n'es pas de la *rousse?*
s'écria-t-il en montrant une *ligotte* et un *cabriolet*
qu'il venait d'extraire des poches du patient.

— Il voulait nous agrafer, faut le *buter*, dit une
des sorcières.

Un hurlement de triomphe lui répondit.

Les agresseurs de M. de Colorado s'étaient empressés de le fouiller aussi, et l'or dont il avait eu l'imprudence de se munir passait dans les mains avides des paralytiques très-alertes, du très-clairvoyant aveugle et du vieillard à l'anisette. Les femelles ramassaient les louis égarés qui roulaient par terre. Mais tous prétendaient profiter de l'aubaine. Ceux qui tenaient Chambras avaient vu briller l'or et réclamaient leur part; les autres trouvaient que ce qui est bon à prendre est bon à garder, et ne voulaient rien céder.

Une bataille était imminente, mais l'homme aux longs bras intervint. Il régnait sur ces chenapans par le droit de la force et il fut obéi sur-le-champ quand il leur commanda de s'arrêter et de se taire.

— V'là un *cogne* et un *pante* qui se sont *camouflés* en *grinches* pour nous *roussiner. Butons-les* d'abord. Nous *poisserons les philippes* (1) après, dit-il d'une voix rauque.

— Ça va, crièrent en chœur les bandits.

— Les *buter*, c'est bon. Mais comment? demanda le complice du gorille.

— Je m'en bats l'œil, pourvu qu'on les *refroidisse.*

— Les *refroidir?* Non, faut les réchauffer, au contraire, dit une des vieilles.

— Oui, dans le four à plâtre, grommela l'autre.

— Tiens! c'est une idée. On n'en retrouvera que

(1) Nous prendrons l'argent.

les os et on croira que c'est des *pantes* qu'étaient *poivres* (1), et qui sont tombés dans le trou en *festonnant* sur les buttes.

— Oui, oui, au four!

— A cuire, le *roussin!*

— Ça y est, Allons-y gaiement, conclut le grand maigre.

Et, poussant du pied Chambras, il vociféra :

— Enlevez d'abord le *roussin*.

— Non, faut les enfourner tous deux du même coup, ça sera plus *rigolmuche* (2), glapit un des gavroches.

Les prisonniers entendirent sans broncher les scélérats prononcer leur arrêt de mort, et ils ne réclamèrent pas contre cette épouvantable sentence. Ils se savaient irrévocablement perdus et ils avaient fait le sacrifice de leur vie, en hommes accoutumés depuis longtemps à la risquer.

— Comme j'ai bien fait d'écrire mon testament avant de partir, murmura Marcel.

Puis il donna une pensée à Claire, et il adressa à Dieu une fervente prière. Il était prêt.

Chambras, lui, calculait que le moment approchait où la ronde allait venir, et il cherchait dans sa tête un expédient pour gagner du temps, lorsque le vent lui apporta le bruit lointain de l'horloge de Belleville sonnant les trois quarts.

— Nos hommes ne seront pas ici avant vingt

_____

(1) Ivres.
(2) Drôle.

8.

minutes, pensa-t-il. C'est trop long. Nous sommes perdus.

Et il dit tout haut :

— Finissons-en, tas de canailles. Mes camarades vous repinceront bien, et vous serez tous *fauchés*.

Il n'avait pas achevé que le gorille l'enleva dans ses bras nerveux, pendant que deux autres brigands saisissaient Marcel par les pieds et par la tête, et, l'emportant hors de la caverne, le balançaient au-dessus du four à chaux pour l'y jeter tout vivant.

En cet instant suprême, Chambras tenta un dernier moyen qui lui avait réussi quelquefois.

— A moi! cria-t-il d'une voix retentissante. A moi, les amis.

Il se disait que si, par bonheur, la ronde était déjà en marche sur les buttes, elle entendrait peut-être cet appel désespéré.

— Oui, grommela l'homme aux longs bras, *crible à la rousse* (1), vieux *daim*. Quand les *cognes aboulcront*, tu seras cuit. Je vas commencer par toi.

Et, pour jeter plus vite au feu l'agent de police, il écarta d'un coup d'épaule les gredins qui tenaient M. de Colorado suspendu au-dessus de la bouche du four incandescent. Mais il était écrit que sa sinistre prédiction ne s'accomplirait pas.

Une grande figure noire se dressa tout à coup devant les assassins. Avant de savoir seulement à

(1) Crie à la garde.

qui ils avaient affaire, les bourreaux de Marcel reçurent une grêle de coups de bâton qui les mit en déroute, et le Gorille, frappé à la tête, tomba à la renverse en laissant échapper sa victime.

Marcel, lui aussi, lâché brusquement par les mains qui l'avaient enlevé, roula comme un paquet sur le sol de la carrière. Fort heureusement, les bandits avaient reculé au premier choc, sans quoi il serait allé faire le plongeon dans la chaux vive.

Mais l'assaillant ne se tint pas pour satisfait de ce succès. Il se rua, le bâton haut, sur les coquins réfugiés sous la voûte, et, à la clarté de deux bougies qui brûlaient encore, Marcel reconnut Dominique.

— C'était donc lui qui nous suivait? murmura-t-il.

Le Canadien était superbe. Il avait gardé son costume de chasse, mais il s'était muni d'une énorme trique. Avec sa casaque en peau d'ours et son bonnet fourré, il ressemblait à un homme des bois, et les malandrins virent tout de suite qu'il n'était pas de la police, comme ils l'avaient cru d'abord. Aussi revinrent-ils bientôt de leur frayeur et se mirent-ils en défense.

Le grand maigre était hors de combat, mais son digne compagnon tira de sa poche un long couteau, les faux paralytiques s'armèrent de leurs béquilles, le faux aveugle se fit un bouclier de la planchette qu'il portait sur la poitrine, le chiffonnier brandit sa bouteille d'anisette, les femmes dépenaillées préparèrent leurs ongles, et les gavroches ramassèrent des pierres et s'apprêtèrent à les lancer à l'ennemi.

Quant au vieillard qui toussait, il n'était sans doute pas d'humeur belliqueuse, car il profita du tumulte pour s'esquiver.

Dominique se trouva donc seul en face d'une douzaine d'adversaires, plus ou moins redoutables individuellement, mais tous animés du très-violent désir de le couper en morceaux. Ses amis, gisant à terre et solidement attachés, ne pouvaient lui être d'aucun secours, et il ne devait compter que sur sa force prodigieuse. Mais il avait son bâton, et c'était assez. Samson extermina bien les Philistins avec une mâchoire d'âne.

Du reste, Dominique Le Planchais en avait vu bien d'autres, et, quand on a passé sa vie à combattre les Peaux-Rouges, on ne recule pas devant une bande de truands parisiens.

Il manœuvra tout d'abord avec autant d'adresse que de sang-froid, car il eut soin de se placer derrière ses deux alliés couchés sur le sol, afin d'empêcher que les brigands ne profitassent d'un instant de distraction de sa part pour pousser leurs victimes dans le four à chaux.

— Merci, lui dit simplement Marcel.

— Tenez bon, monsieur, lui cria Chambras, la police va arriver.

— Soyez tranquille, répondit le Canadien, pas un de ces gens-là ne sortira d'ici sans que je l'assomme.

Et il se mit à exécuter avec sa trique un mouli-net formidable.

L'encouragement lancé par l'agent de la sûreté eut pour effet d'exciter encore davantage la rage de toute cette canaille. L'apparition de la police, c'était pour les plus compromis l'échafaud ou Cayenne en perspective; pour les autres, Mazas, Saint-Lazare ou la maison de correction. Ils vou-laient fuir à tout prix, et Dominique leur barrait le passage.

— Allons, coquins, rendez-vous, cria d'une voix de tonnerre le chasseur d'ours gris.

On lui répondit par des hurlements sans nom. En même temps, une pierre passa à deux pouces de sa tête et une autre l'atteignit en pleine poi-trine.

Heureusement, Dominique avait les os durs. Il fit un mouvement pour se jeter sur les brigands, mais il fut retenu par la crainte de laisser à leur merci ceux qu'il venait défendre, et il garda sa position défensive.

Les malandrins ne bougèrent pas non plus. Ils ne se souciaient pas de venir à portée du terrible bâton. Seulement, les hideux gamins se mirent à chercher de nouveaux projectiles.

Le Canadien ne les craignait guère, et il était décidé à tenir, sans reculer d'une semelle, jusqu'à l'arrivée du renfort annoncé par Chambras. Par malheur, le camarade du gorille s'avisa d'un ex-pédient qui changea la situation.

Dans le désordre de la première attaque, le luminaire de la caverne avait beaucoup souffert ; on avait renversé les bouteilles qui servaient de chandeliers, et la scène n'était plus éclairée que par deux bougies oubliées dans un coin. Le drôle les éteignit d'un coup de pied, et les combattants se trouvèrent dans une obscurité profonde.

A partir de ce fâcheux moment, la chance tourna.

Dominique, n'y voyant plus, ne pouvait plus surveiller ses ennemis et les empêcher de le cerner. Il essaya bien de lancer de furieux coups de trique en avant, à droite, à gauche, en arrière, mais la trique ne rencontra que le vide. Les chenapans s'étaient baissés pour éviter les horions, et, fidèles à la tactique perfide qui leur avait déjà réussi avec Marcel, ils se jetèrent aux jambes du Canadien.

Le colosse ne s'attendait pas à cette attaque sournoise. Il chancela comme un chêne sapé par sa base et s'écroula sur les assaillants.

Ce fut alors un épouvantable concert de cris de douleur et de vociférations sanguinaires. Ceux que Dominique avaient presque écrasés en tombant hurlaient de douleur ; les autres entonnaient un chant de triomphe à la façon des sauvages qui von scalper un prisonnier attaché au poteau.

Cette fois, les trois vaincus se crurent bien perdus.

Mais deux heures sonnèrent au clocher de l'église neuve qui dresse ses flèches pointues sur le versant du coteau bellevillois, et Chambras, qui comptait sur l'exactitude absolue de ses hommes,

jeta un dernier appel. Un hourrah lui répondit,
et vingt hommes se ruèrent comme une avalanche
dans l'entonnoir de la carrière.

Les premiers portaient des lanternes sourdes,
qu'ils s'empressèrent de démasquer, et mirent aussitôt le feu à des torches dont la lueur éclaira vivement le champ de bataille.

La Cour des Miracles était prise, et les truands
ne firent aucune résistance. Ils savaient tous qu'elle
serait inutile, ayant déjà acquis à leurs dépens l'expérience de ces razzias nocturnes.

Ils se rendirent silencieusement, comme se rend
un petit corps de partisans surpris par des troupes
régulières et supérieures en nombre.

Le gorille lui-même, qui venait de reprendre
ses sens, le gorille ne dit que trois mots :

— Nous sommes *servis* (1).

Les deux prisonniers ne furent pas oubliés. On
les délia et on les remit sur pied.

Dominique s'y était remis tout seul. Il n'avait
pas lâché sa trique, et il recommençait à espadon-
ner si bien, que les agents allaient santer sur lui,
lorsque Chambras intervint.

— Monsieur est des nôtres, dit-il, et il nous a
rendu un fameux service. S'il n'était pas venu à
notre secours, nous étions cuits, c'est le mot.

Puis, s'approchant de l'officier de paix qui com-
mandait la ronde :

— Il faudrait faire mettre les menottes à ces

(1) Arrêtés.

deux-là, dit-il en désignant le grand maigre et son camarade. Je crois que nous avons mis la main sur deux des *escarpes* de l'affaire du canal Saint-Martin.

L'ordre fut exécuté à l'instant même, et, si M. de Colorado n'eût pas été occupé à serrer Dominique dans ses bras, il aurait admiré le sang-froid avec lequel procédait M. Chambras.

On ne se serait pas douté qu'il venait d'échapper par miracle à une mort affreuse.

— Tiens ! reprit-il, vous en avez ramassé un qui se sauvait.

Il montrait le vieillard enrhumé, celui qui s'était esquivé au commencement de la bataille.

— Nous ne l'avons pas ramassé, il est venu à nous, répondit l'officier de paix, et il nous a avertis qu'on allait faire un mauvais coup ici. Sans lui, ma foi ! je crois bien que nous vous manquions, car j'avais l'idée de commencer la descente par l'autre côté des buttes.

— Alors, nous lui devons une belle chandelle.

Et, s'adressant au bonhomme :

— Comment vous trouviez-vous ici, mon brave ? lui demanda-t-il doucement.

— Je vais vous dire, monsieur, répondit le pauvre diable, c'est que j'ai un asthme, voyez-vous ; et, comme je tousse toute la nuit, les logeurs me mettent à la porte de leurs garnis... alors je vais coucher aux fours à plâtre, parce que la chaleur me fait du bien.

— On va vous diriger d'urgence sur un hôpital, mon ami, reprit Chambras.

— Et je me chargerai de lui assurer une meilleure existence, s'écria M. de Colorado.

— Après que j'aurai pris des renseignements, lui dit tout bas l'agent de police ; mais j'espère qu'ils seront bons. Tenez, monsieur, vous voulez connaître Paris, le voilà tel qu'il est : une ville où la misère honnête couche à côté du vice et du crime.

— Comme à Babylone, dans la vision de Babouc, murmura le Canadien, qui avait entendu.

Marcel lui serra silencieusement la main, et Chambras commanda à ses hommes :

— Allons, vous autres, emmenez-moi tout ce gibier-là au poste.

Et il ajouta, en désignant les deux amis :

— Ces messieurs sont avec moi.

Puis, pendant que les agents poussaient hors de la caverne ce troupeau de vagabonds et de scélérats, il dit en riant à M. de Colorado :

— Cette fois; je crois que nous tenons deux *escarpes* qui nous feront retrouver promptement l'*Époulardeur* ; mais il faudra que vous me donniez votre chapeau. Le juge d'instruction en aura besoin.

VI

Le lendemain de cette nuit, qui avait failli être la dernière pour les deux inséparables, Marcel fut fort occupé. Les dangers qu'il venait de courir ne lui avaient point fait oublier qu'il devait se rendre avant midi chez madame Dortis et dîner le soir avec le commandant Pouliguen. Il n'eut donc que peu de temps à consacrer dans la matinée aux épanchements de l'amitié, car il se leva plus tard que de coutume.

Il était assez naturel qu'il éprouvât le besoin de réparer par le sommeil ses forces dépensées dans une expédition aussi fatigante que périlleuse. Tout le monde n'est pas de fer, comme le Canadien, qui, après ses exploits nocturnes, fut sur pied dès l'aurore, comme d'habitude.

Du reste, ils avaient eu le temps d'échanger leurs

impressions en revenant des buttes Chaumont dans un fiacre où M. Chambras monta avec eux.

Dominique expliqua comme quoi il avait eu l'idée de suivre Marcel, malgré sa défense, comment il l'avait attendu à la sortie du bal, comment il s'était attaché à ses pas, comment il était resté tapi tout près de l'orifice de la carrière, jusqu'au moment où un cri de détresse l'avait averti qu'il était temps d'arriver à la rescousse.

Marcel admira sa prévoyance, et l'agent de police le complimenta sur l'adresse avec laquelle il s'était tiré de cette *filature*, d'autant plus difficile à mener à bien, qu'il avait affaire à un homme fort expert en ces matières.

M. Chambras ne marchait jamais sans regarder en arrière, et M. Chambras avait eu beau se retourner, il ne s'était pas aperçu qu'on le *filait*, quoiqu'il eût aperçu plusieurs fois un individu suivant le même chemin que lui. Il n'oublia pas non plus de le remercier chaleureusement. Le Canadien l'avait tiré d'un des plus mauvais pas où il se fût trouvé dans sa vie fort accidentée, et il lui devait positivement la vie.

Il était dans la destinée de ce Dominique d'apparaître toujours dans les cas graves et de secourir à propos les vaincus. Il était né sauveur.

Entre lui et son vieux camarade Marcel, les services de ce genre ne se comptaient plus, et il eût été difficile de décider lequel des deux, depuis quinze ans qu'ils couraient les aventures ensemble, était resté débiteur de l'autre sur ce compte courant de reconnaissance ouvert pour la première fois en Californie. C'est pourquoi, à leur avis, les longues actions de grâces étaient superflues. Un mot parti du cœur, une vigoureuse poignée de main de l'obligé, et son ami s'estimait assez payé.

Cependant Dominique profita de la circonstance pour achever, avant de se coucher, un sermon qu'il avait commencé la veille en revenant de la chasse. Il insista fortement pour que Marcel en finît le plus tôt possible avec les ennemis de son père, et s'occupât d'assurer l'avenir de ses jeunes protégés et sa propre félicité en regagnant l'Amérique et en les emmenant avec lui.

Cette dernière partie du programme ne convenait pas tout à fait à M. de Colorado, qui rêvait un autre bonheur, et ne tenait pas à quitter la France si vite, mais il tomba d'accord avec son ami sur le point principal, à savoir, qu'il était temps de songer à s'arranger une vie heureuse et paisible. Il se trouva donc que le Canadien prêchait presque un converti.

Marcel avait beaucoup réfléchi depuis vingt-quatre heures, et surtout beaucoup pensé à mademoiselle Claire Dortis. Il s'était avoué à lui-même qu'il l'aimait, et il ne désespérait pas de s'en faire aimer.

Pourquoi aurait-il résisté au sentiment qui l'entraînait vers une pure et charmante jeune fille que le hasard lui avait fait rencontrer, un hasard providentiel, car, depuis qu'il la connaissait, M. de Colorado le bénissait tous les jours.

Des griefs qu'il croyait légitimes l'avaient d'abord mis en garde contre la famille du fabricant, mais il savait maintenant que ces griefs n'étaient pas fondés. Si M. Dortis avait autrefois renvoyé Paul Robinier, c'était à l'instigation de ce Tolbiac qui venait d'être chassé de la maison pour un autre méfait. Ni sa femme, ni ses enfants n'avaient trempé dans cette injustice, et Claire, sa fille cadette, à la première visite de Marcel, avait parlé en termes émus du pauvre employé injustement congédié. Marcel pouvait donc la rechercher en mariage, sans que sa conscience lui reprochât de se laisser aller à un acte de faiblesse.

Il ne se dissimulait pas cependant qu'il restait certains obstacles à lever.

Le principal était peut-être la différence de fortune. Près d'une autre fiancée, ses millions lui auraient assuré un triomphe rapide. Avec mademoiselle Dortis, il lui créaient une grosse difficulté. Déjà, quand elle avait appris de la bouche de son frère René que M. de Colorado était immensément riche, elle avait laissé percer la surprise et le regret que lui causait cette déclaration inattendue. Et il n'était pas probable qu'elle se fût accoutumée depuis à l'idée qu'elle, modeste héritière, pourrait s'unir à un nabab californien.

Élevée dans les saines et sages traditions de cette bonne vieille bourgeoisie parisienne qui tend malheureusement à disparaître, Claire ne songeait point à s'élever au-dessus de sa condition et cherchait le bonheur là où il est, dans l'accord des cœurs et dans la sympathie des caractères. La crainte qu'on ne l'accusât de vouloir faire ce qu'on nomme un mariage d'argent devait suffire pour éveiller en elle des susceptibilités délicates. L'archi-millionnaire, à qui tant de jeunes filles du grand monde auraient ardemment souhaité de plaire, effrayait l'ombrageuse enfant. Pauvre, elle l'aurait accepté avec joie pour mari, car elle aimait tout en lui, excepté ses millions.

Les pensées de Claire, Marcel les devinait, et il ne désespérait pas de vaincre ses fiers scrupules. Il se disait qu'il n'était plus pour elle un étranger, depuis qu'elle était venue invoquer son appui au nom de madame Pouliguen. Madame Dortis, en l'appelant près de lui, allait peut-être lui fournir une nouvelle occasion de gagner l'amitié d'une famille où il aspirait à entrer et de rassurer Claire en se montrant tel qu'il était, simple, bon, généreux, et, par-dessus tout, dédaigneux de la richesse.

Au vrai, il aurait donné volontiers tout ce qu'il possédait aux hôpitaux ou aux pauvres, si la jeune fille l'eût exigé, et il était tout prêt à se dépouiller pour supprimer la distance qui les séparait.

Il y avait bien encore sa situation personnelle vis-à-vis du commandant et de sa femme qui le préoccupait un peu. Le souvenir de la crise conjugale qu'il venait de dénouer par un pieux mensonge lui pesait, et il sentait combien le secret dont le hasard l'avait fait possesseur le gênerait dans ses rapports avec le ménage Pouliguen. Mais il croyait fermement aux promesses de l'imprudente Clotilde, et puisqu'elle était guérie de sa fatale passion pour un méprisable fat, il se disait que le temps, qui cicatrise les plaies de l'âme aussi bien, sinon aussi vite que les plaies du corps, finirait par effacer toute trace de mésintelligence entre les époux.

En somme, il comptait que Claire aurait foi en lui, et, fort de sa loyauté, décidé à tous les sacrifices, il franchit, le front haut et le cœur ému, la grille de ce charmant petit hôtel où il était venu naguère dans des dispositions d'esprit bien différentes.

Il revit la pelouse, le jet d'eau, le lierre s'accrochant aux murailles blanches, les grands arbres du jardin, et il lui sembla que son bonheur était enfermé là. Il n'y eut pas jusqu'à la placide figure du vieux serviteur qui ne lui fît plaisir à retrouver.

— Madame attend monsieur, lui dit, comme à sa première visite, le domestique dont l'accueil familier l'avait si fort surpris jadis.

Cette fois, ce n'était pas une méprise. On l'attendait, et il aperçut à travers les vitres d'une des fenêtres du salon le frais visage de Claire.

— Elle savait que je devais venir, et elle s'est placée là pour me voir à mon arrivée, pensa Marcel, ému comme un écolier qui va, pour la première fois de sa vie, risquer une déclaration.

La porte du perron était ouverte et le salon donnait directement dans le vestibule. Le bonhomme l'introduisit sans l'annoncer et se retira discrètement. Chez la veuve du fabricant, on n'avait point encore adopté les grandes manières, et les visiteurs étaient reçus sans formalités préalables.

Au grand étonnement de Marcel, Claire était seule. Elle l'accueillit sans trop d'embarras, et avec une satisfaction qu'elle ne chercha point à dissimuler.

— Ma mère va être bien contente de vous voir, monsieur, dit-elle. Elle est trop souffrante pour descendre au salon, et je vais vous conduire près d'elle.

M. de Colorado allait exprimer l'intérêt qu'il prenait à la maladie de madame Dortis, mais la jeune fille ne lui en laissa pas le temps.

— Il faut absolument, reprit-elle, que je vous dise ce qui se passe ici.

— Que se passe-t-il donc, mademoiselle? demanda Marcel inquiet.

— C'est ce vilain homme... ce Tolbiac, répondit Claire en baissant la voix.

— Tolbiac ! répéta Marcel, effrayé autant que surpris.

Il pensait :

— Madame Pouliguen aurait-elle raconté à sa sœur la triste histoire qu'elle m'avait promis de lui laisser ignorer ?

— Croiriez-vous, monsieur, reprit Claire, que cet homme rôde sans cesse autour de notre maison ?

— On l'a donc renvoyé ? demanda Marcel en feignant l'étonnement.

— Oui, le jour où je suis allée... où vous êtes venu, répondit mademoiselle Dortis en rougissant. Je ne sais pas bien ce que mon beau-frère lui reprochait, mais il a eu avec ma mère un long entretien, et le soir même Tolbiac a été chassé. Je ne l'ai pas regretté, car je ne l'aimais pas... surtout depuis qu'il a parlé si durement devant vous de ce pauvre M. Robinier, le père de votre ami.

M. de Colorado tressaillit. Les paroles de la jeune fille lui allaient droit au cœur.

— Hélas ! continua Claire, son départ ne nous a pas porté bonheur. Depuis qu'il n'est plus ici, ma sœur est triste, mon beau-frère est sombre, ma mère est souffrante. On dirait que Tolbiac nous a jeté un sort. Et... moi aussi, je suis malheureuse par lui, car il est cause que je ne vois plus Cécile.

— Cécile !

— Oui, cette jeune fille si bonne, si douce, qui m'a accompagnée en voiture. Elle m'avait promis de revenir pour m'apprendre à faire des fleurs et elle est revenue, en effet, dès le lendemain. Je l'ai présentée à ma mère... j'ai même été obligée de mentir pour la première fois de ma vie, car je ne voulais pas... je ne pouvais pas dire où je l'avais rencontrée. C'est mal, très-mal ce que j'ai fait là... Dieu m'en a bien punie. Le second jour, Cécile a été suivie par une méchante femme qui demeure dans la même maison qu'elle.

— Quoi ! cette abominable revendeuse s'est permis...

9.

— Vous la connaissez donc?

— Oui... je l'ai rencontrée une fois... mais... qu'a-t-elle fait?... Aurait-elle essayé de calomnier cette pauvre enfant auprès de madame Dortis?

— Oh! elle n'est pas entrée ici. Elle a seulement examiné notre habitation, à ce que m'a dit Cécile, qui m'a appris aussi que, depuis quelques jours, on l'épiait. Elle ne peut plus faire un pas sans voir la figure de sa voisine. Et, ce qu'il y a de pis, c'est que, avant-hier, en sortant d'ici, elle l'a surprise sur le quai conférant avec Tolbiac.

— Ce n'est pas possible! ce drôle n'a jamais vu la marchande et la marchande ne sait pas que...

— Les méchants s'entendent bien vite. Cécile est sûre du fait, et, depuis que je lui ai dit ce que je pensais de notre ancien contre-maître, elle a peur qu'il ne se concerte avec la femme pour tramer quelque chose contre elle.

— Comment se fait-il qu'elle ne m'ait pas écrit cela?

— Je ne sais, mais elle m'a dit hier qu'elle ne reviendrait plus.

— Et moi, mademoiselle, je vous jure qu'elle reviendra. Je vais aviser à la débarrasser de cette intrigante et de ce vil coquin. Et, s'il se permettait de se montrer encore aux alentours de cet hôtel, j'avertirai le commandant, et je suis sûr qu'il mettra ordre à ces promenades inconvenantes.

Mademoiselle Dortis secoua tristement la tête et ne répondit pas. Évidemment, elle ne comptait guère sur le concours de son beau-frère, et Marcel, qui comprit le motif de son silence, n'osa pas pousser plus loin l'enquête sur les dispositions de M. Pouliguen.

C'était un sujet qu'il ne se souciait pas d'aborder avec la chaste jeune fille dont il voulait faire sa femme ; d'ailleurs, il devait dîner le soir avec le mari de Clotilde, et il se proposait de le questionner avec toute la discrétion imaginable, afin de savoir s'il avait encore des soupçons.

Il aurait bien mieux aimé parler à Claire de l'amour qu'elle lui inspirait, lui ouvrir son cœur, lui dire qu'il ne tenait qu'à elle de le rendre le plus heureux des hommes en lui permettant de la demander en mariage à madame Dortis, lui jurer qu'il était prêt à tous les sacrifices pour obtenir sa main. Il la regardait avec des yeux qui disaient tout cela ; il croyait lire dans les siens qu'elle ne refuserait pas de l'écouter ; et pourtant, l'aveu de son amour ne sortait pas de ses lèvres.

C'est qu'il lui semblait que profiter, pour se déclarer d'un tête-à-tête dû au hasard, ce serait abuser de ses avantages. Il craignait de froisser la délicatesse de mademoiselle Dortis en l'obligeant à se prononcer sur-le-champ, sans consulter sa mère.

Marcel Robinier habitait depuis quinze ans la libre Amérique, où on se passe fort bien, pour se marier, du consentement de ses parents ; mais il était resté Français en ce point comme en bien d'autres, et il ne croyait pas que l'indépendance absolue des jeunes filles équivalût à une garantie de bonheur conjugal.

Du reste, on aurait dit que Claire devinait ce qui se passait en lui, car elle mit promptement fin à cette scène muette, en lui rappelant que madame Dortis l'attendait.

Marcel pensa qu'au cours de cette visite il trouverait sans doute l'occasion de s'expliquer, et il suivit sans mot dire mademoiselle Dortis, qui voulut le conduire elle-même dans la chambre de sa mère.

En y entrant, il fut frappé de l'altération des traits de la veuve, qu'il avait vue la semaine précédente, au bal de M. de Gondo, si calme, si gaie, si fière de la beauté de ses filles, si heureuse de leur joie.

Pâle maintenant, l'œil morne, le front soucieux, elle gisait étendue dans un vaste fauteuil d'où elle n'eut pas la force de se lever pour recevoir M. de Colorado. En huit jours, elle avait vieilli de dix ans.

Elle accueillit le visiteur avec un triste sourire, et dit à sa fille d'une voix faible :

— Laisse-nous, mon enfant.

Claire l'embrassa tendrement et sortit sans mot dire.

— Son gendre lui aura tout conté, pensa Marcel. Qui sait même s'il ne l'a pas chargée de m'interroger ? Si cela était, le moment serait bien mal choisi pour faire ma demande.

— Je vous remercie d'être venu, monsieur, commença madame Dortis ; je vous remercie et je vous supplie d'excuser mon indiscrétion.

M. de Colorado fit le geste obligé en pareil cas,

et la veuve continua avec un peu plus d'assurance :

— Je vous connais depuis trop peu de temps, monsieur, pour avoir le droit de recourir à vous dans la situation où je me trouve; mais si je me suis permis de vous causer un dérangement, ne vous en prenez qu'à vous-même. Vous vous êtes montré si obligeant, si affectueux pour les miens, que je me suis enhardie jusqu'à solliciter de vous un service...

— Que je m'estimerai trop heureux de vous rendre, madame, si cela est en mon pouvoir, dit avec empressement Marcel.

En même temps, il se disait :

— Où veut-elle en venir ?

— Il s'agit d'un service d'une nature très-délicate, reprit madame Dortis, d'un service que j'oserais à peine réclamer d'un ancien ami.

— Veuillez me croire le plus sincère et le plus dévoué des vôtres.

— Je n'en doute pas, monsieur, car la sympathie est presque toujours réciproque, et celle que vous nous inspirez à tous est très-vive. Si, ce qu'à Dieu ne plaise, vous éprouviez un malheur, vous nous trouveriez tout prêts à faire tout ce qui dépendrait de nous pour le réparer, ou pour vous consoler si ce malheur était irréparable. C'est pourquoi je me suis crue autorisée à vous confier celui qui me frappe.

— Un malheur !

— Oui, et peut-être le plus cruel de tous ceux qui peuvent atteindre le cœur d'une mère.

— Nous y voilà, pensa le Californien, Pouliguen aura parlé. Ces marins n'ont pas le sens commun.

— Oui, j'ai le cœur brisé, dit madame Dortis, et je sens que je ne résisterai pas longtemps à des angoisses que Dieu m'avait épargnées jusqu'à ce jour. Je n'avais pas encore souffert par mes enfants.

— Peut-être vous exagérez-vous le mal, dit vivement M. de Colorado, qui songeait déjà à plaider de nouveau la cause de l'épouse imprudente.

— Non, car je n'étais que trop portée à me faire illusion, et il a fallu pour me convaincre des preuves... bien cruelles. Mais j'abuse de votre patience, et il est temps que je m'explique.

J'ai, vous le savez, monsieur, un fils et deux filles. La plus jeune, Claire... pardonnez-moi d'en parler ainsi... Claire est un ange de bonté, de douceur, de dévouement. Depuis qu'elle est au monde, elle ne m'a jamais causé aucun chagrin.

— Personne plus que moi n'apprécie les qualités de mademoiselle Claire Dortis, et je n'oublierai jamais qu'elle a pris la défense d'un homme dont on parlait devant elle en termes malveillants, s'écria Marcel, qui entrevoyait déjà une transition pour en venir à déclarer ses intentions matrimoniales.

— Oui, elle ¸a défendu le père de votre ami contre ce malheureux Tolbiac, que mon gendre a renvoyé. J'ai reconnu là son cœur.

Clotilde est moins expansive que sa sœur, mais elle est aussi aimante, et peut-être plus sérieuse. Elle nous rend tous heureux et ni moi, ni son mari, ni sa sœur, ni son frère nous n'avons jamais eu l'ombre d'un reproche à lui adresser.

— Ni son mari ! pensait Marcel ; mais ce n'est donc pas lui qui s'est plaint ? Maintenant, je n'y suis plus du tout.

— Non, reprit madame Dortis en pleurant, si je n'avais que ma fille, je ne serais pas au désespoir. C'est mon fils qui me tue.

M. de Colorado ne s'attendait pas à cette confidence, et il faut bien avouer qu'elle lui causa une certaine satisfaction.

Il était entré chez madame Dortis avec la crainte d'entendre de sa bouche le récit des dissensions qui troublaient le ménage du commandant, et cette perspective ne lui souriait guère. Sa situation vis-à-vis de son ami Pouliguen était déjà assez tendue, et la mère de Clotilde ne pouvait que la compliquer en lui demandant d'intervenir entre les deux époux. Il se sentit donc grandement soulagé quand il sut que c'était pour lui parler de son fils que la veuve du fabricant l'avait prié de venir.

Il avait à peine entrevu le jeune René Dortis, et il ne savait pas du tout de quoi il s'agissait. Mais l'affaire ne lui paraissait pas pouvoir être bien grave, et il se réjouissait de rencontrer l'occasion de rendre un service à la famille où il souhaitait ardemment d'entrer.

— Parlez, madame, dit-il avec empressement, et croyez que je suis prêt à faire tout ce que vous me demanderez.

— Merci, monsieur, répondit la veuve. Je vois

que je ne me suis pas trompée en m'adressant à vous, et je vous serai éternellement reconnaissante de m'aider à retirer mon fils du précipice où il s'est jeté.

— Oh! oh! pensa M. de Colorado, il faut que les fredaines du jeune homme soient plus sérieuses que je ne le croyais.

— Oui, René se perd ; il a rencontré une de ces femmes qui font métier de séduire et de ruiner les fils de famille.

— N'est-ce que cela? Le mal n'est pas sans remède.

— Je voudrais croire comme vous que René se guérira d'une passion dont il devrait rougir, mais j'en doute, hélas! quand je mesure chaque jour les progrès de la folie qui s'est emparée de lui. Il était doux, soumis, affectueux avec moi, avec ses sœurs... il ne m'avait jamais causé un chagrin... et maintenant... il ne se passe pas un seul jour sans qu'il me blesse au cœur.

— Peut-être attachez-vous trop d'importance à des légèretés qu'excuse presque l'âge de votre fils... Je vous demande pardon, madame, de vous parler ainsi... mais, à Paris et au temps où nous vivons, il ne faut pas être trop sévère pour quelques écarts de conduite.

— Je n'ai que ce fils, monsieur, et je l'adore. Jugez si j'étais disposée à l'indulgence, si j'ai dû fermer les yeux sur ses fautes. Ah! je n'étais que trop disposée à les excuser, et, à présent, je maudis

amèrement ma faiblesse. Je lui aurais tout par-
donné, tout, excepté de ne plus m'aimer.

— Oh! madame, qui vous fait croire...

— Non, il ne m'aime plus, car il déserte notre
maison pour donner tout son temps à cette créature. Tenez! il y a trois jours que je ne l'ai vu,
que je ne l'ai embrassé.

— Et il sait que vous êtes souffrante! c'est mal,
c'est très-mal... mais...

— C'est par lui que je souffre. Je vais tout vous
dire. Mon fils est majeur depuis trois mois à peine.
Son père lui a laissé une fortune que j'ai adminis-
trée jusqu'à ce jour et que j'ai eu le bonheur
d'augmenter. Je me faisais une joie de la lui rendre en le mariant à la femme que je rêvais pour
lui, mais j'espérais qu'il aurait la sagesse de m'en
laisser la gestion jusqu'à ce qu'il eût acquis un
peu de raison et d'expérience. Je me trompais. Il
est venu sans préparation, sans ménagements, me
demander des comptes de tutelle.

— La loi, malheureusement, lui en donne le droit.

— C'est vrai, et je n'ai pas le projet de les lui
refuser. Je ne chercherai même pas à gagner du
temps pour retarder la ruine à laquelle il court.
Quand il aura dévoré son patrimoine, peut-être
René me reviendra-t-il comme l'Enfant prodigue
revint à la maison paternelle. Mes bras lui seront
ouverts, et je ne lui adresserai pas un reproche,
car à mes yeux l'argent n'est rien. Dieu veuille
seulement qu'il ne déshonore pas le nom de son
père.

A cette fière déclaration, Marcel se redressa. Il avait craint un instant que les chagrins de madame Dortis n'eussent pour causes de bourgeoises préoccupations de fortune, et il se réjouissait de reconnaître que la mère de Claire traitait de haut les questions d'intérêt.

— Non, monsieur, reprit noblement la veuve, ce n'est pas cette réclamation qui me blesse, ce n'est pas la ruine qui m'inquiète. Ce qui me désole, ce qui me tue, c'est de voir que René me préfère une fille indigne, c'est de penser qu'il se dégrade en vivant dans le monde interlope des débauchés et des dévergondées, lui, mon enfant bien-aimé, lui que j'avais élevé saintement et que j'espérais préserver de ces contacts impurs. Ah! qu'ont-elles donc ces femmes, pour que nos fils leur sacrifient ce qu'il y a de plus sacré en ce monde? Quel philtre leur font-elles boire pour qu'ils oublient auprès d'elles les douces joies de la famille, le devoir, l'honneur!

— Le philtre n'a pas changé depuis Circé, qui transformait les hommes en pourceaux, murmura Marcel.

— Mais, pardon, monsieur, continua madame Dortis en essuyant ses larmes, j'oublie que je vous ai prié de venir pour vous demander un service, et non pour vous donner le spectacle de ma douleur. Je vous supplie donc d'user de votre influence sur René pour l'arracher à la vie qu'il mène.

— Mon influence! mais elle est nulle. Je le connais à peine.

— Il vous connaît, lui. Avant de vous rencontrer
ici, il vous avait vu au bois, aux Champs-Élysées;
il admirait le luxe de vos équipages, et ses amis
l'entretenaient sans cesse de votre immense fortune, de votre haute situation dans le monde. Mais
ce n'est pas tout. Mon gendre, mes filles, moi-
même nous avons souvent parlé de vous, et j'offen-
serais votre modestie si je vous disais en quels
termes.

Marcel était peu sensible aux compliments, et
cependant il ne put s'empêcher de rougir de plaisir
en apprenant qu'on faisait ainsi son éloge chez les
Dortis. Il eut même un instant la pensée de profiter de cette ouverture pour arriver, par une
transition un peu brusque, à formuler sa demande
en mariage. Mais il réfléchit promptement que le
sauvetage du jeune René lui fournirait une bien
meilleure occasion de se faire agréer, et il se tut.

Seulement, ce sauvetage, il ne voyait pas encore comment il pourrait l'exécuter, mais madame
Dortis lui vint en aide.

— Veuillez me croire, monsieur, dit-elle avec
une chaleureuse émotion, mon instinct de mère
m'avertit que vous seul êtes en situation de vous
faire écouter de mon fils. Vos conseils, si vous consentez à lui en donner, auront sur lui toute l'auto-
rité que vous assurent votre expérience, votre
réputation d'homme élégant. Il y a peut-être plus
de vanité que de passion dans l'entraînement auquel cède en ce moment René. Il se fait une sotte
gloire de se montrer partout avec cette créature et

de jeter au vent un bien laborieusement amassé
par son père. Je suis sûre que si vous lui disiez ce
que vous pensez d'une telle conduite, votre avis
l'emporterait sur celui des garnements qui l'en-
tourent, et... permettez-moi de vous donner le
mien... il faudrait faire naître en lui la crainte de
s'exposer au ridicule.

— Vous avez raison, madame, s'écria Marcel,
frappé de la justesse de l'idée que la tendresse ma-
ternelle venait de suggérer à madame Dortis.

— Ainsi, vous consentez? Vous voulez bien vous
charger de guérir ce pauvre enfant?

— J'essaierai du moins, et je vous remercie,
madame, d'avoir pensé à moi, car il n'est rien que
je ne fasse pour vous et pour les vôtres.

— Oh! monsieur, vous me rendez la vie.

— Mais la cure est difficile, et j'aurai besoin,
pour la mener à bien, de toute votre indulgence,
de toute votre confiance surtout, car je compte
traiter M. René par la méthode homœopathique.

— Oh! je me fierai à vous aveuglément, et si
vous voulez bien m'expliquer...

— Comment je compte m'y prendre? C'est très-
simple. Si j'essayais de convertir votre fils en lui
prêchant la sagesse et en déclamant contre les
femmes galantes, il est probable que mes sermons
auraient peu de succès. Tandis qu'en me mêlant à
ses plaisirs, et même, vous l'avouerai-je? en feignant de les approuver, je me flatte de lui en montrer les dangers et les hontes, de lui faire toucher
du doigt l'avilissement et la méchanceté de ces

stupides créatures, toujours prêtes à trahir pour un peu d'or les sots qu'elles ruinent et qu'elles déshonorent. Les homœopathes traitent les semblables par les semblables. J'emploierai leur système.

— Vous n'aurez pas de peine à convaincre René. Il est né bon, généreux, et je lui ai inspiré dès son enfance l'horreur de toutes les bassesses. Il est impossible qu'en si peu de temps cette horrible femme ait perverti mon fils... car cette funeste liaison date seulement de quelques semaines.

— Et le mal est déjà assez grand, mais je vais me hâter de l'arrêter. Seulement, pour que je puisse agir, il faut que je voie le malade, et je vais m'occuper de trouver un moyen d'entrer en relations avec M. René. Il sera bon que ces relations se nouent d'une façon naturelle, afin qu'il ne se doute pas de mes projets de conversion.

— Ce sera facile, car j'ai appris, à mon grand regret, qu'il allait être présenté au cercle dont vous faites partie.

— Vraiment? Et savez-vous par qui?

— Il a nommé un de ses parrains devant sa sœur, qui me l'a redit, car il ne m'a pas consultée, dit tristement la pauvre mère. Cet homme qui ne craint pas d'introduire un enfant dans un cercle où sans doute on joue gros jeu, ce parrain s'appelle M. Belamer.

— Belamer! s'écria M. de Colorado. Oscar Belamer? un homme de la Bourse?

— Oui, monsieur, c'est bien cela. René l'a vu,

je crois, chez notre agent de change qui avait consenti à prendre mon fils dans ses bureaux et qui ne l'y a pas gardé longtemps.

— Mais ce Belamer... vous ne le connaissez pas?

— Non; seulement, j'ai eu sur lui les renseigne-ments les plus défavorables. Un vieil ami de notre famille, qui est resté dans les affaires, m'a appris que c'était un spéculateur très-mal famé, quoique riche, et, en même temps, un débauché, un vi-veur, comme ils disent. Je suis sûre que c'est lui qui a entraîné mon fils dans cette existence de dé-sordre, et l'ami dont je viens de vous parler ne doute pas que ce vilain homme n'ait poussé René à demander ses comptes de tutelle.

— M. René n'a pas essayé de vous le présenter? de-manda Marcel qui commençait à entrevoir beau-coup de choses que ne soupçonnait pas madame Dortis.

— Pardonnez-moi. Il m'a même tourmentée pour que je lui ouvrisse ma maison, mais je m'y suis toujours refusée.

— Vous avez bien fait, madame, et, si je pou-vais me permettre de vous donner un conseil, je vous engagerais à persister énergiquement à lui fermer votre porte.

— J'y suis très-décidée; mais, hélas! en quelles mains mon pauvre enfant est tombé!

— Je l'en arracherai, je vous le jure. Mais par-donnez-moi si je réclame de vous, madame, la pro-messe de me garder le secret le plus absolu. Si

M. René savait que nous agissons d'un commun accord, il ne m'écouterait pas.

— Je ne lui dirai pas un mot de notre projet.

— Ni à lui, ni à personne?

— A personne.

— Puis-je vous demander encore si mon ami, le commandant Pouliguen, est instruit de la conduite de son beau-frère?

— Non; du moins, je ne le crois pas. Clotilde sait, comme sa sœur, du reste, que René me cause beaucoup de chagrin, mais elle n'en a pas parlé à son mari. D'ailleurs, M. Pouliguen a été fort occupé depuis son arrivée. Il est mandé presque tous les jours au ministère de la marine, et il a de très-longs rapports à rédiger. C'est assez naturel au retour d'une campagne de trois ans. Cela fait que nous le voyons à peine. Et puis, il a ici une foule de camarades qui nous l'enlèvent trop souvent. Aujourd'hui encore, il dîne chez un capitaine de frégate et il ne passera pas la soirée avec nous.

— Ah! il dîne chez... un capitaine de frégate, répéta Marcel que M. Pouliguen avait invité pour ce même soir au *Café Anglais*.

Voilà qui est singulier, pensait-il. Il se cache de sa belle-mère pour dîner avec moi et de sa femme aussi, très-probablement. J'ai bien peur qu'il n'y ait du nouveau dans ses affaires conjugales.

— Ainsi, monsieur, reprit madame Dortis, vous verrez très-prochainement René au cercle, et il vous sera bien aisé de donner suite à un projet que

j'approuve sans réserve, car il ira certainement
au-devant de vos intentions en recherchant l'honneur de faire connaissance avec vous. Oserai-je
vous prier encore, vous qui voulez bien tenter de
l'arracher à l'influence de cette affreuse femme,
vous prier de veiller sur lui dans ce cercle? Le
danger menace mon pauvre enfant sous tant de
formes... il y a le jeu, les querelles...

— Je ferai pour lui ce que je ferais pour mon fils
et...

A ce moment, la porte de la chambre s'ouvrit et
madame Pouliguen entra.

Elle parut un peu surprise de trouver chez sa
mère M. de Colorado, mais elle se remit très-vite
et Marcel crut même lire dans ses yeux qu'elle
était bien aise de le rencontrer.

La belle Clotilde était fort changée et ses traits
altérés disaient assez qu'elle n'avait pas reconquis
le calme et le bonheur perdus.

Son sauveur s'informa de sa santé avec une affectueuse sollicitude, parla brièvement du commandant qu'il se plaignit de ne pas voir plus souvent
et saisit avec un certain empressement l'occasion
de prendre congé. Madame Dortis lui avait dit tout
ce qu'elle avait à lui dire et il n'était pas fâché de
s'en aller pour réfléchir un peu à la situation que venaient de lui créer les confidences d'une mère dé-
solée.

— Voici René qui rentre, dit madame Pouliguen
en s'approchant de la fenêtre.

— Je serai charmé de causer un instant avec

monsieur votre frère, s'écria Marcel. On m'a dit qu'il se présentait à mon cercle, et j'ai hâte de lui offrir mes services pour le piloter dans ce monde. un peu nouveau pour lui. Je vais donc, si vous le permettez, madame, lui serrer la main en passant.

Et il salua madame Dortis qui ne chercha point à le retenir, heureuse qu'elle était de savoir que les relations entre le Californien et son fils allaient se nouer tout de suite et de la façon la plus naturelle du monde.

— Vous auriez quelque peine à trouver le chemin de la cour des communs où René vient de descendre de cheval, dit madame Pouliguen avec empressement. Je vais, si vous voulez bien, monsieur, vous y conduire.

Marcel comprit aussitôt qu'elle tenait à lui parler hors de la présence de sa mère, et il s'empressa de la suivre.

— Que se passe-t-il donc? demanda-t-il dès qu'ils furent seuls. M. Pouliguen aurait-il reçu de nouvelles dénonciations?

— Non... du moins, je ne le crois pas, répondit Clotilde. Cependant, il est toujours sombre... il paraît préoccupé... il ne serait pas impossible que ce misérable Tolbiac lui eût écrit. Mais ce n'est pas de cela que je voulais vous entretenir... quoique j'aie plus que jamais besoin de vos conseils... de votre appui...

— Expliquez-vous, madame. Vous savez que je suis tout à vous.

— Eh bien! il est revenu... il me poursuit encore de son amour qui, maintenant, me fait horreur...

— Belamer !

— Oui... il a osé m'écrire.

— Ah ! c'est trop d'impudence !

— Il s'est lié avec mon frère et il a déjà essayé de se faire présenter par lui à mon mari... il y parviendra et alors... alors je serai perdue.

— Rassurez-vous, madame, cela ne sera pas, dit Marcel d'un ton ferme.

— Dites-vous vrai? s'écria la pauvre femme. Oh ! si je pouvais vous croire !... si vous saviez ce que je souffre... je n'espère plus qu'en vous.

— Je vous donne ma parole d'honneur, madame, que, dès demain, vous serez délivrée des importunités de cet homme.

Clotilde allait sans doute lui demander ce qu'il comptait faire pour éloigner son déplaisant adorateur; mais, tout en causant, ils étaient arrivés à une porte vitrée qui donnait de plain-pied sur le jardin et à travers laquelle ils pouvaient apercevoir René Dortis caressant de la main l'encolure d'un assez joli cheval qu'un petit groom en livrée bleue venait de desseller.

Marcel salua respectueusement madame Pouliguen, qui n'osa pas le retenir, ouvrit la porte et alla droit au jeune homme, dont la figure s'épanouit en le voyant. Il lui tendit la main et lui dit avec un air familier qui le charma :

— Vous avez là, monsieur, une charmante bête

et je sais que vous la montez à merveille, car je vous ai rencontré l'autre jour au bois.

René rougit de plaisir à ce compliment, et M. de Colorado jugea qu'en flattant sa vanité il avait trouvé du premier coup l'endroit sensible.

— Bon ! pensa-t-il, je le tiens et la cure ne sera ni longue ni difficile. Il ne s'agit que de lui per-·suader que son ami Belamer est un être vulgaire et que la fille qui l'a ensorcelé ne fait pas honneur à son goût.

Et il reprit tout haut :

— J'ai appris que vous alliez être des nôtres au cercle et j'en ai été ravi. Puis-je vous demander qui vous y présente?

— M. Oscar Belamer et un de ses amis, M. Jules Valbourg.

— Deux boursiers, je crois?

— Mais... oui, balbutia René. Ces messieurs sont riches et très-bien posés dans le monde.

— J'en suis persuadé, dit M. de Colorado avec une grimace ironique. Je regrette néanmoins que vous ne vous soyez pas adressé à moi de préfé-rence.

— Quoi! monsieur, vous auriez consenti à me patronner !

— En doutez-vous? mais c'est-à-dire que j'aurais été enchanté de vous servir d'introducteur. Votre beau-frère est un de mes meilleurs amis; j'ai été accueilli de la façon la plus gracieuse par madame votre.mère, et de plus vous m'inspirez une très-vive sympathie. Excusez-moi de vous dire cela si

brusquement. Nous autres Américains, nous man-
quons un peu de formes, et nous allons toujours
droit au but. Voulez-vous que nous soyons une
paire d'amis?

— Oh! monsieur, vous me comblez.

— Du tout, c'est vous qui me comblez. J'aime
les jeunes gens et, par malheur pour moi, je n'ai
plus votre âge. Vous me rendrez un vrai service
en m'admettant à partager vos plaisirs. Quand vous
plaît-il que nous soupions ensemble? En votre aimable compagnie, je suis sûr que j'aurai quinze
ans de moins.

— Mais, répondit avec empressement le jeune
Dortis, je compte aller ce soir au bal de l'Opéra
et...

— C'est dit. J'y serai et je vous invite à souper à
la *Maison-d'Or*, répliqua Marcel en donnant à René
une poignée de main d'adieu.

Et il se hâta de gagner la grille d'entrée. Il venait de voir passer, sur le quai, Tolbiac causant
avec une femme qu'il lui semblait reconnaître.

René fit bien quelques efforts pour retenir son
nouvel ami, mais M. de Colorado coupa court à
ses remerciements en lui confirmant le rendez-
vous qu'il venait de lui donner, et en lui criant :

— Cette nuit à deux heures, dans le couloir des
premières ou dans ma loge.

Il lui tardait de s'assurer qu'il ne se trompait
pas et que la femme qui causait avec le sieur Tolbiac était bien celle qui l'avait arrêté au passage
dans l'escalier de la maison de Cécile.

Il arriva en courant sur le quai, fit signe à son cocher de l'attendre et chercha des yeux le couple qu'il venait de voir passer.

Il aperçut l'ex-contre-maître planté sur le bord du canal et fort occupé, en apparence, à examiner la manœuvre des éclusiers, qui levaient les vannes pour faire passer un bateau. La femme filait par la rue des Vinaigriers qui conduit à la rue Albouy.

Elle se retourna après avoir fait dix pas, et Marcel la reconnut parfaitement. C'était la marchande à la toilette dont les importunités l'avaient si fort agacé le jour où il était allé voir la jeune fleuriste.

Madame Alexis, pour cette fois, ne paraissait pas du tout disposée à l'aborder, quoique elle l'eût très-bien reconnu. Au contraire, elle accélérait sa marche, comme si elle eût craint que le millionnaire ne la suivît.

Évidemment, la coquine avait quitté Tolbiac, dès qu'elle avait vu poindre, dans la cour de l'hôtel Dortis, la figure de M. de Colorado.

De cette brusque séparation, Marcel conclut que ces deux êtres avaient peur d'être surpris par lui en flagrant délit de conférence, et qu'ils s'étaient réunis pour machiner quelque noir dessein.

Claire venait de lui dénoncer leurs accointances, et il s'expliquait fort bien que les allures de la revendeuse eussent effarouché Cécile.

A qui en voulait ce couple malfaisant? Probablement, Tolbiac méditait de se venger de madame de Pouliguen, qui l'avait fait chasser, et la

10.

mère Alexis préparait un piége où elle comptait attirer la fiancée de Savinien. Mais comment l'association s'était-elle formée? Le contre-maître et la marchande ne se connaissaient point auparavant. Par quel hasard s'étaient-ils coalisés? Marcel n'y comprenait rien.

Une haine commune peut devenir un lien entre deux scélérats, mais ce n'était pas le cas, puisque l'un s'en prenait à la femme du commandant, tandis que l'autre poursuivait la fleuriste, dans un but que le Californien ne devinait pas encore.

Il lui vint à l'esprit que son ennemi, Atkins, n'était pas étranger à cette fusion de sentiments hostiles. Qu'on s'attaquât aux Dortis ou à la fleuriste, c'était toujours lui, Marcel Robinier qu'on visait.

Quoi qu'il en fût, d'ailleurs, cette rencontre était un avertissement dont il se promit bien de faire son profit. Il eut même un instant l'idée d'aborder le Tolbiac et de lui signifier que, s'il continuait ses menées, mal lui en prendrait. Mais le drôle n'était pas homme à se laisser intimider par des menaces.

Mieux valait agir que de parler, et M. de Colorado remonta en voiture, bien décidé, d'une part, à prévenir Savinien de ce qui se passait, et, de l'autre, à invoquer contre Tolbiac, espion et dénonciateur, l'intelligent appui de M. Chambras.

Marier Cécile le plus tôt possible, afin de la soustraire à des tentatives ténébreuses, et faire arrêter le contre-maître comme prévenu de calomnie et de chantage, tels étaient les deux termes du problème que Marcel se proposait de résoudre le plus tôt possible.

Il avait d'ailleurs d'autres soucis, sinon plus graves, du moins plus actuels. Il voulait rendre le jeune Dortis à sa mère, ramener définitivement la paix dans le ménage du commandant et, pour ce faire, débarrasser Clotilde de M. Belamer. C'était à ce prix qu'il espérait mériter la main de Claire, et, pour la mériter, il eût tenté des entreprises bien plus difficiles.

La guérison de René ne lui semblait pas douteuse, et il était décidé à commencer le traitement au bal de l'Opéra. L'occasion de sonder les dispositions de M. Pouliguen s'offrait d'elle-même, puisque les deux amis devaient dîner ensemble le soir même. Rien n'est propice aux confidences comme un bon repas arrosé de vins généreux, et Marcel faisait fonds sur la cave du café Anglais pour amener l'officier de marine à ouvrir son cœur. Restait M. Belamer à élaguer.

Avec celui-là, M. de Colorado ne voulait pas prendre de chemins détournés. Le belâtre lui déplaisait fort, et il le lui avait déjà fait voir. Il ne s'agissait que de faire naître une occasion de le souffleter, ou du moins de le traiter de telle sorte qu'il serait obligé de venir sur le terrain, où le Californien se croyait sûr de le gratifier d'un bon coup d'épée destiné à calmer ses transports amoureux. Le boursier était homme à comprendre à demi-mot, et, une fois assuré que Marcel ne tolérerait plus ses assiduités auprès de la femme d'un ami, on pouvait bien croire qu'il ne reviendrait plus s'y frotter.

Ayant ainsi bâti ses plans, M. de Colorado se fit ramener à l'hôtel, où il ne trouva point Dominique. Le Canadien était allé prendre une leçon de boxe parisienne, afin de se mettre en état de tenir tête en un besoin à tous les habitués des bals de barrière et des carrières d'Amérique.

Marcel se fit seller un cheval, galopa deux heures dans les allées écartées du bois de Boulogne, revint à la nuit tombante, s'habilla pour ne point avoir à rentrer chez lui après le dîner, et se rendit à pied au restaurant où l'attendait M. Pouliguen.

Il faisait un temps sec et froid qui invitait à marcher, et il prit par le boulevard Malesherbes, où il rencontra Dominique revenant de ses exercices.

Le Canadien lui dit qu'il avait vu à la salle d'armes M. Ernest de Gondo et que ce jeune financier s'était informé avec beaucoup de sollicitude de M. Caradoc de Colorado, en se plaignant de ne plus le voir et en annonçant l'intention de venir prochainement lui rendre une visite matinale.

Marcel supposa qu'il voulait lui rendre son argent, et ne s'en préoccupa guère. Il avait bien autre chose en tête que la petite personne de M. de Gondo fils. Mais il crut devoir prévenir Dominique Le Planchais qu'il ne rentrerait pas de la nuit, ou du moins qu'il rentrerait fort tard, et, comme son ami s'enquérait de ses projets, il lui dit, en riant :

— Sois tranquille, je n'ai pas de rendez-vous avec M. Chambras, et j'ai assez vu les carrières d'Amérique pour n'avoir aucune envie d'y retourner. Je vais tout simplement au bal de l'Opéra. Ainsi, ne te crois pas obligé de veiller sur moi comme la nuit dernière, et dors sur les deux oreilles.

Dominique lui souhaita beaucoup de plaisir et le laissa aller.

VII

Les marins se piquent d'exactitude comme les militaires, et à sept heures précises, Marcel rencontra M. Pouliguen qui se promenait méthodiquement sur le trottoir, devant le café Anglais.

Le commandant était arrivé depuis cinq minutes. Il arpentait l'asphalte, de la rue Favart à la rue de Grammont, et réciproquement, avec autant de régularité que s'il eût marché sur la dunette de sa frégate.

Marcel n'était pas sans appréhension au sujet de l'accueil que lui réservait le mari de Clotilde, mais il fut bientôt rassuré. L'officier l'aborda de la façon la plus cordiale, et ce fut pendant quelques instants un échange de compliments amicaux et de questions affectueuses, comme il siéd entre camarades qui se sont quittés sur le rivage

de l'océan Pacifique et qui se retrouvent en plein
boulevard des Italiens.

— Je vous demande pardon, cher ami, de vous
inviter au cabaret, dit M. Pouliguen, après les
phrases obligées. J'espère bien que, très-prochainement, vous me ferez le plaisir de venir dîner
chez moi. Mais, en ce moment, ma belle-mère est
souffrante et...

— Je le sais. J'ai eu l'honneur de voir madame
Dortis ce matin, interrompit M. de Colorado, qui
n'avait aucune raison pour cacher au commandant
cette visite à sa belle-mère.

— Ah! vraiment? demanda l'officier en laissant
percer quelque surprise.

Marcel pensa qu'une entière franchise était de
rigueur avec un homme dont l'esprit devait être
prompt à s'alarmer, et il reprit aussitôt :

— Oui, madame Dortis m'avait fait prier de
passer chez elle pour me parler de son fils. Le
jeune homme, paraît-il, lui donne quelques inquiétudes, et elle m'a demandé de lui donner de
bons avis quand je le verrai à mon cercle, où il va
être reçu un de ces jours. Je ne m'attendais guère,
je vous l'avoue, à être choisi comme mentor. C'est
bien la première fois que je suis jugé digne de
jouer un rôle si grave, et je ne sais trop comment
je m'en tirerai ; mais, à tout hasard, j'ai accepté
pour ne pas désobliger madame Dortis.

— Et vous avez bien fait, mon cher. Moi, je ne
convenais pas du tout pour morigéner ce garçon. Je suis trop roide, trop cassant, et j'ai déjà

dit à sa mère ce que je pensais. René n'a jamais voulu rien faire. Il est sur une mauvaise pente, et, si on m'avait écouté, il serait déjà embarqué et il naviguerait au commerce en qualité de pilotin, puisqu'il a refusé de travailler pour entrer à l'École navale. Cela vaudrait mieux que de faire des sottises à Paris. Mais laissons-là mon beau-frère et entrons au restaurant. J'ai retenu un cabinet, et j'ai à vous entretenir de choses sérieuses.

Marcel ne fut pas du tout étonné quand le commandant lui annonça qu'il avait à lui parler sérieusement. Il s'y attendait bien. Et même, à vrai dire, il n'était pas fâché d'avoir avec son ami une conversation sur certain sujet brûlant, car depuis la scène où il avait joué le rôle de sauveur, sa position dans la maison Dortis était assez fausse.

M. Pouliguen avait accepté, sans le contrôler, le récit des promenades nocturnes de sa femme, débité et arrangé par M. de Colorado, et il paraissait même qu'il le tenait pour exact, puisqu'il avait aussitôt renvoyé Tolbiac. Mais, depuis, que s'était-il passé dans le ménage ? Marcel l'ignorait, car la pauvre Clotilde n'avait pas eu le temps de lui en dire bien long.

Il en savait assez cependant pour conjecturer que la paix n'était pas définitive entre les deux époux et que les assiduités persistantes de M. Belamer pourraient bien contribuer à rompre un jour ou l'autre cet armistice conjugal. Il était très-décidé à protéger quand même la sœur de Claire; mais, pour agir en connaissance de cause, il comptait beaucoup sur les confidences que l'officier ne manquerait pas de lui faire en dînant.

Il se souvenait qu'à San Francisco M. Pouliguen était bon convive et il ne doutait pas que les vins généreux du Café Anglais n'aidassent à le rendre communicatif. Aussi le suivit-il avec empressement dans l'escalier aux marches usées qui conduit aux cabinets du restaurant à la mode.

Le commandant, quoique loup de mer, avait beaucoup vécu à Paris, et il savait comment on fait les choses, quand on traite un millionnaire.

Il était venu dans la journée choisir un petit salon, non loin de ce Grand-Seize dont la renommée a fait le tour du monde, de cet illustre cabinet que revoient dans leurs rêves le viveur ruiné cherchant son pain sous forme de pépite aux *placers* californiens, l'attaché d'ambassade exilé momentanément en Perse ou en Chine, l'officier russe relégué dans les garnisons du Caucase et le Turc qu'un ordre impérial a arraché aux délices de la vie parisienne pour l'envoyer administrer les sujets du sultan au fond de quelque pachalik d'Asie-Mineure.

Quant au dîner, il avait donné carte blanche pour le prix, et s'était contenté de conférer un instant avec le sommelier pour le choix des vins.

Tout alla donc à merveille, et les deux amis purent causer sans être dérangés à chaque instant par la nécessité de se livrer à ces délibérations gastronomiques si chères aux provinciaux, qui lisent la carte d'un bout à l'autre avant de choisir un plat.

11   11

Du reste, contrairement à l'attente de Marcel,
M. Pouliguen ne parut pas pressé d'aborder le
sujet qui devait l'intéresser le plus.

Jusqu'à la fin du dîner, il parla de tout, excepté
de sa femme, et il fut fort gai. Avec un tact qui
faisait honneur à son éducation, il tourna tout
d'abord l'entretien sur les choses personnelles à
M. de Colorado, s'enquérant avec une sollicitude
amicale de sa vie depuis son arrivée en France, de
ses plaisirs, de ses projets, se félicitant de leur
heureuse rencontre et l'engageant fortement à se
fixer à Paris pour toujours. Il n'oublia pas de s'informer de M. Le Planchais, qu'il avait vu en Californie, et il annonça l'intention de renouer très-
prochainement connaissance avec lui. Il déclara
qu'il ne comptait pas solliciter de commandement
avant un an et qu'il voulait profiter de ce long
congé pour resserrer encore les liens qui l'unis-
saient à ses amis de San-Francisco. Enfin, il se
montra si ouvert, si cordial, si dégagé de toute
espèce de souci, que Marcel oublia ses propres
préoccupations et s'abandonna tout entier au plaisir de causer intimement du passé et de l'avenir.

Il en vint même peu à peu à s'imaginer que
M. Pouliguen avait deviné son amour pour Claire
et ne lui témoignait tant d'affection que pour encourager ses espérances, peut-être même pour lui
faciliter un aveu. Dix fois il fut sur le point d'en-
tamer le chapitre délicat des confidences intimes
et de déclarer franchement à l'officier de marine
qu'il aspirait à l'honneur de devenir son beau-

frère, et, dix fois, il retint cette confession qui allait lui échapper.

Marcel avait à un très-haut degré le sentiment de certaines délicatesses, et il lui semblait peu convenable de placer une déclaration de ce genre après un verre de château-laffite 1858, ou de rœderer carte blanche. Il était d'avis que les grandes passions n'ont rien à voir avec les grands crus, quand elles sont honnêtes, et que le nom de mademoiselle Dortis ne devait pas être prononcé entre deux vins.

Bien lui en prit du reste de sa discrétion, car, lorsque le café eut remplacé le dessert et que les cigares furent allumés, le commandant lui fit bien voir qu'il pensait à toute autre chose qu'à marier sa belle-sœur à un millionnaire.

— Cher ami, dit-il en s'accoudant sur la table, je vous dois une explication et je vous demande pardon d'avoir différé jusqu'à cette heure de vous la donner.

— Une explication ! à moi ! Et sur quoi, bon Dieu ? demanda M. de Colorado en jouant la surprise.

— Oui, et je vous dois surtout de la reconnaissance, car sans vous il y aurait une place vacante dans le cadre des capitaines de vaisseau. Sans vous, je me serais brûlé la cervelle, après avoir tué ma femme.

En achevant sa phrase, M. Pouliguen regarda fixement Marcel, qui ne broncha pas, car il s'attendait un peu à cette botte.

— Voyons, mon cher, vous voulez rire ? dit tranquillement le Californien.

— Non, certes, et vous allez voir que mon cas n'a rien de risible. Le jour où vous êtes venu savoir si j'étais à Paris, vous êtes arrivé juste à temps pour m'empêcher de commettre un meurtre, un crime peut-être.

— Mon cher commandant, tout à l'heure je tombais des nues ; maintenant je ne comprends plus. Vous venez de me dire que vous avez voulu tuer madame Pouliguen ; et puis voilà que vous avez l'air de douter que ce meurtre eût été un crime. Convenez que...

— Ecoutez-moi, mon ami. Vous savez que j'ai pour ma femme un amour profond, passionné, violent. Je l'aime comme le jour où je l'ai épousée. Je l'aime comme j'aimais à vingt ans. Cela peut être ridicule aux yeux du monde, mais cela est. Jugez de ce que je dus éprouver en recevant à Brest une lettre où on m'apprenait que Clotilde me trompait indignement.

— Une lettre anonyme sans doute ?

— Non, elle était signée du nom de Tolbiac. Ce Tolbiac a été jadis contre-maître dans la fabrique de M. Dortis, et ma belle-mère l'a gardé chez elle. Il y a trente ans qu'il est dans la maison et je le tenais pour incapable de mentir. Je crus donc ce qu'il affirmait.

Il m'écrivait qu'ayant remarqué les sorties fréquentes et inexplicables de ma femme, il s'était permis de la suivre et que, tout récemment, elle

avait pris un fiacre pour se rendre vers minuit à la
porte d'un cercle qu'il désignait très-clairement,
que là un homme, son amant, sans aucun doute,
était venu la rejoindre, et qu'ils étaient montés ensemble dans la voiture qui les avait ramenés après
une longue promenade à la petite porte du jardin
de madame Dortis.

Tolbiac avait tout vu par ses yeux, car il était
grimpé derrière le fiacre à l'aller et au retour.

— N'est-ce que cela ? demanda M. de Colorado
en riant d'un rire un peu forcé. Vous savez bien
que l'excursion de madame Pouliguen n'avait rien
que de fort innocent. Ce Tolbiac est en vérité un
venimeux coquin. Heureusement que je me suis
trouvé là pour détruire l'effet de ses ignobles calomnies, et je suis sûr qu'elles n'ont laissé aucune
trace dans votre esprit.

— J'ai chassé sur-le-champ Tolbiac, reprit l'officier qui devenait de plus en plus sérieux. Je l'ai
chassé, parce que j'ai cru à l'explication que vous
m'avez spontanément apportée, parce que vous
m'avez donné votre parole d'honneur que vous me
disiez la vérité.

— Je m'explique maintenant pourquoi vous m'a-
vez demandé un engagement si solennel, dit Marcel
sans se déconcerter, mais, lorsque vous l'avez
exigé, j'ai été un peu surpris, je l'avoue. Avant ce
jour-là, vous n'aviez jamais douté de moi, pas plus
que je n'avais douté de vous.

— Et je n'en douterai plus, je vous le jure, mon
cher ami, quoique je sois bien malheureux.

— Malheureux ! vous, mon cher Pouliguen ! que voulez-vous dire ? Ce misérable aurait-il machiné quelque nouvelle infamie ? aurait-il encore essayé de calomnier quelqu'un ?

— Non, ce n'est pas lui. Mais j'ai reçu une autre dénonciation. Elle n'est pas de son écriture, celle-là, et elle n'est pas signée.

— Qu'importe ? Il l'a certainement dictée. Quel autre que ce drôle inventerait ces odieux mensonges ?

— Je ne sais, mais je le saurai, car je veux pousser les choses jusqu'au bout, répondit froidement le mari de Clotilde.

— Et que dit-elle, cette lettre ? demanda Marcel en s'efforçant de cacher son émotion.

— Rien de précis. Elle m'avertit que j'ai été la dupe d'une histoire habilement arrangée, que Clotilde me trompe, qu'on en a la preuve et qu'on la tient à ma disposition. Ce billet très-court est, je crois, de la main d'une femme.

— En effet, une action si lâche ne peut avoir été inspirée que par une jalousie féminine. Et cette correspondante inconnue ne vous offre pas le moyen de vous convaincre ?

— Si. Elle m'assigne un rendez-vous et elle me promet de me fournir, si je consens à m'y trouver, les renseignements les plus précis, les plus circonstanciés sur la conduite de ma femme.

— Et ce rendez-vous est prochain ?

— On m'attend, cette nuit, à deux heures.

— Dans quelque lieu désert, sans doute ? Prenez

garde, mon cher, le rendez-vous pourrait bien être
un guet-apens.

— Cette nuit, à deux heures, au bal de l'Opéra.

— Au bal de l'Opéra !

— Oui, dans le petit salon, au bout du foyer, à
droite en entrant.

— Décidément, c'est une femme qui vous écrit,
et entre nous, mon cher, je commence à croire que
votre anonyme est tout simplement une personne
plus galante que vertueuse qui désire faire connaissance avec la marine française. A moins pourtant que ce billet ne soit une mystification.

— Je voudrais le croire, mais cela m'est impossible. Ni un mystificateur, ni une fille n'auraient
pu inventer ce que contient cette lettre. Il y est
question de la scène violente que j'ai eue avec ma
femme, et à laquelle votre intervention a mis
fin.

— Alors cette correspondante est renseignée et
probablement soudoyée par Tolbiac.

— Je suis de votre avis. Du reste, ses affirma-
tions sont catégoriques. Elle s'engage même à me
livrer le nom de l'amant de Clotilde, dit le commandant avec amertume.

— Vous voyez bien, mon ami, que cela n'a pas
le sens commun. Si cet amant existait, le contre-
maître n'aurait pas manqué de le nommer, quand
il a dénoncé madame Pouliguen.

L'officier de marine ne répondit pas, il prit son
front à deux mains et il s'absorba dans une sombre
rêverie, que M. de Colorado n'osa point inter-

rompre, car il avait lui-même fort à réfléchir. La situation, qu'il croyait dénouée, se tendait, au contraire, de la façon la plus inquiétante. Il ne doutait pas que la lettre anonyme n'eût été dictée par Tolbiac, et il ne pouvait s'empêcher d'être frappé d'un singulier rapprochement. La lettre était d'une femme, et, le matin même, il avait surpris le contre-maître en conférence secrète avec madame Alexis. D'autre part, on ne pouvait guère supposer que la revendeuse, grosse, courte et âgée de cinquante ans tout au moins, eût choisi le bal de l'Opéra pour lieu de rendez-vous.

Le domino y abrite souvent des créatures aussi vieilles et aussi laides que la tante de *Pain-de-Blanc,* mais elle avait tant d'autres façons de s'aboucher avec le commandant, qu'on ne pouvait guère supposer qu'elle eût préféré celle-là. Pourquoi se serait-elle affublée d'un camail et d'un masque, alors qu'il était si simple d'écrire à M. Pouliguen de venir la trouver à son domicile de la rue Albouy et de lui débiter là son histoire, à visage découvert? Elle n'était pas de celles qui rougissent en attaquant l'honneur d'une femme. Et puis, Tolbiac ne connaissait pas M. Belamer, puisqu'il n'avait pas dénoncé tout d'abord ses relations avec madame Pouliguen. Où l'aurait-il rencontré après avoir quitté la maison Dortis?

Marcel en vint à se demander si ce fat malfaisant, qui continuait à persécuter la malheureuse Clotilde, n'avait pas poussé l'impudence et l'infamie jusqu'à s'accointer du contre-maître pour l'employer à quelque œuvre ténébreuse. Quoi qu'il en fût, d'ailleurs, il fallait pourvoir aux nécessités nouvelles que l'épître anonyme créait au défenseur de la sœur de Claire. La vie de madame Pouliguen était toujours en jeu, et aussi son honneur à lui, qui avait engagé sa parole et qui courait grand risque d'être convaincu de mensonge.

Il eut beau chercher un moyen de sortir de là, il n'en trouva pas d'autre que de supprimer le bel Oscar.

— Morte la bête, mort le venin, pensa-t-il. Dès demain je lui chercherai querelle et après-demain je lui logerai du plomb dans la tête ou six pouces de fer dans la poitrine.

Et voyant que l'officier relevait la tête :

— Est-ce que vous irez à ce rendez-vous ? lui demanda-t-il doucement.

— Oui, dit le marin d'un ton très-résolu.

— Voulez-vous me permettre de vous donner un conseil ?

— Parfaitement, si vous me permettez de rester maître de le suivre ou de ne pas le suivre.

— Oh ! je n'ai pas la prétention de vous dicter ce que vous avez à faire, mais il m'est bien permis de vous rappeler qu'un galant homme doit mépriser une lettre anonyme.

— On peut mépriser celui qui l'a écrite et tenir compte des avis qu'elle renferme.

— Soit ! Mais vous ne me défendrez pas non plus de vous rappeler que je suis un peu intéressé

11.

dans la question. C'est mon honorabilité qui est mise en suspicion par cette lettre.

— Non, mon ami, car, en admettant même qu'on me prouvât que Clotilde est coupable, je croirais que vous l'ignoriez et que vous m'avez dit la vérité.

— A la bonne heure ! mais prenez garde, mon cher Pouliguen, de tomber dans le piége que vous tendent des misérables qui ne visent qu'à détruire votre bonheur. Ils ne vous fourniront pas de preuves, mais ils inventeront de nouvelles calomnies, ils feront naître en vous de nouveaux soupçons et ils arriveront à troubler pour toujours votre repos.

— Mon repos ! croyez-vous donc que je ne l'aie pas déjà perdu ? Ah ! mon ami, depuis que j'ai reçu cette fatale lettre, je ne vis plus que pour souffrir. J'ai dans le cœur tous les serpents de la jalousie. La mort n'est rien au prix de ce que j'endure, et je suis décidé à en finir avec les tortures qui me rongent.

Marcel comprit qu'il était inutile d'insister. Autant aurait valu essayer d'amollir une pierre que de tenter de changer une résolution prise par ce Breton têtu.

— Voulez-vous que je vous accompagne au bal ? lui demanda-t-il.

— Non, répondit nettement M. Pouliguen. Celle qui m'a écrit vous connaît peut-être, et votre présence l'empêcherait de m'aborder.

La proposition que venait de formuler M. de

Colorado était la dernière carte qui lui restât à jouer. Il espérait, en ne quittant pas son ami, prévenir les effets désastreux des confidences qu'il redoutait. Mais le commandant n'entendait pas de cette oreille-là. Marcel n'avait plus qu'à s'en remettre à la Providence du soin de préserver Clotilde des pernicieux effets d'une dénonciation plu-précise que la première.

Il avait une autre mission à remplir. Il s'était engagé à entreprendre la guérison de René Dortis, et il voulait commencer le traitement, cette nuit même, en soupant avec lui. Il se proposait donc d'aller à l'Opéra où il avait loué une loge pour toute la saison des bals. Mais il jugea qu'il valait mieux ne pas parler de ce projet à M. Pouliguen.

Le commandant avait déclaré qu'il n'entendait pas se mêler de la conduite de son jeune beau-frère et, d'ailleurs, Marcel comptait vaguement sur le pêle-mêle du bal pour observer les agissements du mari jaloux, sans lui laisser apercevoir qu'il le surveillait. La cohue qui encombre le théâtre pendant ces fêtes nocturnes favorise ces espionnages discrets, et rien n'est plus aisé que d'y faire suivre quelqu'un, quand on a des raisons pour ne pas le suivre soi-même.

— Mon cher ami, dit le Californien, je vois que votre résolution est prise et je n'insiste pas pour vous détourner de l'exécuter. Allez donc au bal sans moi, et si, plus tard, je puis vous être utile en quoi que ce soit, veuillez vous rappeler que je suis tout à vous.

— Merci, répondit simplement l'officier. Dans quelques jours, je vous dirai ce que j'aurai appris, et, s'il y a lieu, je ne me ferai pas faute de recourir à vos bons offices.

— C'est convenu. Et maintenant je vous demande la permission de vous quitter. Il se fait tard et on m'attend à mon cercle. J'ai effroyablement gagné au whist depuis quinze jours et je dois une revanche à ces messieurs.

— Et moi, j'ai un mot à dire à un de mes camarades de promotion que je suis à peu près sûr de rencontrer au café du Helder. A demain donc, ajouta M. Pouliguen en tendant la main à son convive.

— A demain, répéta Marcel un peu surpris de cette façon de terminer un dîner d'amis.

Et, laissant le commandant payer la note que venait d'apporter le garçon appelé par un coup de sonnette, il s'en alla finir son cigare sur le boulevard.

— Pourquoi diable m'a-t-il invité? se demandait-il en s'acheminant vers la Madeleine. Je serais, en vérité, tenté de croire qu'il a voulu me tâter en me racontant l'histoire de cette lettre anonyme. Il s'est bien gardé, du reste, de me la montrer. Qui sait si elle ne contient pas une accusation formelle contre moi? Oui, cela doit être, et, s'il a refusé ma proposition de l'accompagner au bal, c'est qu'il se défie de mes intentions. D'un autre côté, rien ne l'obligeait à me dire tout cela, et il s'est montré aussi affectueux que de coutume. Décidément, je

m'alarme à tort, et ce brave Pouliguen ne me soupçonne pas d'avoir sauvé sa femme par un pieux
mensonge. Au surplus, je saurai bientôt à quoi
m'en tenir.

Ce monologue repris plusieurs fois sous plusieurs
formes le conduisit jusqu'à l'entrée de la rue
Royale. Là, il se demanda un instant s'il irait à son
cercle comme il l'avait annoncé à l'officier de marine, mais il ne se sentait pas d'humeur à faire le
whist, et d'ailleurs il était déjà plus de minuit, car
le dîner s'était prolongé outre mesure. Il pensa
qu'il serait plus sage d'aller tout droit au bal.

Il voulait y arriver avant M. Pouliguen, afin d'é-
viter de le rencontrer dans le vestibule ou dans les
escaliers.

Il revint donc sur ses pas, et, en passant devant
le café du Helder, il y aperçut le commandant fort
occupé à causer avec un monsieur qu'à ses favoris
et à la rosette qui ornait sa boutonnière il était aisé
de reconnaître pour un officier de marine

M. de Colorado détourna la tête pour ne pas être
vu et traversa la chaussée.

— Je parierais qu'il demande à son camarade de
lui servir de témoin, murmura-t-il en se dirigeant
vers la rue Le Peletier. Oui, cet air affairé, ces ges-
tes, la mine grave de celui qui l'écoute... c'est bien
cela. Il lui raconte qu'il va avoir un duel et il lui
demande de l'assister. Un duel! et avec qui?
Tolbiac ne lui a pas nommé l'amant de sa femme...
jusqu'à présent du moins. Et puis pourquoi ne s'a-
dresse-t-il pas à moi? Ce serait plus naturel,

puisqu'il m'a servi de témoin une fois à San-Francisco. Il sait que je serais tout disposé à lui rendre
la pareille et il aime mieux aller chercher un camarade de promotion que, bien certainement, il n'a
pas vu depuis des années. Décidément, la conduite de Pouliguen est des plus singulières, et je
ferai bien de jouer serré.

VIII

M. de Colorado arriva bientôt devant le péristyle de ce vieil Opéra qu'un incendie a détruit depuis et dont le souvenir s'effacera promptement de la mémoire des Parisiens, race oublieuse, s'il en fut jamais.

Les maisons commencent déjà à recouvrir la place où quatre ou cinq générations ont dansé successivement, car les moellons poussent aussi vite dans les rues de la grande ville que l'herbe sur les tombes de ses cimetières, et les monuments écroulés n'y laissent pas beaucoup plus de traces que les hommes disparus.

La foule couvrait les trottoirs et à chaque bande de masques qui apparaissait au tournant du boulevard, c'étaient des cris et des huées interminables. Aux feux du gaz inondant la façade, on voyait

briller les casques de fer blanc, onduler les gigantesques panaches et resplendir les oripeaux pail-
letés des pitoyables gredins chargés, à raison de
deux francs par tête, de perpétuer les antiques traditions de la gaieté française. Et d'honnêtes bourgeois qui auraient beaucoup mieux fait d'aller se
coucher se bousculaient pour assisté à cet immonde
défilé.

Marcel eut quelque peine à fendre les groupes
de badauds et à gagner l'entrée du théâtre. Il y
parvint cependant, mais dans le vestibule il se
trouva entouré par une troupe de travestis, bi-
zarrement accoutrés, qui se ruaient vers la salle en
poussant des clameurs sans nom.

Il y avait des hommes costumés en mariées, en
pêcheuses de crevettes, en pompiers de Nanterre,
en gendarmes de fantaisie, et deux ou trois femmes
en folies ou en laitières; tout le personnel d'un de
ces quadrilles épileptiques dont Paris s'est engoué
depuis une vingtaine d'années et dont l'inventeur,
Clodoche, était, dit-on, de son état, employé aux
pompes funèbres. Le nom de ce lugubre farceur
a fait le tour du monde et sa chorégraphie aussi.

M. de Colorado se rangea pour laisser passer le
flot fangeux, mais il crut s'apercevoir que deux ou
trois de ces drôles le regardaient avec une attention qui lui parut inexplicable. Il se le montraient
du geste, ils échangeaient à voix basse des observations qui ne pouvaient avoir trait qu'à sa personne, et, quand ils se furent décidés à passer leur
chemin, ils se retournèrent plusieurs fois pour le

regarder encore. On aurait juré qu'ils le connaissaient.

Marcel, surpris autant que choqué de ce manége,
ne pouvait pas songer à leur en demander raison.
Il monta le grand escalier et gagna le couloir des
premières déjà encombré de dominos et d'habits
noirs.

Le foyer qui s'accédait de plain-pied par deux
larges issues regorgeait de monde, et il se garda
bien d'y pénétrer, car il ne tenait pas du tout à
rencontrer M. Pouliguen. Il s'efforça de gagner sa
loge située aux fond du corridor, près de l'avant-
scène de droite, mais la foule était telle qu'il se
trouva pris comme dans un étau et contraint de
renoncer momentanément à avancer. Il se résigna
donc à attendre que le passage fût un peu dégagé
et il s'adossa au mur entre deux portes de loge
pour voir défiler la cohue.

Il n'était pas là depuis deux minutes qu'il fut
abordé par trois membres de son cercle, M. d'Aldrige. M. de la Roche-Perrière et M. Ernest de
Gondo.

L'héritier du baron avait le visage allumé et la
démarche avinée. Il portait son chapeau en coup
de vent et il parlait haut; si haut même que Marcel, qui ne tenait pas à se donner en spectacle, lui
tourna le dos sans cérémonie.

— Ne faites pas attention à ce jeune financier,
dit le vieux beau. Avant de venir ici, il s'est abo-
minablement grisé pour oublier ses chagrins.

— De cœur? demanda M. de Colorado.

— Si ce n'était que ça! soupira Ernest.

— Jamais, répondit M. d'Aldrige. Gondo n'a pas de cœur et se fait gloire de n'en point avoir.

— Très-mal porté, le cœur, appuya le jeune homme.

— Dans votre famille, mon bon, ajouta M. de la Roche-Perrière. Nous autres, nous sommes moins avancés.

— Notre malheureux ami s'est *enfilé* au baccarat et à la Bourse, reprit d'Aldrige d'un ton de commisération ironique.

— Il paraît que ce n'est pas pour me rendre mon argent qu'il veut venir me voir un de ces jours, se dit M. de Colorado, en pensant à la visite annoncée par le Canadien.

— Heureusement que papa est là pour payer, continua le vieux beau.

— Papa ne me donnera pas un radis, dit Ernest entre ses dents.

— Sans quoi, continua d'Aldrige, en faisant semblant de ne pas avoir entendu, sans quoi l'héritier présomptif de sa baronnie serait affiché au Cercle, et dans les gros chiffres... cinquante mille, n'est-ce pas?

— Cinquante-deux.

— Bah! une misère! c'est bon pour nous autres, pauvres diables de propriétaires fonciers, de courir après deux ou trois mille louis. Vous, mon cher, vous n'avez qu'à demander à votre excellent père de vous laisser gratter le fond de ses poches.

— Il aime mieux le gratter lui-même, dit piteusement Ernest.

— Alors, cher ami, je ne vois plus pour vous d'autre ressource que de vous engager dans un régiment de cavalerie légère. L'uniforme vous ira très-bien et, avec votre intelligence, vous ne mettrez guère plus de trois ans à attraper les galons de brigadier. C'est un avenir ça !

— Merci, j'aimerais mieux me faire remisier en attendant que j'aie *liquidé* papa, déclara le tendre fils du baron.

Et, comme cette conversation ne lui était pas précisément agréable, il s'éloigna en titubant.

— Quel joli crétin ! s'écria d'Aldrige dès qu'Ernest eut tourné les talons. Et dire que nous en avons au cercle deux ou trois douzaines de cette force-là.

— Celui-ci n'est pas si crétin que vous le pensez, dit M. de la Roche-Perrière. Parions qu'il se tirera d'affaire et que nous ne le verrons pas affiché au Cercle.

— Tant pis. J'aurais donné dix louis pour voir la mine de *grand-papa vautour* lisant le nom de sa progéniture sur le tableau des faillites du baccarat. A propos, est-ce vrai que sa fille épouse l'Américain borgne ?

— On le dit, mais je n'en crois rien. Mademoiselle de Gondo est assez riche et assez jolie pour trouver mieux.

— Mon cher, elle ne peut se marier qu'avec un

parvenu, car entre nous on ne sait pas trop d'où sortent ces Gondo qui ont poussé à Paris comme des champignons et il court des bruits fâcheux sur l'origine de leur fortune. Moi, je vais aux bals et aux chasses du baron, mais je ne voudrais pas être son gendre.

— Ni moi non plus, répliqua M. de la Roche-Perrière; dites-moi donc, d'Aldrige, connaissez-vous un M. Dortis que Belamer et Valbourg présentent après-demain?

— Non, mais avec les parrains qu'il a il peut compter que je lui donnerai une boule noire.

— Pardon, cher monsieur. dit Marcel qui n'avait jusqu'alors prêté à la conversation qu'une oreille assez distraite, pardon, mais je m'intéresse beaucoup à M. Dortis et...

— Que ne le disiez-vous! puisqu'il est de vos amis, je voterai pour lui les yeux fermés. C'est un tout jeune homme, je crois?

— Oui. Du reste, si vous me faites l'honneur de venir dans ma loge, vous l'y verrez, car je lui ai donné rendez-vous au bal et je compte même souper avec lui... et avec vous, si le cœur vous en dit.

— Très-volontiers, répondirent ensemble les deux *clubmen.*

— Mais, attendez donc! s'écria le vieux beau, n'est-ce pas lui qui a enlevé Coralie à cet imbécile de Gondo?

— Parfaitement, répondit M. de la Roche-Perrière.

— Bon! j'espère qu'il va l'amener ce soir. Moi,
je me charge de recruter quelques demoiselles du
monde de Coralie. Si nous pouvions entraîner Gondo
à ce souper, ce serait drôle.

Marcel allait réclamer contre cette dernière partie
du programme, car il ne se souciait pas du tout
d'exposer René à une querelle, mais il aperçut le
commandant Pouliguen qui émergeait des profon-
deurs de l'escalier et il ne pensa plus qu'à se réfu-
gier au plus vite dans sa loge pour éviter de se
trouver face à face avec lui.

L'officier, du reste, ne le vit point et se dirigea
tout droit vers le foyer.

— Tiens! s'écria d'Aldrige, quand on parle du
loup... voilà justement l'Américain donnant le bras
à *Galantine*. Je la reconnais à sa démarche qui rappelle agréablement celle d'une oie. Il paraît que le
mariage avec la belle Noémi n'est pas si avancé
que ça, puisque le borgne se montre ici avec cette
drôlesse.

— Pardon, cher ami, vous voyez qu'elle le *lâche*,
dit M. de la Roche-Perrière, et, par son ordre
très-probablement, car il vient de lui parler à l'o-
reille.

— Oui, ma foi! le cyclope nous aura aperçus et
il ne veut pas se compromettre devant des amis du
baron. Tiens! *Galantine* s'accroche à un monsieur
qui à une tête de magistrat ou d'officier de marine. Elle lui dit deux mots : « Je te connais! » ou
quelque chose d'aussi neuf. Et le monsieur à l'air
ravi et les voilà partis bras dessus, bras dessous. Le

borgne les suit de son œil unique et paraît enchanté aussi. Décidément, ces Américains sont très-forts.

Marcel ne disait rien, mais il n'avait pas perdu un détail de la scène décrite par M. d'Aldrige ; il avait vu M. Pouliguen se laisser entraîner par la femme qui venait de quitter le *yankee*, et il pensait :

— J'aurais dû me douter que la main de ce scélérat d'Atkins était dans tout cela.

C'était assez clair, en effet. La femme que le commandant emmenait à son bras était évidemment celle qui lui avait donné rendez-vous au foyer, car il n'était certes pas venu au bal pour faire des conquêtes, et il n'eût pas manqué de repousser une chercheuse d'aventures qui se serait avisée de s'accrocher à lui. Celle-ci avait dû lui dire tout d'abord un mot pour se faire reconnaître, et M. Pouliguen était certain d'être tombé, dès ses premiers pas dans le bal, sur l'auteur de la lettre anonyme.

Et cette créature était la maîtresse d'Atkins; et l'affreux borgne lui avait parlé à l'oreille, sans doute pour lui donner ses dernières instructions avant de la lancer sur le mari de Clotilde. Donc, c'était lui qui avait ourdi cette trame, ou du moins préparé le piége où le commandant s'était laissé attirer.

Par quel enchaînement de vilenies le *yankee* en était-il arrivé à se mêler de cette ignoble affaire et à s'enrôler parmi les persécuteurs de madame Pouliguen? Il ne la connaissait pas, il n'avait aucun motif de lui en vouloir, et il n'était pas homme à se constituer bénévolement gardien de l'honneur conjugal d'un Français. Il agissait donc uniquement contre M. de Colorado, son ennemi de la Nevada, ami de l'officier de marine, et il fallait qu'on lui eût révélé les relations de Marcel avec la famille Dortis.

Le Californien pensa que Tolbiac avait dû s'aboucher avec Atkins par l'intermédiaire de la marchande à la toilette, et, en expliquant ainsi l'intervention de *Galantine*, il n'était pas très-loin de la vérité.

— Quelle infamie nouvelle ont bien pu machiner tous ces coquins, se demandait l'ami de Dominique, et que va dire cette créature à mon pauvre Pouliguen? Si elle ne lui parle que de M. Belamer, il n'y aura que demi-mal, puisque je vais en finir prochainement avec ce drôle. Mais Dieu sait ce qu'à l'instigation d'Atkins elle aura imaginé.

— M. de Mariposa s'inquiète peu de la belle dont il a fait choix, dit la Roche-Perrière. Le voilà qui entre dans sa loge sans se préoccuper des caravanes de la donzelle.

— « Caravanes » me plaît, s'écria d'Aldrige. Le foyer abrite en ce moment assez de ruminantes pour justifier le mot.

— Si vous m'en croyez, messieurs, dit Marcel, nous laisserons ces dames aller à la Mecque ou ailleurs, et nous ferons comme M. de Mariposa. J'ai ma loge à deux pas d'ici. Nous y serons mieux que dans ce couloir où on nous marche sur les pieds à chaque instant.

— Vous avez raison. Cette foule est insuppor-
table. Allons chez vous.

— Moi, je vous rejoindrai tout à l'heure, dit le
vieux beau. J'aperçois là-bas deux de mes petites
amies du corps de ballet qui me font signe de venir
leur parler, et je suppose qu'elles ont à me confier des choses de la plus haute importance.

M. de Colorado ne chercha point à le retenir et
prit le bras de l'autre viveur pour gagner sa loge.
Il n'avait pas fait dix pas dans le corridor qu'il se
trouva devant un couple qui lui barrait le passage.

— Charmé de vous rencontrer, mon cher René,
dit-il en tendant la main au jeune Dortis. Voici justement M. de la Roche-Perrière, un de mes amis
du cercle. M. René Dortis qui, je l'espère, sera
bientôt des nôtres, ajouta-t-il en présentant l'adolescent au gentilhomme déjà mûr.

Et après les salutations obligées, il reprit, en
montrant la porte de sa loge :

— Vous plairait-il d'entrer avec madame et de
vous reposer un instant?

— Comment donc! s'écria le domino qui s'ap-
puyait sur le bras de René; mais c'est-à-dire, monsieur, que vous allez me sauver d'une courbature.
Croiriez-vous que René n'a pas pensé à se précautionner d'une loge et que j'étais menacée d'errer
toute la nuit par les couloirs ou dans le foyer,
comme une bourgeoise en bonne fortune! Avec ça
que c'est très-mal composé ce soir. Des provinciaux et des commis de magasin. Pas une figure
de connaissance.

— Quoi! pas une? vous m'étonnez, dit avec une gravité ironique M. de la Roche, qui savait pertinemment que la dame était fort répandue dans tous les mondes.

— Madame de Marly et moi, nous acceptons avec grand plaisir, se hâta de dire René pour couper court aux récriminations de sa compagne.

Marcel était ravi de le tenir et se proposait de le garder jusqu'à la fin pour l'empêcher de rencontrer son beau-frère, le commandant. Il se hâta de jeter son pardessus à l'ouvreuse et d'introduire ses deux amis et le domino dans la loge dont il leur faisait les honneurs.

Coralie y prit place sur le devant, mais René se tint modestement debout dans le fond, malgré les instance de M. de Colorado, qui finit par s'asseoir à côté de madame de Marly, laissant son jeune ami faire plus ample connaissance avec M. de la Roche-Perrière.

L'orchestre tonnait une polka enragée, et la salle présentait l'étrange coup d'œil que l'on sait. Des couples bariolés tourbillonnaient comme des feuilles sèches sous cette tempête d'harmonie, des dominos entraînés par des sauvages, des habits noirs enlevant des pierrettes, un mélange bizarre de loques et de dentelles, de soie brillante et de défroques sordides, une masse confuse et mouvante d'où émergeaient par-ci par-là des plumets ondulant au souffle des trombones. Cela ressemblait assez au sabbat et certes les sorcières n'y manquaient pas.

II   12

Marcel connaissait de longue date ce spectacle plus étourdissant que récréatif, et il n'y faisait guère attention. Cependant, un rapprochement lui vint à l'esprit et il songea un instant au bal des *Escarpes*, où l'avait conduit M. Chambras. Il lui parut que la différence entre ce bouge et le bal de l'Opéra n'existait guère qu'à la surface. Le vice était mieux habillé dans la salle dorée que dans la baraque en planches, mais pas beaucoup moins repoussant.

Coralie, non plus, ne s'occupait pas de la cohue dansante, ou, si elle y jetait parfois les yeux, c'était pour regarder avec un souverain mépris les pauvres diablesses affublées de costumes loués au rabais qui gambadaient avec rage pour oublier les misères de la veille et les incertitudes du lendemain.

Et pourtant, si la dame avait bien voulu reporter sa pensée aux jours de sa libre jeunesse, elle aurait pu évoquer le souvenir d'une certaine Fifine Canoche qui, dans ce temps-là, n'allait pas au bois en calèche à huit ressorts et ne dédaignait pas d'exécuter au bal de l'Ardoise ou à l'Élysée-Montmartre les pas les plus échevelés. Mais, dans le monde de la haute bicherie, les sujets qui ont eu de l'avancement oublient volontiers leurs débuts, et c'est assez naturel. On ne saurait en vouloir à un simple soldat passé général de ne pas se rappeler avec plaisir la gamelle, les corvées et la salle de police.

Coralie n'avait donc gardé mémoire ni de ses

maigres repas à la crémerie, ni de ses amours avec
un joli gredin qui la rouait de coups, ni de ses sé-
jours forcés dans l'établissement pénitentiaire du
faubourg Saint-Denis. Elle prenait en pitié les an-
ciennes camarades qui pirouettaient sur le plancher
poudreux de la salle, faute d'avoir pu se tirer des
bas-fonds de la galanterie, et elle lorgnait exclusivement les loges où trônaient les gens des clubs,
les seigneurs de la finance et les demoiselles à la
mode. Il est vrai qu'elle ne s'occupait pas non plus
de René Dortis, son naïf et soumis adorateur.

— Tiens! dit-elle en braquant sa jumelle sur
l'avant-scène de gauche, M. de Mariposa est venu
tout seul, à moins qu'il n'ait semé *Galantine* en
route.

En effet, Atkins occupait à lui seul une immense
loge, presqu'en face de celle de M. de Colorado,
et il s'y tenait raide et immobile comme une idole
indienne. Marcel savait bien ce que le *yankee* avait
fait de sa compagne, et il se creusait la tête pour
deviner ce que cette drôlesse pouvait raconter en
ce moment même au commandant Pouliguen.

—M. de Mariposa est votre compatriote, je crois,
reprit Coralie en s'adressant de sa voix la plus
douce à son voisin le Californien.

— Pas précisément, répondit Marcel, mais j'ai
habité longtemps le même pays que lui.

— On le dit fort riche.

— Quatre à cinq millions de dollars, tout au
plus, dit négligemment M. de Colorado.

— A la façon dont vous parlez de cette fortune

princière, on voit bien, monsieur, que la vôtre est
royale. Décidément, il n'y a plus que l'Amérique.
Autrefois, nous avions les Anglais. Je n'ai pas connu
ce temps-là, par exemple, mais Armande et Adèle,
qui sont de la vieille garde, m'en ont parlé souvent. Et puis, j'ai vu les Russes. Oh! ceux-là allaient bien. Seulement, trop joueurs. Ils arrivent
tous ruinés aux trois quarts. Les Turcs ne sont que
des oiseaux de passage. On ne saura bientôt plus
à qui se fier.

— Et les Français que vous oubliez, dit Marcel.

— Oh! ça ne compte pas, répondit Coralie d'un
ton qui disait bien des choses.

— Ils ont du bon quelquefois, à ce qu'il me
semble. D'abord, ils sont amusants...

— Pas toujours, riposta la dame qui regardait
René du coin de l'œil.

— Et aimants...

— Quelquefois trop.

— Vraiment?

— Oui, et puis... pas assez sérieux, dit Coralie
en baissant la voix. Nous autres femmes, nous
avons tant de charges! Vous ne savez pas ce qu'il
en coûte pour tenir sa maison sur un pied convenable. On ne s'en tire pas à moins de cinq mille
francs par mois, sans compter la toilette... et au
prix où sont les robes, il en faut à peu près autant
pour s'habiller, si on ne veut pas ressembler à une
pauvresse. Aussi, entre nous, que voulez-vous que
nous fassions d'un petit jeune homme qui mange
les quatre sous qu'il a hérités de son père?

— Le fait est, dit avec un superbe sang-froid M. de Colorado, le fait est que les petits patrimoines de ce pays-ci doivent fondre vite entre vos belles mains. Vous avez raison, madame, je ne vois guère que les fortunes d'outre-mer qui puissent défrayer le luxe d'une jolie femme par le temps où nous vivons.

— C'est vrai, ét comme cela se trouve! Moi qui ai toujours rêvé de plaire à un Américain! soupira Coralie.

Ces galants propos s'échangeaient à demi-voix entre Coralie et M. de Colorado. René n'en entendait pas un mot, engagé qu'il était dans une conversation avec M. de la RochePerrière, et Marcel ne tenait pas à ce qu'il entendît, car, en donnant ainsi la réplique à la donzelle, il avait un but. Il se souvenait de ses promesses à madame Dortis, et il entrevoyait une occasion d'appliquer au jeune malade un remède héroïque.

— Il me semble que, pour plaire à un citoyen du Nouveau-Monde, vous n'auriez qu'à vouloir, dit-il en souriant.

— Vous croyez? demanda Coralie, dont les yeux brillèrent sous le voile de dentelles qui lui tenait lieu de masque.

— J'en suis sûr.

— Oh! les hommes ont quelquefois mauvais goût. Voyez M. de Mariposa, qui arrive d'Amérique et qui s'en va choisir une créature sans beauté et sans esprit... une cabotine de dernier ordre !

12.

— Seriez-vous jalouse d'elle ?

— Moi ! Ah ! grand Dieu, non ! Son marchand de lard salé est trop vieux et trop laid... et avare, à ce qu'on dit, comme un rat. Il laisse sa *Galantine* dans un appartement meublé, et il lui loue un coupé au mois. Du reste, c'est encore assez bon pour une petite figurante.

— En effet, M. de Mariposa ne saurait passer pour un joli garçon, et son âge...

— Oh ! ce n'est pas que j'aime les jeunes gens, dit la dame avec empressement; de petits sots qui s'imaginent toujours qu'on doit les adorer pour eux-mêmes.

— Heureusement que M. Dortis ne nous écoute pas.

Coralie eut un mouvement d'épaules très-significatif et reprit d'un air langoureux :

— Mon idéal, ce serait un homme mûr, d'une figure sympathique et d'une tournure élégante, bien posé dans le monde, assez riche et assez généreux pour m'assurer un avenir... mais cet idéal, hélas ! je ne le rencontrerai jamais.

— Qu'en savez-vous ?

— Vous avez raison. Je me trompe, car je l'ai rencontré... seulement...

— Eh ! bien ?

— Seulement, je crois qu'il ne me trouve pas à son goût, car il ne m'a encore rien dit qui pût me faire espérerer que je lui plaisais.

Cette fois, l'attaque était directe, et, en recevant cette déclaration à brûle-pourpoint, Marcel ne douta plus qu'il ne lui fût facile de délivrer René de la pieuvre qui l'avait englué. Mais le dévouement a des bornes, et il ne se sentait pas le courage de se sacrifier pour son jeune ami en se laissant dévorer à sa place. Il pensait très-sagement qu'en offrant une autre proie au monstre, il pourrait tout aussi bien arracher René à ses dangereuses étreintes, et il poursuivit sans hésiter l'exécution du plan qu'il avait conçu.

Il regarda Coralie en face et lui dit tout bas :

— Le portrait de l'homme que vous rêvez ressemble parfaitement à un de mes amis de Californie qui va arriver à Paris ces jours-ci, s'il n'y est déjà.

— En vérité? balbutia la demoiselle un peu déconcertée.

— Mon Dieu, oui. Il est aussi riche que M. de Mariposa, plus jeune, mieux élevé, beaucoup moins disgracié au physique, et beaucoup plus généreux. Il vient en France dans la louable intention d'y mener la vie à grandes guides et d'y manger quelques millions en six mois.

— Et il n'y connaît personne ?

— Personne que moi. En quittant San-Francisco, je lui ai promis d'être son introducteur dans tous les mondes parisiens, et surtout dans le monde amusant.

— J'espère, monsieur, que vous ne le laisserez pas offrir ses millions à une femme dans le genre de *Galantine*.

— Fi donc ! je le renseignerai de façon à le préserver d'un choix ridicule, et, en vérité, je regrette que vous soyez engagée avec un garçon auquel je m'intéresse.

— Engagée! moi! Pour qui me prenez-vous? J'ai bien voulu recevoir M. Dortis afin de le mettre à même de réparer le tort qu'il m'avait fait en me brouillant avec M. Ernest de Gondo; mais je suis libre comme l'air, et s'il vous plaisait de me présenter votre ami de Californie...

— Très-bien. Nous reparlerons de cela, dit vivement M. de Colorado en poussant le coude de la dame pour l'avertir que René, placé derrière eux, se penchait pour leur parler.

Coralie se redressa et se remit à lorgner. Marcel pensait:

— Allons! la cure est en bonne voie. Il ne me reste plus qu'à fabriquer de toutes pièces un millionnaire américain.

— Chère amie, dit doucement le jeune Dortis, voici Jules qui vous salue là-bas... dans la loge entre les colonnes.

— Je le vois depuis un quart d'heure, et je ne me soucie pas de répondre à ses saluts, répliqua aigrement la dame.

— Mais... pourquoi? demanda René tout interloqué.

— D'abord, parce que je n'aime pas les boursiers, je vous l'ai déjà dit, mon cher, et je ne conçois pas que vous fassiez votre société de celui-là, qui a des manières déplorables. De plus, votre

Valbourg est avec cette grue de Léonie que je ne peux pas souffrir.

René rougit jusqu'aux oreilles, et il était aisé de voir que madame de Marly ne l'avait pas encore accoutumé à des réponses aussi sèches.

— L'annonce de la prochaine arrivée de l'Américain que j'ai inventé commence à faire son effet, se dit Marcel.

— Je ne savais pas que Jules et sa maîtresse vous déplussent, murmura l'adolescent.

— C'est M. Valbourg qui vous présente au cercle avec M. Belamer, n'est-il pas vrai ? demanda Marcel.

— Les deux inséparables, s'écria M. de la Roche-Perrière. Je suis étonné que Belamer ne soit pas dans la loge de son ami intime. Il est vrai que Belamer est accaparé sans trêve et sans relâche par les femmes du monde.

— M. d'Aldrige s'est chargé de le remplacer cette nuit, dit le Californien. Le voilà qui entre chez M. Valbourg avec une femme en costume.

— Et quelle femme ! murmura Coralie.

— Il vient de la ramasser dans la salle, je l'ai vu, reprit la Roche. Il n'y a que lui pour avoir des idées pareilles.

— Je crois, en vérité, qu'ils viennent nous faire une visite tous les quatre, ajouta M. de Colorado. Tenez ! M. d'Aldrige nous fait des signes... et ils sortent tous de la loge... Certainement il nous les amène.

— Alors, je m'en vais, s'écria madame de Marly

en faisant mine de se lever ; je n'ai pas envie de me compromettre avec des *traînées*.

— Mais, ma chère, ce n'est pas ma faute, balbutia René pour répondre aux œillades furieuses qu'elle lui lançait.

— Restez donc, ce sera drôle, dit Marcel à l'oreille de la dame.

Coralie n'avait rien à refuser un homme qui possédait beaucoup de millions et qui attendait un ami aussi riche que lui. Elle rabattit sur son visage son loup, qu'elle avait soulevé un instant pour faire sur son voisin des effets de profil grec, et elle prit une pose résignée.

Un instant après, la porte s'ouvrit, le vieux beau poussa dans la loge un domino et une femme costumée en *bébé*, et y entra lui-même, suivi de M. Jules, presque aussi gris que le jeune Gondo, dont on n'avait plus de nouvelles.

— Messieurs, dit d'Aldrige, Valbourg, que voici, n'étant pas en état de discourir, je vous présente madame Léonie de Saint-Florentin et une charmante personne que je ne connais pas du tout, mais qui m'a exprimé le désir de se produire dans le monde élégant.

Marcel céda sa place à madame de Saint-Florentin, qui s'y installa sans cérémonie, au grand déplaisir de madame de Marly, et la femme déguisée se percha debout sur un des siéges de la loge, sans doute pour que ses camarades de la salle pussent jouir de son triomphe.

Le fait est qu'elle n'avait pas l'air d'avoir souvent figuré dans une loge de premières, et c'était bien le plus étrange bébé qu'on eût jamais vu au bal de l'Opéra. Coiffée d'un bonnet de six sous d'où s'échappaient de blondes mèches de cheveux ébouriffés, entortillée dans un sarrau de toile à voile orné d'une espèce de surplis fabriqué avec quatre petits rideaux de mousseline évidemment empruntés aux fenêtres d'une mansarde, les jambes emprisonnées dans un grossier maillot d'acrobate de foire, et les pieds chaussés d'espadrilles usées, cette créature possédait une figure charmante et de grands yeux noirs d'un éclat extraordinaire. Elle ne paraissait pas du tout intimidée de se trouver en si brillante compagnie, et ses traits, réguliers et fins, avaient une expression bien caractérisée d'insolence et d'effronterie moqueuse.

— Tiens ! une sœur de Gavroche ! murmura la Roche-Perrière.

— Convenez, mesdames et messieurs, que j'ai eu la main heureuse, reprit d'Aldrige. Ce n'est pas dans les huit-ressorts ni dans les avant-scènes qu'on trouve des yeux comme ceux-là. Et pas de *maquillage*, s'il vous plaît.

— Du *maquillage*, s'écria le bébé, n'en faut pas, ça coûte cher, et la *braise* est rare, mon p'tit vieux.

— Attrape, d'Aldrige ! dit Léonie ; ça t'apprendra à nous amener des pêches à deux sous.

— Tais ton bec, grande perche à houblon, ou je te crèpe le chignon, riposta incontinent la pêche à deux sous.

— Mon cher, dit madame de Marly à René, cela devient intolérable, et je vous déclare que je ne resterai pas une minute de plus.

— Tiens! Coralie! s'écria d'Aldrige, je ne t'avais pas vue en entrant. Comment vas-tu, ma biche?

— Vous, je vous défends de me tutoyer.

— Ah! bah! depuis quand?

René était devenu très-pâle quand il avait entendu le vieux beau parler d'une façon si cavalière à madame de Marly, et Marcel souriait en pensant que cet incident aiderait à préparer la guérison du fils de famille.

— Voyons, ma petite Cora, ne te fâche pas, reprit d'Aldrige. M. Dortis sait bien que toi et moi nous sommes de vieux amis.

Et, s'adressant à M. de Colorado, pour changer de conversation :

— Il y a une première aux Variétés après-demain. Y viendrez-vous?

— Oui, certainement, répondit Marcel.

Il n'eut pas plus tôt dit cela, que le *bébé*, qui, depuis son entrée, regardait le Californien avec beaucoup d'attention, s'écria en posant un pied sur la barre de la loge :

— On *s'embête* ici. Allons, vous autres, les *camouflées* en domino noir, rangez-vous, que je me *cavale*.

— Tu nous *lâches*, charmante enfant, répliqua d'Aldrige ; dis-moi au moins ton petit nom, que je le grave dans mon cœur.

— Je m'appelle Amanda, glapit la blonde, aussi vrai que ta margot de Coralie s'appelle Joséphine Canoche.

Et, d'un bond, elle sauta dans la salle, dont le plancher n'était guère à plus de six à sept pieds en contre-bas de la loge.

— C'est trop fort ! murmura Coralie qui suffoquait de colère.

— Il est drôle, le *bébé*, dit d'Aldrige. Mais pourquoi diable t'a-t-il appelée Joséphine Canoche ? Est-ce que ce serait vraiment le nom de tes pères ?

— Allez le lui demander, et, en attendant que cette créature vous renseigne, n'oubliez pas que je me nomme madame de Marly.

— Bon ! pour m'en souvenir, je penserai à la machine.

— Assez d'impertinences ! je m'en vais.

René faisait en ce moment la plus sotte figure du monde et Marcel crut devoir venir à son secours.

— Quoi, madame, vous voulez me priver du plaisir de souper avec vous ? dit-il doucement à Coralie, qui se calma comme par enchantement.

Elle avait beaucoup de choses à demander à M. de Colorado et elle ne voulait pas manquer une si belle occasion de se renseigner à fond sur l'ami qu'il attendait de Californie.

— Oui, c'est ça, soupons, j'ai une soif carabinée, s'écria Jules Valbourg.

— Vous savez, messieurs, qu'il est trois heures, dit Léonie de Saint-Florentin.

11   13

— Je ne prétends pas le contraire, répliqua le vieux beau, mais je déclare que je ne bouge pas d'ici avant d'avoir vu exécuter le quadrille des Clodoches.

— Ni moi non plus, appuya M. de la Roche-Perrière.

— Va pour les Clodoches, dit Marcel.

— D'autant plus, messieurs, reprit d'Aldrige, que le *bébé* est de leur bande et qu'il m'a promis de les amener sous notre loge. Ils vont danser exprès pour nos seigneuries, et ils comptent nous dédier un pas composé à notre intention, un pas intitulé : *le Hanneton qui rue.*

— Ça, c'est à voir, prononça gravement Valbourg.

— Ce d'Aldrige a des goûts canailles, dit madame de Marly en haussant les épaules.

— Voyons, ma petite Cora, ne fais pas ta tête. Ça t'enlaidit, je te le jure, et je parierais que M. Dortis est de mon avis.

Le jeune homme, ainsi interpellé par le viveur émérite, grimaça un sourire qui pouvait à la rigueur passer pour une approbation, mais on devinait sans peine qu'il était au supplice.

— A quel abaissement cette créature l'a déjà réduit, pensait Marcel. Il souffre d'entendre ce vieux fat la traiter comme elle le mérite et il n'ose pas se fâcher de peur du ridicule. Décidément, il est plus malade que je ne pensais, et pour cautériser la plaie, je serai forcé d'employer le fer rouge..

— Voyez donc la singulière figure que fait le

Mariposa dans son avant-scène, s'écria M. de la Roche-Perrière. On dirait qu'il est.empaillé.

— A propos, dit d'Aldrige, en rôdant au foyer, j'ai rencontré l'ex-*artichaut* dont il a fait sa favorite, serrant de près le monsieur à mine assez rébarbative dont elle a pris le bras dans le corridor. Je ne sais pas ce qu'elle pouvait bien lui raconter, mais, à en juger par l'attention qu'il y prêtait, l'histoire devait être intéressante.

— Elle lui chantait peut-être son couplet du *tableau des légumes.*

— Oh ! non. Il se serait sauvé. Il faut être américain, et borgne par-dessus le marché, pour supporter ces mélodies-là, s'écria madame de Marly.

— Pauvre *Galantine !* elle chante faux, c'est vrai, mais elle n'a qu'un filet de voix, appuya Léonie.

— Un filet de vinaigre.

— Mesdames, reprit le vieux beau, vous direz tout ce que vous voudrez, mais ce *yankee* se conduit fort bien et vous devriez le proposer pour modèle à tous les hommes. Il ne fait point le jaloux et il laisse l'*artichaut* de son choix se promener librement au foyer. Cette noble confiance ne se retrouve plus que dans le cœur des amoureux d'outre-mer.

— Le fait est que ce citoyen de la libre Amérique n'a rien de commun avec Othello.

A ce moment, éclata dans la salle une formidable fanfare à laquelle succédèrent des clameurs stridentes.

L'appel lancé par les instruments de cuivre

annonçait le quadrille en vogue, le quadrille fameux pour lequel les célébrités chorégraphiques du lieu réservaient leurs exercices les plus étourdissants. Et la foule qui se pressait dans la salle répondait à ce signal par des hurlements et des trépignements de joie.

Les groupes se formaient rapidement, et on voyait accourir du fond du théâtre une bande grotesque fendant la masse serrée des danseurs vulgaires et se dirigeant en droite ligne vers la loge de M. de Colorado.

— Voilà nos Clodoches, dit d'Aldrige. Le *bébé* est de parole.

— Oui, je l'aperçois en tête de la colonne, appuya M. de la Roche-Perrière.

— J'espère bien que vous n'allez pas vous mettre à causer d'ici avec cette fille des rues, murmura Coralie.

— Jamais, s'écria Valbourg. Je le jure sur l'œil du Cyclope de *Galantine*.

— Allons, Jules, de la tenue, dit Léonie de Saint-Florentin, d'un air pincé.

Madame de Marly ne souffla plus mot, mais elle aurait bien voulu s'en aller. Ce *bébé* qui lui avait jeté au visage le nom de Canoche l'inquiétait considérablement. Elle se disait que cette insolente créature était bien capable de recommencer et même de lui rappeler tout haut un passé depuis longtemps oublié. Elle ne se souvenait pas de l'avoir jamais vue, mais elle pensait que son frère Arthur, dit *Pain-de-*

Blanc, pouvait bien la connaître et lui avoir donné le mot pour l'insulter, car la fière Coralie était, pour le moment, en froid avec sa famille.

Elle resta cependant, car elle ne voulait pas fausser compagnie à M. de Colorado, qui paraissait décidé à attendre la fin de la contredanse. Peut-être aussi fut-elle retenue à sa place par le désir d'observer le *bébé* et ses acolytes, afin de savoir à qui elle avait affaire.

Les masques excentriques étaient déjà en place, juste au-dessous de la loge. Il y en avait huit ; l'équipe des Clodoches au grand complet, un gendarme, un conscrit, un guerrier sarmate, un sauvage, une pêcheuse de crevettes, une mariée, une nourrice et le *bébé*.

La pêcheuse de crevettes et la mariée appartenaient évidemment au sexe fort, et on pouvait douter que la nourrice fît partie de la plus belle moitié du genre humain, car elle avait cinq pieds six pouces et des moustaches naissantes.

En y regardant de près cependant, et surtout aux œillades langoureuses qu'elle lançait au conscrit, son cavalier ordinaire, il était impossible de s'y tromper. C'était bien une femme, une femme colosse, il est vrai, mais la taille n'a rien à voir avec le sentiment.

Le guerrier plus ou moins sarmate et le sauvage très-civilisé portaient des costumes de haute fantaisie et ressemblaient à tous les drôles qui se chargent de perpétuer la tradition des chicards, des balochards et autres illustrations dansantes du temps passé. Mais le conscrit et le gendarme ne ressemblaient à personne.

Petit et fluet, le conscrit montrait une face enfarinée et barbouillée, de telle sorte qu'on n'y distinguait qu'un nez retroussé et des yeux percés avec une vrille ; le gendarme, carré, trapu, cagneux, avait une vraie tête de boule-dogue, le front bas, les mâchoires larges, le mufle aplati, et il s'était appliqué sur le visage une épaisse couche d'ocre et de vermillon. Il était hideux.

— Voilà un gendarme que je n'aimerais pas à rencontrer au coin d'un bois, dit Valbourg.

— S'il se voyait dans une glace, il se prendrait pour un voleur et il s'arrêterait lui-même, ajouta d'Aldrige.

Cependant, les danseurs s'étaient partagés en quatre couples : le gendarme avec le *bébé*, faisant vis-à-vis au conscrit et à la nourrice ; le sauvage servant de cavalier à la mariée, et l'homme au casque avec la pêcheuse de crevettes, complétaient le quadrille.

L'orchestre attaqua les premières mesures d'un air à faire gambader un paralytique, et l'aimable troupe commença ses exercices.

La première figure fut enlevée avec un brio qui mérita les applaudissements de d'Aldrige et de Valbourg.

La pêcheuse de crevettes avait une façon particulière de rejeter d'un coup de reins sa hotte sur ses épaules, et la mariée lançait ses jambes plus haut que sa couronne de fleurs d'oranger. Le gendarme imitait à ravir la danse des ours, et la nourrice risquait des flic-flac et des jetés-battus qui n'auraient pas été déplacés sur les tréteaux d'une baraque de foire. Après chaque évolution, elle enlevait le conscrit comme une plume et le pressait tendrement sur son cœur. Le *bébé* faisait tourner comme une fronde le robinet de fontaine suspendu à son cou en guise de hochet, et se livrait sur place à une danse moins violente, mais plus crapuleuse.

Cette blonde aux yeux noirs avait certainement appris ce pas-là au *Vieux-Chêne* ou à l'*Ardoise*. M. Chambras, qui s'y connaissait, l'aurait reconnue à la première contorsion pour une habituée des bals de barrière et des bouges avoisinant la place Maubert. Coralie ne pouvait pas s'y tromper non plus, et, soit que ce spectacle lui répugnât, soit qu'elle eût d'autres raisons pour s'en priver, elle affectait de tourner le dos à la salle.

— Vous avez raison, lui dit Marcel. Ces gens-là sont ignobles. Il devrait être défendu à de pareilles créatures de s'habiller en *bébé*. Elles déshonorent l'enfance.

Ces messieurs du cercle n'étaient certainement pas de cet avis, car ils riaient de tout leur cœur, et le bruit qu'ils faisaient dans la loge, joint au vacarme de l'orchestre, les empêchait d'entendre les phrases qu'échangeaient les Clodoches, tout en se tortillant comme des épileptiques. Et c'était dommage, car ce dialogue à bâtons rompus aurait pu intéresser M. de Colorado et même madame de Marly.

— *Butons*-nous le *pante* à la sortie ? disait le gendarme.

— Es-tu *sinve* ! répondait le conscrit. Il a sa *roulante* et il y a des *roussins* plein la *trime*. J'ai *maquillé* le *truc* pour une autre *sorgue*. Il va voir lundi jouer la *misloque* aux *Variétemuches* (1); demande plutôt à Amanda. C'est là que je le *pigerai*.

— Dis donc, *Pain-de-Blanc*, glapit le bébé, ta *frangine* (2) se *dégomme* rudement.

— Ça, je m'en bats l'œil, mais je vas faire *casquer* les *rupins* (3), cria le conscrit en levant le nez vers la loge.

La première figure s'acheva et le conscrit profita du court repos de l'orchestre pour se rapprocher de la loge en se disloquant de la façon la plus grotesque et en ôtant son bonnet de police, qu'il tendit à bout de bras aux deux femmes assises sur le devant.

— Allons, mesdames et messieurs, du courage à la poche, cria-t-il d'une voix de fausset. Les Clodoches vont avoir l'honneur d'exécuter devant vous le célèbre pas du *Hanneton qui rue*, et ils espèrent que vous voudrez bien encourager les arts.

L'appel fut entendu et deux ou trois louis tombèrent dans le bonnet de police, mais Marcel ne joignit pas son offrande à celle de ses collègues du cercle. Ces ignobles paillasses le dégoûtaient, et

---

(1) Jouer la comédie aux Variétés.
(2) Ta sœur.
(3) Payer les richards.

leurs immondes ébats éveillaient en lui un souvenir étrange.

La salle de l'Opéra ne ressemble guère à la place de la Roquette et pourtant il se figurait être encore à la fenêtre du cabaret le jour de l'exécution de *Casse-Dos*. La tourbe qui s'agitait au-dessous de la loge lui rappelait le grouillement des habitués de l'échafaud entassés devant la prison et se bousculant pour mieux voir tomber la tête du condamné. Peut-être le son d'une voix déjà entendue ailleurs, avait-il fait naître dans son esprit ce singulier rapprochement.

Coralie, elle, n'en était plus aux impressions vagues. Elle avait parfaitement reconnu l'organe enroué de son aimable frère et elle se cachait de son mieux sous son loup de dentelles, de peur de laisser voir son visage à l'indiscret *Pain-de-Blanc*. Elle le savait très-capable de l'interpeller en termes peu choisis, s'il l'apercevait, et elle tenait plus que jamais à éviter ce scandale qui l'aurait fort déconsidérée aux yeux de M. de Colorado.

Le drôle n'ignorait pas qu'elle était là, mais il se montra clément. Il se contenta de faire sonner deux ou trois fois sous le nez de madame de Marly les louis jetés par ces messieurs dans son bonnet de police, en psalmodiant d'un ton nasillard :

— Pour un pauv' orphelin qui n'a ni père ni mère, s'il vous plaît, ma bonne dame, et qu'à cinq enfants à la mamelle, à preuve que v'la leur nourrice.

Il montrait Phémie, la femme colosse, qui était

13.

venue se planter à ses côtés dans une attitude majestueuse.

— Une fois, deux fois, vous ne *casquez* pas, la
petite mère? reprit-il en changeant tout à coup d'in-
tonation. La *frangine* ne veut pas *se fendre* d'un peu
de *braise* pour son *frangin*?

— Qu'est-ce qu'il dit? demanda le vieux beau en
éclatant de rire.

Le fracas de vingt instruments de cuivre tonnant
à la fois empêcha Valbourg de répondre à cette
question, et ce fut grand dommage, car ce jeune
cocodès était de première force sur l'argot.

Le pas fut attaqué avec ensemble par les Clodoches, qui se surpassèrent en cette mémorable
nuit. En matière de contorsions, de dislocations et
de sauts de carpe, ils en auraient remontré aux
convulsionnaires du cimetière Saint-Médard, qui
étonnèrent Paris vers l'an 1730. Ces possédés mo-
dernes, qu'il aurait fallu exorciser à coups de
canne, exécutèrent, aux applaudissements fréné-
tiques de la galerie, diverses figures qu'aucun
maître de ballet n'aurait osé concevoir et qui char-
meront peut-être les générations futures, si le
progrès continue.

Il y a bien, de notre temps, des gens qui sou-
tiennent que la musique de Wagner est la musique
de l'avenir.

Dans cette curieuse composition chorégraphi-
que, *Pain-de-Blanc* représentait le hanneton. Phémie, la nourrice, enlevait le conscrit sous son bras
et le maintenait dans une position horizontale,

pendant qu'il lançait des ruades furieuses au nez de l'*Époulardeur* en gendarme et d'Amanda en *bébé*.

Car les coquins des deux sexes qui depuis quinze jours s'étaient *terrés*, comme disait M. Chambras, dans la cabine du *Barbillon*, n'avaient pas craint d'en sortir pour se régaler d'une nuit d'orgie avant de quitter Paris. La cargaison de marchandises volées était prête et ils n'attendaient qu'un ordre du père Machin pour descendre la Seine jusqu'à Rouen où le *fourgat* de la rue Traversière devait les envoyer *pastiquer la maltouze*. Et certes, ils n'avaient pas perdu leur temps, car Amanda avait saisi au vol une indication précieuse sur les projets du millionnaire de la place de l'Europe.

Coralie était beaucoup moins satisfaite de sa soirée et ne demandait qu'à quitter la place. Aussi, dès que le pas fut terminé, elle donna en se levant le signal du départ.

— Tiens ! voilà *Galantine* qui rentre au bercail, s'écria Valbourg, en moutrant la loge d'Atkins.

— C'est, ma foi, vrai, dit d'Aldrige, et elle entame avec son marchand de lard un dialogue vif et animé. On dirait, ma parole d'honneur, qu'elle lui fait un rapport sur sa promenade au foyer.

Marcel avait aperçu aussi le domino lancé par Atkins sur M. Pouliguen, et il se disait que, selon toute apparence, le commandant venait de quitter le bal. Cela le décida à se ranger à l'avis de madame de Marly, qui voulait absolument s'en aller.

Il n'avait plus à craindre de rencontrer l'officier de marine dans les couloirs.

— Alors, décidément, nous allons souper? demanda le vieux beau.

— Volontiers, il *fait soif*, dit Valbourg.

— Oui, partons, appuya Léonie. Après trois heures, le bal n'est plus *chic*.

— Mesdames, les huîtres vous attendent au grand-quinze, chez Verdier, dit M. de Colorado. Vous venez, mon cher René?

— Avec grand plaisir, dit le jeune Dortis qui s'était médiocrement amusé dans la loge.

— Et Gondo qui n'est pas là, reprit Valbourg.

— Parions qu'il s'est endormi en cuvant son vin sur une banquette dans le corridor des secondes, dit d'Aldrige.

— Nous nous passerons bien de lui, murmura M. de la Roche-Perrière.

— Moi, d'abord, s'il en est, je ne soupe pas, s'écria Coralie.

— Il n'en sera pas, je vous en réponds, lui souffla Marcel. Je ne tiens pas plus que vous à l'honneur de sa compagnie.

La loge se vida, et, au moment où madame de Marly en franchissait le seuil, elle put entendre vibrer à ses oreilles un « Ohé! Fifine, » qui partait de la salle et qui lui fit hâter le pas, car elle ne tenait nullement à écouter la suite. Arthur Canoche était vraiment un garçon bien mal élevé et un frère par trop compromettant.

M. de Colorado eut la satisfaction de ne pas trouver sur son chemin le mari de Clotilde. Atkins ne se montra pas non plus, et les Clodoches n'avaient garde de quitter la fète si tôt. La sortie s'effectua donc sans incidents, et, comme il faisait un temps superbe, on gagna à pied la *Maison-d'Or*, où le souper commandé par M. de Colorado était dressé dans un grand cabinet situé au fond du couloir, à droite en entrant.

Le restaurant était déjà plein et c'était par les corridors un va-et-vient de garçons portant des plats, et de belles de nuit errant à la recherche d'une table où on pût manger en paix et en tête à tête une douzaine d'écrevisses bordelaise.

Des bruits de verres heurtés et des accords plaqués par des mains inhabiles sur des pianos poussifs se mêlaient aux gloussements idiots des *cocodès* en goguette.

M. de Colorado avait bien fait d'envoyer dans la journée retenir un salon, car, faute d'avoir pris cette précaution, il aurait eu beaucoup de peine à s'en procurer un, tout Californien qu'il était. Les nuits de bal de l'Opéra, tous les homme sont égaux devant les cabinets de la *Maison-d'Or*.

Il est vrai qu'ils ne le sont pas devant la carte à payer, et le menu que M. de Colorado avait commandé était de ceux qu'un millionnaire peut seul se permettre d'offrir à ses invités.

Inutile de dire que les primeurs n'y avaient pas été ménagées, que, bien qu'on fût au mois de février, les asperges en branche, les petits pois

et les fraises y figuraient et qu'on n'y avait oublié
ni les truffes de la saison, ni les grappes de raisin
aussi fraîches que si on eût été encore en automne :
— l'avenir, le présent et le passé de l'année gas-
tronomique.

Les bouteilles au long cou que Bordeaux nous
envoie dormaient couchées dans leurs berceaux
d'osier, en attendant que la main prudente d'un
sommelier expérimenté décantât le liquide vermeil
dans les carafes de cristal, et les fioles plus ro-
bustes qui nous viennent de la Champagne montraient leur goulot goudronné au-dessus des urnes
argentées où leurs flancs plongeaient dans la
glace.

Le vieux beau, qui soupait depuis trente ans et
plus dans les cabarets à la mode, fut tellement satisfait de cette belle ordonnance qu'il crut devoir
adresser à M. de Colorado quelques compliments
bien sentis. Léonie, dont le péché mignon était
la gourmandise, exprima son admiration en
termes si bruyants que Valbourg fut obligé de la
calmer en lui disant tout bas qu'elle se conduisait
comme une modiste en rupture d'atelier. Madame
de Marly était ravie de se trouver placée à côté du
Californien, qu'elle comptait bien questionner à
fond, pendant le souper, sur son ami le millionnaire attendu. René Dortis était heureux et fier
comme un écolier émancipé; M. de la Roche-
Perrière et Valbourg semblaient en fort belle humeur.

Seul de toute cette bande joyeuse, Marcel avait

d'assez graves soucis. Quoiqu'il n'en laissât rien voir et qu'il fît très-bonne contenance. il pensait beaucoup plus à M. Pouliguen qu'à ses deux voisines de table.

Que se passait-il en ce moment même dans l'hôtel du quai Valmy? Le commandant avait reçu les confidences perfides d'une femme soudoyée par Atkins, et il était probable que cette créature ne lui avait pas ménagé les calomnies. Marcel ne s'amusait plus à chercher comment le Yankee se trouvait mêlé à cette odieuse intrigue, mais il se préoccupait beaucoup des terribles conséquences que pouvait avoir la promenade du mari de Clotilde au foyer du bal de l'Opéra.

Malheureusement, il n'apercevait pas le moyen d'y parer, et il en était à regretter de s'être chargé d'entreprendre la guérison de René, car il ne pouvait pas, pendant cette nuit de carnaval, veiller sur le frère et protéger la sœur.

Ces réflexions lui rappelèrent M. Belamer et ne le disposèrent pas du tout à se montrer tendre à l'endroit de ce personnage. Il se mit même à chercher dans sa tête comment il pourrait faire naître une occasion de querelle avec le beau ténébreux qui était cause de tout le mal, et il s'arrêta à l'idée de lui jeter, le lendemain soir, au cercle, quelque bon démenti, assez public et assez insultant pour le forcer à se battre.

Cependant M. de Colorado s'occupait de ses convives en homme qui sait vivre, et le souper allait à souhait. On venait d'expédier les marennes avec un entrain des plus louables, et on arrivait à cette période du repas nocturne où, la première faim étant apaisée, la causerie, momentanément suspendue, reprend de plus belle. C'est l'*instant psychologique*, comme disait M. de Bismark en parlant du siége de Paris, l'heure fugitive où, le château-yquem ayant délié les langues et personne n'étant encore gris, ceux qui ont de l'esprit le montrent et ceux qui n'en ont pas bavardent à tort et à travers pour faire croire qu'ils en ont.

— Faut-il qu'une femme se respecte peu pour s'exhiber dans la loge de cet Américain borgne, dit Léonie, qui avait fait tout ce qu'elle avait pu pour enlever Atkins à sa petite camarade Valentine.

— Ça devrait être défendu d'être aussi laid que ça, appuya madame de Marly.

— Moi, je trouve qu'il ne manque pas de *chic* avec sa barbiche au menton et son *œil à la coque*, déclara Valbourg. Du reste, avec vingt millions *à la clef,* un homme n'a pas besoin d'être *galbeux*.

— A-t-il vraiment vingt millions? demanda M. de la Roche-Perrière.

— On le dit, répondit Marcel. Du reste, les fortunes de ce chiffre-là ne sont pas très-rares en Amérique.

— Non, reprit le vieux beau, mais ce qui doit y être plus rare, ce sont les noms ronflants comme celui qu'il porte.

— Il a pris celui d'un des États de la Californie.

— Alors il ne descend pas de nobles hidalgos appelés Mariposa? demanda Valbourg.

— Allons donc! s'écria d'Aldrige. Il descend des mari... des *Marie trempe ton pain*, parbleu!

— Je m'en étais toujours douté, dit gravement M. de la Roche-Perrière.

— *Elle est bonne*, mais j'en ai une meilleure, s'écria le cocodès. Savez-vous une chose? C'est que, si *Galantine* épousait le *yankee* et qu'elle le plantât là un beau jour en lui promettant de revenir, s'il était assez bête pour l'attendre, on pourrait dire que... son *mari posa*.

— C'est toi qui es bête, riposta Léonie.

— Voilà le cri du cœur, dit M. d'Aldrige. Jeune homme, que l'exclamation de cette naïve enfant vous serve de leçon, ajouta-t-il en s'adressant à René. Gravez-la dans votre mémoire et retenez aussi cette maxime... qui n'est pas de la Rochefoucauld : « Si vous voulez que la reconnaissance d'une femme égale vos bienfaits... ne faites jamais rien pour elle. »

— Gardez vos maximes pour vous, mon cher, dit sèchement madame de Marly.

— D'ailleurs, elles ne prendront pas avec mon ami Dortis, ajouta Valbourg. Il est en pleine lune de miel, et on ne pratique jamais ces maximes-là avec une nouvelle connaissance.

— La *nouvelle* de quelqu'un est toujours l'*ancienne* d'un autre, prononça le viveur émérite.

— Bon! voilà qu'il ne parle plus que par sentences.

— Demandez plutôt à Ernest de Gondo, reprit d'Aldrige.

René comprit l'allusion, rougit et se mit à regarder son assiette.

— Le traitement marche, pensa Marcel.

— Tu me paieras ce que tu viens de dire là, vieux fat, se dit Coralie.

— A propos d'Ernest, vous savez qu'il est dans une jolie *dèche*, s'écria Valbourg, qui saupoudrait volontiers ses discours de mots empruntés au vocabulaire des habitués du bal de *l'Ardoise*.

— C'est bien fait, riposta la dame.

— Oh! toi, tu lui en veux parce qu'il t'a *lâchée*. René était rouge, il devint pâle.

— Tu aurais préféré qu'il se ruinât avec toi, reprit le *cocodès*.

— Et cette chère Cora est dans le vrai, dit la Roche-Perrière. Manger son bien avec une femme c'est pardonnable, mais le perdre au jeu, c'est tout simplement stupide.

— Pas tant que ça. Gondo jouait pour gagner, et il a gagné longtemps.

— Ça prouve qu'il n'est qu'un cuistre, puisqu'il n'avait même pas la passion pour excuse, tandis que quand on aime...

— *C'est pas comme quand on n'aime pas...* Je la connais celle-là.

— Moi, je suis du parti des *biches*, s'écria d'Aldrige, et je déclare hautement qu'elles remplissent dans la société un rôle utile et moral.

— Bon! le voilà à cheval sur un joli paradoxe, murmura M. de la Roche.

— Oui, moral, je le soutiens, et utile au plus haut degré. Exemple : ce vieux grigou de baron passe sa vie à entasser des écus qu'il pompe dans les poches de ses contemporains; si une de ces dames parvenait à lui faire faire des folies, elle rendrait à la circulation un capital que je qualifie d'improductif, puisqu'il ne sert qu'à échafauder la fortune des Gondo. Quand j'ai dans mes terres un pré noyé d'eau stagnante, un pré où il ne pousse que des joncs, je le *draine*, et alors il me donne du foin qui nourrit mes chevaux et ceux des autres, si je le vends. Eh! bien, ces dames font du *drainage*,

— Sans le savoir, comme M. Jourdain faisait de la prose, dit en riant le Californien.

— Qu'en dites-vous, monsieur Dortis? demanda le vieux beau, qui cherchait depuis le commencement du souper une occasion de taquiner le jeune amoureux de Coralie.

René balbutia et il allait très-probablement répondre une sottise, quand un maître d'hôtel entra discrètement et vint parler bas à M. de Colorado. En même temps on entendit dans le corridor une voix qui criait : « Je vous dis que j'entrerai! » et celle d'un garçon qui répondait : « On est allé demander à ces messieurs s'ils veulent vous recevoir. »

— Le diable m'emporte si ce n'est pas Ernest qui fait ce tapage, s'écria Valbourg. Il faut qu'il soit gris comme trente mille hommes.

— S'il met les pieds ici, je m'en vais, dit madame de Marly.

— Soyez tranquille, je vais vous en débarrasser, dit Marcel en se levant.

— Et je vous engage à le traiter comme il le mérite, ajouta d'Aldrige. Cet héritier présomptif et présomptueux a vraiment trop d'aplomb, et je me chargerais volontiers de lui donner sur les doigts.

M. de Colorado lui fit signe que c'était inutile et se dirigea vers la porte, très-décidé à refuser l'entrée à M. de Gondo fils. Il trouvait que René avait reçu assez de leçons dans la soirée et il ne voulait pas permettre qu'on le mît face à face avec son prédécesseur, qui devait être assez ivre pour lui chercher querelle à propos de Coralie.

Il trouva le jeune financier discutant avec le garçon et flanqué d'un personnage qu'il fut agréablement surpris de rencontrer là, M. Oscar Belamer, moins gris que son ami Ernest, mais cependant très-aviné. L'occasion attendue se présentait d'elle-même et il ne la manqua point.

— Mon cher monsieur, dit-il paternellement à M. de Gondo fils, je vous engage à aller vous mettre au lit, car vous ne pouvez pas souper avec nous.

— Pourquoi, ânona le banquier en herbe, pourquoi ne voulez-vous pas de moi?... à cause de Coralie et de son jeune serin?... ce n'est pas une raison,.. je m'en moque comme d'une guigne, de Coralie... et puis, si j'étais obligé de me priver d'entrer dans un cabinet parce qu'il y a une femme de ma connaissance... je ne souperais jamais, car je les connais toutes.

— Ce cabinet est le mien et je suis libre d'y recevoir qui bon me semble.

— Mais puisque Belamer, que voilà, le présente au cercle, le jeune serin... c'est Belamer, qui m'a dit que nous pouvions entrer.

— Ainsi, reprit Marcel en s'adressant au beau ténébreux, vous vous êtes permis, monsieur, de donner ce conseil à M. de Gondo?

— Sans doute, et je ne vois pas ce que vous y trouvez à redire, répliqua Belamer qui, quand il avait bu, devenait volontiers insolent.

— Venant de vous que je ne connais pas et que je ne veux pas connaître, ce conseil est une impertinence.

— Vous le prenez de bien haut!

— Je le prends comme il me plaît, et la prétention d'entrer, que vous affichiez tout à l'heure, est une insulte dont vous me rendrez raison. Vous devriez savoir que, là où je suis, les gens de votre sorte ne sont pas admis.

— Monsieur! s'écria le bel Oscar, pâle de rage.

Le bruit de la discussion avait attiré dans le couloir quelques soupeuses errantes et quelques soupeurs, dont un ou deux connaissaient Belamer. Marcel pensa qu'en présence de ces messieurs il n'oserait pas reculer, et il lui jeta cette phrase accompagnée d'un geste outrageant :

— Je vous tiens pour un drôle, et vous pouvez vous considérer comme souffleté par moi. J'attends vos témoins. Si je ne les ai pas vus demain avant midi, les miens se présenteront chez vous dans la journée.

Et, laissant M. Belamer à sa colère, Marcel rentra dans le cabinet et lui ferma la porte au nez.

IX

Le lendemain de ce bal fertile en incidents et de ce souper mouvementé, Marcel se leva frais, dispos et satisfait de lui-même. Le traitement du jeune Dortis lui semblait en bonne voie et il comptait sur un bel et bon duel avec M. Belamer. Il avait donc un double motif pour se féliciter d'être allé passer la nuit à l'Opéra et au restaurant.

Il n'était pas rassuré, à la vérité, du côté de M. Pouliguen, et il aurait donné gros pour savoir dans quelles dispositions se trouvait l'officier de marine après son entretien avec le domino du foyer. Mais il ne doutait pas que *Galantine* ne lui eût dénoncé le bel Oscar comme étant l'homme qui avait ramené Clotilde en fiacre. et il se disait que le commandant, avant de punir sa femme, com-

mencerait par provoquer celui qui l'avait séduite.

Or il se croyait sûr de le gagner de vitesse, main-
tenantenant qu'il avait engagé une affaire sérieuse
avec M. Belamer. Il espérait que les conditions de
la rencontre seraient trés-promptement réglées et
que l'issue du combat lui serait favorable. Il comptait aller ensuite trouver M. Pouliguen et il se faisait fort de lui démontrer l'innocence de sa femme,
car il était décidé à lui parler d'Atkins et à lui
expliquer les motifs qui poussaient ce scélérat à
s'en prendre aux amis de Marcel Caradoc. Il ne lui
paraissait pas possible que l'officier persistât dans
ses soupçons après qu'il lui aurait fait toucher du
doigt la trame ourdie par le *yankee* avec la complicité de Tolbiac. Aussi avait-il tout disposé pour
que le duel eût lieu le plus tôt possible.

Après avoir jeté la porte au visage de Belamer,
il avait repris sa place à table, et ses convives
ne s'étaient pas doutés de ce qui venait de se passer dans le corridor, car il leur avait raconté que
M. de Gondo fils s'en allait chercher fortune ailleurs, et il ne leur avait pas dit un mot de son colloque avec le beau ténébreux.

Le souper s'était terminé très-gaiement, grâce
aux extravants paradoxes de M. d'Aldrige, et René
lui-même, en dépit de sa timidité et des préoccupations que lui donnait Coralie, René avait fini par
s'amuser beaucoup. Ladite Coralie ne perdait pas
de vue la prochaine arrivée du millionnaire annoncée par M. de Colorado qui, de son côté, lui avait

de nouveau promis de le lui présenter. Madame de Saint-Florentin, qui avait un faible très-accentué pour les truffes et le cliquot, s'en était donné à bouche que veux-tu. Valbourg en avait dit de *bien bonnes* et avait fini par se griser à fond. Si bien que tout le monde était content et Marcel aussi.

En sortant de la Maison d'Or, il avait reconduit en voiture M. de la Roche-Perrière, le seul des *clubmen* qu'il estimât sérieusement, et il lui avait demandé d'être son témoin avec M. Le Planchais. Bien entendu, il lui avait expliqué l'affaire de façon à ce qu'il ne pût y voir autre chose qu'une querelle née fortuitement et nullement préméditée.

Le gentilhomme, qui avait en horreur le bel Oscar et ses forfanteries, ne s'était pas fait prier pour accepter. On convint, chemin faisant, que M. de la Roche-Perrière passerait vers midi chez M. de Colorado, pour de là se rendre avec Dominique chez M. Belamer, si ses témoins n'avaient point encore paru.

Ainsi fut fait. Marcel, dans la matinée, écrivit à Savinien, qui devait venir passer une partie de la journée avec lui, de remettre sa visite au dimanche suivant. Il voulait réserver son temps pour suffire aux pourparlers que nécessitent toujours les préliminaires d'un duel, et il avait aussi quelques dispositions à prendre.

A midi précis, M. de la Roche-Perrière arriva ; l'adversaire n'avait pas encore donné signe de vie, mais une demi-heure après parurent Valbourg et

Ernest de Gondo, qu'il avait chargés de le repré-
senter. Ce choix ne plaisait guère à Marcel, qui
les tenait pour deux sots de la pire espèce, mais il
n'était pas en mesure de le discuter, et il déclara
tout d'abord que MM. de la Roche et Le Planchais
avaient tout pouvoir pour régler les conditions du
combat. En effet, il venait de leur dire qu'il accepterait indifféremment l'épée ou le pistolet, mais
qu'il ne voulait entendre parler d'aucune espèce
d'arrangement.

Cela ne faisait pas du tout l'affaire des deux *co-*
codès qui avaient reçu de leur ami des instructions
beaucoup plus pacifiques, et ils essayèrent d'abord
de la conciliation. Valbourg s'efforça de poser en
principe que les altercations engagées dans le couloir, à la porte du Grand-Quinze, une nuit de bal
masqué, ne devaient jamais avoir de suites sérieuses. Mais il n'obtint aucun succès. M. de Colorado refusa radicalement d'admettre cette théorie
inventée par des soupeurs.

Le jeune Ernest tenta alors d'insinuer que Belamer étant l'insulté avait le droit de donner à
l'affaire telle suite qu'il lui plairait et que ledit Belamer se contenterait volontiers de la simple expression d'un regret formulée par M. de Colorado.
Cette fois, Marcel le prit de très-haut. Il soutint
que, les insultes ayant été réciproques, le droit
d'exiger une réparation lui appartenait tout autant
qu'à son adversaire et qu'il la voulait prompte et
sérieuse. Il ajouta même qu'au cas où M. Belamer
la lui refuserait, il saurait bien le contraindre à

l'accorder, dût-il, pour arriver à ce résultat, employer des procédés violents.

Cette déclaration faite, il se retira, laissant ses amis s'acquitter de la mission qu'il leur avait confiée.

Le plus marri de son départ, ce fut assurément Ernest de Gondo, qui était venu à l'entrevue plein d'espoir et qui voyait s'évanouir en fumée tous ses rêves. Il avait cru qu'on s'entendrait facilement et il se proposait, après avoir rempli avec succès son rôle de médiateur, de prendre M. de Colorado à part et de lui demander un nouveau service.

L'héritier du baron était aux abois. Il lui fallait cinquante mille francs à tout prix, et il ne voyait que la bourse du Californien où il pût puiser une somme aussi ronde. Et, au lieu d'un prêteur obligeant, il trouvait un irréconciliable. Impossible de s'adresser pour sortir d'embarras à un homme qui va se battre, quand on est témoin de son adversaire. Le malheureux Ernest était consterné et donnait de bon cœur au diable Belamer et son duel.

Il fallut bien pourtant reprendre les négociations, et, comme on n'était pas du tout d'accord, on se sépara, Valbourg et Gondo pour aller chercher de nouvelles instructions auprès de leur mandant, la Roche-Perrière, pour rentrer chez lui, où il devait les attendre. Dominique l'accompagna, pensant bien que son ami désirait être seul pendant quelques heures.

Il ne se trompait pas. Marcel n'avait pas d'arrangements pécuniaires à prendre, comme il arrive

presque toujours en pareil cas. Son testament était
fait depuis le jour où il avait failli être tué à la
chasse par Atkins, et le Canadien en était déposi-
taire. Mais, en vue d'un accident toujours possible
quand on va sur le terrain, fût-ce contre un lâche
ou un maladroit, il voulait cependant prendre certaines précautions d'une autre nature.

Il avait assuré par un legs princier le sort de
Savinien et de Cécile. Il voulait maintenant assurer
autant qu'il était en lui l'exécution d'une promesse
faite à madame Dortis. Il s'était chargé de guérir
René de sa sotte passion pour Coralie, et la cure
était trop heureusement commencée pour qu'il ne
tînt pas essentiellement à la compléter.

Les hasards de la conversation dans la loge avec
Joséphine Canoche, soi-disant de Marly, lui avaient
suggéré une idée hardie et même un peu bizarre,
mais qui lui paraissait, précisément à cause de son
étrangeté, devoir amener le résultat souhaité.

Il avait un valet de chambre qui avait remplacé
auprès de sa personne ce voleur de Philippe et
qu'il croyait honnête. Ce garçon, fort bien tourné
de sa personne et fort intelligent, n'avait jamais
servi que chez des maîtres appartenant au meilleur
monde, et il y avait appris les belles manières.
Ayant débuté à Londres comme intendant d'un
lord, il parlait l'anglais à merveille, et, de plus, il
avait accompagné ce lord en Amérique et il connaissait très-bien les habitudes des *yankees*. C'était
plus qu'il n'en fallait pour jouer à merveille le rôle
que Marcel lui destinait.

Aussitôt après le départ des quatre témoins, M. de Colorado le sonna et lui tint le langage suivant :

— Pierre, j'ai une mission à vous donner. Si vous la remplissez bien, je vous remettrai une inscription de trois mille francs de rente sur le grand-livre.

— Je ferai tout mon possible pour satisfaire monsieur, dit le valet de chambre dont les yeux brillèrent à l'annonce d'une telle récompense.

— Cette mission va vous étonner, et je ne puis pas vous apprendre en ce moment dans quel but je vous en charge, mais je tiens à vous dire que ce but n'a rien de blâmable et qu'en faisant ce que je vais vous demander vous ne vous compromettrez d'aucune façon.

— Je sais parfaitement que monsieur ne peut rien me commander de contraire à la loi, ni à la probité.

— Alors vous acceptez. C'est bien. A partir de ce moment, vous n'êtes plus à mon service.

— Comment ! monsieur me chasse !

— Non pas, je compte bien, au contraire, vous reprendre d'ici à quelque temps, mais je vous donne un congé que vous passerez au Grand-Hôtel, et, pour subvenir à vos dépenses, je vous ouvre un crédit de cinquante mille francs.

— Monsieur veut rire, dit le valet de chambre stupéfait.

— Non, je parle très-sérieusement, reprit M. de Colorado, et j'ajoute que, si cinquante mille francs

14.

ne suffisaient pas pour atteindre le but que je poursuis, je vous ouvrirais un nouveau crédit.

— Monsieur est bien bon... et si monsieur veut bien me dire ce qu'il attend de moi...

— Voici. Pour commencer, vous quitterez l'hôtel ce soir même et vous annoncerez à vos camarades que vous avez trouvé une place à l'étranger. Il faut que, parmi mes gens et parmi vos connaissances du dehors, personne, entendez-vous bien? personne absolument ne soupçonne ce que vous allez faire par mon ordre.

— Monsieur peut être assuré de ma discrétion.

— Fort bien. Vous vous rendrez au Havre par l'express de nuit, vous y achèterez des vêtements, du linge, des malles, tout ce qu'il faut pour que vous ayez l'air d'un voyageur arrivant d'Amérique, et, une fois nippé, vous reprendrez le train de Paris demain dans la journée. Vous descendrez au Grand-Hôtel, où vous vous ferez inscrire sous le nom de James Jackson, négociant à Chicago.

— Alors monsieur veut que je me substitue à la personne de ce Jackson, et...

— M. Jackson n'existe pas, ou plutôt il y a aux États-Unis des milliers de Jackson, et il ne s'agit nullement de prendre la personnalité d'aucun d'eux. Vous serez un Jackson de plus et voilà tout. Je vous répète d'ailleurs qu'il ne s'agit ni d'opérations secrètes, ni d'espionnage, ni de quoi que ce soit d'illicite. Vous n'aurez rien à signer, vous ne demanderez d'argent à personne; au contraire, vous en donnerez.

— Cependant, si monsieur m'ouvre un crédit, il faudra bien une signature pour toucher.

— Le crédit vous sera ouvert chez moi, et M. Le Planchais sera chargé de vous remettre les sommes dont vous aurez besoin. Il suffira pour cela que vous lui écriviez, par la poste, car il est entendu que vous ne mettrez jamais les pieds ici, tant que votre mission durera. M. Le Planchais vous portera les fonds au Grand-Hôtel.

— Je vois que monsieur a pensé à tout, et si monsieur veut bien m'expliquer ce que j'aurai à faire...

— Rien absolument que de mener la vie d'un riche étranger. Vous annoncerez que votre intention est de vous fixer à Paris et, en attendant que vous vous montiez une maison complète, vous achèterez des chevaux, des voitures, vous vous procurerez un ou deux domestiques ; en un mot, vous ferez ce que ferait en pareil cas un Américain vingt ou trente fois millionnaire.

— Monsieur peut s'en rapporter à moi. Je connais ces gens-là et leurs habitudes.

— Je sais que vous êtes allé aux États-Unis, et c'est précisément pour cela que je vous ai choisi. Mais, pour jouer votre rôle, il vous faudra beaucoup de tact et de prudence. Ainsi, je n'ai pas besoin de vous dire que vous ne devez pas prendre de Français à votre service.

— Naturellement. En France, les gens de maison sont trop bavards. Si monsieur n'y voit pas d'inconvénients, je pourrais choisir pour valet de chambre un nègre.

— C'est une très-bonne idée.

— Le cocher et le groom seraient Anglais et, comme provisoirement je ne mangerai pas chez moi, je n'aurais pas besoin de chef de cuisine.

— Parfaitement raisonné, mais vous vous ferez servir à part dans un salon du Grand-Hôtel, car, si vous fréquentiez les restaurants à la mode, vous vous exposeriez à être reconnu. Votre vie devra se passer dans vos appartements, ou dans vos équipages, et, quand vous irez au théâtre, dans une loge louée pour vous seul. En un mot, il faudra éviter toutes les occasions où le hasard pourrait vous mettre en contact avec des Parisiens.

— Je me conformerai scrupuleusement aux instructions de monsieur; cependant, je me permettrai de lui faire observer qu'on pourra s'étonner de voir un homme très-riche se condamner à un isolement absolu. Ainsi, par exemple, si les journaux venaient à s'occuper de moi, ce serait très-fâcheux, et cela n'aurait rien d'extraordinaire. Ces *reporters* sont si indiscrets !

— Entendons-nous. Je ne vous défends pas de fréquenter les compatriotes d'outre-mer que vous rencontrerez au Grand-Hôtel. Il sera même bon que vous entreteniez des relations avec quelques Américains, afin de bien établir aux yeux du public votre nationalité.

— Oh! alors, c'est différent, et monsieur peut être certain que tout le monde s'y laissera prendre.

— D'ailleurs, je ne vous interdis pas non plus de vous lier avec une Française.

— Comment! monsieur veut que...

— Pas avec la première Française venue, mais avec une personne qui vraisemblablement n'atten. dra pas, pour chercher à faire votre connaissance, que vous vous présentiez chez elle.

— Monsieur veut dire que cette personne m'é--crira?

— C'est très-probable. Je suppose même qu'elle vous invitera à venir prendre le thé chez elle.

— Et je devrai accepter?

— Sans aucun doute. Et si, comme tout me le fait croire, la dame en question vous fait entendre qu'elle serait charmée d'associer son existence à celle d'un étranger riche et généreux, vous entrerez dans ses vues, et vous vous offrirez à être cet étranger.

— Si je comprends bien, monsieur veut que je devienne le protecteur de cette dame.

— C'est justement cela, et je vois que vous entendez à demi-mot. Vous la protégerez donc et vous ferez largement les choses. Je veux qu'elle éclipse toutes ses amies par son luxe. Vous n'avez pas à vous inquiéter des sommes qu'elle dépensera. M. Le Planchais vous remettra tout l'argent que vous lui demanderez.

— Alors, monsieur ne désire pas que cette liaison reste secrète?

— Pas du tout. Je veux, au contraire, qu'on en parle et, pour cela, vous n'aurez à prendre aucune

peine. Votre protégée se chargera volontiers d'é-
bruiter sa nouvelle fortune et vous la laisserez
faire. Vous pourrez même vous montrer avec elle
au spectacle et au bois.

— Monsieur peut croire que j'exécuterai ses ordres ponctuellement. Maintenant, puis-je demander
à monsieur le nom de cette personne? Il est utile
que je le sache, car un millionnaire américain dé-
barquant à Paris ne passe pas inaperçu, et il pourrait arriver... que je reçusse plusieurs invitations
à prendre le thé.

M. de Colorado sentit la justesse de cette réflexion et ne put s'empêcher de sourire.

— Cette personne s'appelle madame Coralie de
Marly.

— Qui était dernièrement avec le fils de M. le
baron de Gondo? dit aussitôt le valet de chambre.

— Vous la connaissez?

— De vue, mais elle ne me connaît pas.

— C'est tout ce qu'il faut. Je n'ai plus qu'une
recommandation à vous faire. Madame de Marly
vous parlera de moi, car je lui ai annoncé la prochaine arrivée de M. James Jackson, et je lui ai
dit que j'étais lié avec cet Américain. Vous ne me
démentirez pas; mais, si elle vous propose de
m'inviter à quelque partie, vous refuserez net.

— Je pourrais feindre d'être jaloux et de craindre
que monsieur ne me l'enlève.

— Si vous voulez. Prenez ce prétexte ou un autre, peu m'importe, pourvu que nous ne nous
rencontrions jamais tant que durera la situation.

Maintenant, nous sommes d'accord, je pense, sur tous les points?

— Il ne me reste qu'à remercier respectueusement monsieur et à lui adresser une prière.

— Parlez.

— Si c'était indiffrent à monsieur, j'aimerais mieux passer pour un Américain du Sud.

— Et pourquoi?

— Parce que je suis brun, monsieur l'a peut-être remarqué. On croirait difficilement que je suis de Chicago où tous les hommes sont roux ou tout au moins blond ardent, tandis] qu'en me disant citoyen de la Nouvelle-Orléans...

— Va pour la Nouvelle-Orléans! Alors vous vous donnerez comme planteur de coton. Ce sera mieux ainsi. Les gens du Sud ont la réputation d'être plus généreux que les *Yankees,* et ces dames les préfèrent. Voici vingt-cinq mille francs pour les premiers frais, ajouta M. de Colorado en tirant de sa poche une liasse de billets de banque. Partez pour le Havre, descendez demain soir au Grand-Hôtel et écrivez à M. Le Planchais, dès que vous aurez besoin d'argent, ou plutôt dès que vous aurez vu madame de Marly, ce qui revient au même.

Le valet de chambre promu *gentleman* transatlantique empocha la somme sans empressement inconvenant. Il entrait dores et déjà dans son rôle de millionnaire.

— Je ne crois pas avoir besoin de vous dire, reprit Marcel, qu'au cas où vous ne vous conduiriez pas comme je l'entends, vous perdriez la récompense promise, et j'ajoute que je n'ai rien à craindre d'une indiscrétion; car, alors même qu'on viendrait à savoir dans le monde que vous agissez par mon ordre, je n'aurais pas à rougir de ce que j'ai fait. Le but que je poursuis est parfaitement louable.

Cela fut dit par M. de Colorado pour prévenir toute tentative de chantage.

— Monsieur sera content de moi, répondit Pierre avec une simplicité majestueuse.

Et, après avoir salué dignement, il sortit pour aller faire ses malles.

Marcel se mit aussitôt à écrire à Coralie :

« Madame de Marly est prévenue que M. James Jackson, de New Orleans, arrivera demain soir au Grand-Hôtel, et qu'il accepterait volontiers une tasse de thé chez elle. »

— Allons, dit-il en cachetant et en mettant l'adresse, que Coralie avait eu soin de lui donner, il a fallu recourir à l'amputation, mais voilà mon malade guéri.

Marcel ne connaissait bien ni le cœur des dames du lac, ni celui des fous qui les aiment. Il avait quitté la France trop jeune.

Il employa le reste de l'après-midi à fumer d'innombrables cigares et à rêver à ses projets du lendemain.

Il espérait bien en finir dès l'aurore avec M. Belamer, et il faut avouer qu'il n'éprouvait aucun remords d'avoir cherché querelle à ce déplaisant personnage, quoiqu'il eût à se reprocher, pour

dire la vérité, de l'avoir provoqué de propos délibéré. Après le duel, il comptait se rendre à l'hôtel
du quai Valmy pour aborder la grande et définitive
explication avec M. Pouliguen.

René Dortis ne le préoccupait plus, puisqu'il se
croyait sûr de l'avoir délivré du démon femelle
qui l'obsédait. Mais il lui vint à l'esprit que le
jeune homme pourrait bien se vanter d'avoir soupé
avec lui en mauvaise compagnie, et cette pensée
l'inquiéta plus que tout le reste.

--Si Claire savait que j'ai pris part à des plaisirs
de ce genre, quelle opinion aurait-elle de moi? se
demandait-il tristement.

Et il finit par conclure que le plus sûr moyen de
prévenir cette fâcheuse impression serait d'aller
voir madame Dortis le plus tôt possible et de lui
raconter franchement ce qu'il venait de faire pour
son fils. Il ne doutait pas qu'en femme intelli-
gente, elle ne le couvrît de son approbation, si le
jeune homme s'avisait d'être indiscret, et il espérait que Claire se laisserait facilement persuader
qu'il était allé au bal de l'Opéra et à la Maison-
d'Or uniquement pour veiller sur ce frère dévoyé.

Madame Dortis aurait même pu ajouter que
cette expédition nocturne avait eu aussi pour but
de contrarier les menées des ennemis de Clotilde; mais madame Dortis ne connaissait pas encore la terrible situation de sa fille aînée.

Le temps passe vite quand on songe à la femme
qu'on aime, et Marcel ne s'aperçut pas trop de la
longue absence de Dominique.

II   15

Le Canadien ne rentra qu'à six heures, et de fort mauvaise humeur.

— Ce Français est un polisson, dit-il sans autre préambule.

— Aurait-il refusé de se battre ? demanda vivement Marcel.

— Pas tout à fait, mais autant vaut, car ses témoins ont soulevé toutes les questions imaginables. D'abord, ils ont voulu recommencer à soutenir que le Belamer ne te devait pas de réparation ; ensuite ils ont prétendu qu'étant l'offensé, Belamer avait le choix des armes.

— Il fallait le lui accorder, parbleu ! Je l'avais dit d'en passer par tout ce qu'il voudrait.

— C'est ce que j'ai fait.

— Et il accepte la rencontre ?

— Oui. Poussés dans leurs derniers retranchements, les deux imbéciles qui le représentent ont fini par céder.

— Alors, c'est pour demain matin ?

— Ah ! bien oui ! Ils ont prétendu qu'il était trop tard, que ce monsieur avait des affaires à régler, des dispositions à prendre, comme s'il fallait trente-six heures pour faire son testament !

— Le mien m'a pris moins de temps, murmura Marcel.

— Que le diable emporte tous ces farceurs-là avec leurs interminables formalités, s'écria Dominique. J'ai vu le moment où on allait envoyer chercher un notaire pour coucher sur papier timbré les conditions du duel. Sapristi ! nous n'y mettons pas tant de façons là-bas, de l'autre côté de l'eau. Quand on a une affaire à Washaw, à Sacramento, à San-Francisco, n'importe où, elle est vite réglée. Qu'on se rencontre dans la montagne ou dans une rue, on recule chacun de cinq pas et on joue du revolver à volonté.

— J'en sais quelque chose ; mais revenons à la mission dont je vous ai chargés, toi et la Roche-Perrière.

— Oh ! celui-là, à la bonne heure ! c'est un homme comme je les aime. Il va rondement en besogne, et s'il n'eût tenu qu'à lui...

— Enfin, qu'a-t-on décidé ?

— Tu te bats au pistolet, après-demain matin, à neuf heures, au bois de Vincennes.

— Après-demain ? diable ! voilà qui me contrarie fort.

— Ce n'est pas ma faute. J'ai fait tout ce que j'ai pu, mais ils n'ont rien voulu entendre. Si nous ne leur avions pas accordé ce délai, nous n'aurions rien obtenu. Après tout, tu en seras quitte pour attendre un jour de plus.

— Ce retard dérange tous mes projets.

— Des projets que je ne connais pas... pas plus que je ne sais au juste pourquoi tu tiens à en découdre avec ce Belamer.

— Tu as raison. J'aurais mieux fait de te tenir au courant de beaucoup de choses que je t'ai cachées, et il est temps de te les dire. Aussi bien, il peut être utile que tu saches tout ; mon adversaire n'est pas, je crois, bien redoutable ; mais

on doit toujours prévoir le cas où on serait tué.
Apprends donc, mon vieux Dominique, ce dont
tu ne te doutes certainement pas. Je suis amoureux
et décidé à me marier.

— Bah ! Et avec qui ?

— Avec cette jeune fille que tu as vue chez moi
un certain dimanche...

— Et que Cécile a reconduite en voiture. Bon !
elle est charmante... presque aussi charmante que
la fiancée de Savinien... Épouse-la, morbleu !
épouse-la. J'y souscris des deux mains.

— Ce n'est pas si facile que tu pourrais le penser. D'abord, cette jeune fille a une sœur qui est
mariée à un officier de marine que tu as connu en
Californie, à M. Pouliguen.

— Le commandant de la *Terpsichore*. Je me le
rappelle très-bien.

— Pouliguen est jaloux de sa femme, et il n'a
pas précisément tort. Je n'ai pas besoin de te raconter comment je me suis trouvé mêlé malgré
moi à ses affaires de ménage. Il te suffira de savoir
que ce Belamer se permet de faire la cour à la
femme du commandant et qu'il la compromet indignement. Comme je n'entends pas que ce drôle
déshonore une famille où je veux entrer, je lui ai
cherché querelle sous le premier prétexte venu,
et...

— Tu as bien fait ! Le commandant est un brave
homme, et puis ta future belle-sœur ne doit pas
être soupçonnée. Sois tranquille, si, par malheur,
tu étais blessé, je me chargerais d'ôter de ce

monde ce chenapan de séducteur. Tu sais que je
tire proprement le pistolet.

— J'espère que tu n'auras pas à t'en mêler.
Mais écoute-moi jusqu'au bout. Mademoiselle Dortis... j'ai oublié de te dire son nom...

— Serait-ce la fille de ce fabricant qui a jadis
chassé ton père ?

— Oui, mais la chose ne s'est pas passée comme
je le croyais. Je te raconterai cette histoire une autre
fois. Mademoiselle Dortis a aussi un frère qui se
conduit assez mal, et que j'ai promis de tirer
des griffes d'une coquine qui l'exploite et le per-
vertit.

— Diable ! celle-là sera moins facile à écheniller
que Belamer.

— Peut-être. J'ai conçu un plan qu'il faut que
je t'expose sans plus tarder, car tu y joues un rôle.

— Moi ! jamais ! je n'entends rien à cette chasse-
là. S'il s'agissait d'un ours gris, je ne dis pas, mais
une diablesse enjuponnée...

— Tu vas voir. Le jeune homme étant affolé
d'elle, j'ai imaginé, pour l'en dégoûter, de lui
prouver jusqu'où peut aller l'abaissement de cette
créature. Je viens d'expédier Pierre au Havre.

— Ton nouveau valet de chambre ?

— Oui, il reviendra demain à Paris, s'établira
au Grand-Hôtel, en se donnant pour millionnaire,
et soufflera au jeune Dortis sa déplorable maîtresse.
Quand la trahison de cette fille sera bien constatée,
quand je jugerai que l'amoureux a suffisamment
souffert d'avoir été abandonné, je lui dirai la vé-

rité. Pierre racontera devant lui qu'il n'a pas eu de peine à obtenir la préférence, attendu que ce n'était qu'une simple question d'argent ; et, quand ce pauvre René Dortis saura que sa belle l'a planté là pour mon valet de chambre, je pense que l'écœurement tuera la passion.

Le moyen que je vais employer n'est pas très-neuf ; Molière s'en est servi dans les *Précieuses ridicules*...

— Les *Précieuses ridicules*? répéta Dominique un peu abasourdi.

— C'est vrai. J'oubliais que tu n'as jamais lu que la *Vision de Babouc*. Mais laissons là Molière, et dis-moi ce que tu penses de mon invention.

— Hum ! je n'en sais trop rien... et puis je ne vois pas à quoi je puis t'être bon dans cette comédie.

— Tu y es indispensable. Pour que Pierre puisse faire convenablement son personnage, il faut que je cesse toute espèce de rapport avec lui, du moins en apparence. C'est toi qui seras l'intermédiaire entre nous. Il t'écrira pour te demander l'argent dont il aura besoin, et tu iras le lui porter au Grand-Hôtel. Et même, à ce propos, il faut que, dès demain, je te signe une procuration générale, afin que tu sois en mesure de toucher les fonds nécessaires. Il peut arriver que je m'absente ou que je sois malade, et il est indispensable qu'en tout temps mon crédit chez le baron de Gondo soit à ta disposition.

— Je ferai ce que tu voudras, dit le Canadien,

quoique, à te parler franchement, ça ne m'amuse pas de me mêler d'une intrigue de femelles.

— Tu ne t'en mêleras qu'indirectement, comme je viens de te l'expliquer, et tu verras que tout ira bien.

Dominique haussa les épaules. La commission dont son ami voulait le charger ne lui souriait guère, et il allait probablement élever quelque objection nouvelle, lorsqu'un valet de pied entra portant une lettre sur un plateau. Marcel la prit, le congédia et décacheta fiévreusement l'enveloppe. Il croyait avoir reconnu l'écriture du commandant, et il pensait :

— Enfin, je vais donc savoir ce qu'on lui a dit cette nuit.

Il avait deviné. La lettre était bien du commandant, et elle commençait ainsi :

« Vous m'avez indignement trompé, et votre conduite est infâme.

— Ce n'est pas possible, s'écria Marcel en passant sa main sur son front; je me trompe... j'ai mal lu... ou bien cette lettre m'a été adressée par erreur... elle était destinée à un autre...

— Qu'as-tu ? demanda Dominique, te voilà tout pâle.

— Si tu savais ce qu'il y a sur ce papier, tu comprendrais que je sois ému, je te le jure.

— Mais enfin qui est-ce donc qui t'écrit ?

— Le commandant Pouliguen.

— Eh ! bien, qu'y a-t-il là de si étonnant ? N'êtes-vous pas de vieux amis ? Cette lettre doit contenir une invitation à dîner chez madame Dortis dont tu aspires à devenir le gendre, tout comme ce cher Pouliguen.

— J'ai bien peur qu'elle ne contienne une provocation.

— Et pourquoi diable ce marin voudrait-il se battre avec toi ?

— Je te le dirai tout à l'heure... laisse-moi lire...

Et il reprit la lettre qui était ainsi conçue :

« Vous m'avez indignement trompé et votre conduite est infâme.

« Je sais maintenant que vous êtes venu chez moi jouer une comédie arrangée d'avance entre vous et votre complice. C'est bien vous, en effet, qui avez ramené ma femme à la petite porte du jardin, c'est bien vous qu'elle est allée chercher au cercle, parce que c'est vous qui êtes son amant. »

— Ah ! les misérables ! s'écria Marcel ; je les croyais capables d'inventer les calomnies les plus atroces, mais pas celle-là.

Il fallait cependant aller jusqu'au bout. Il continua :

« N'essayez pas de nier, j'ai des preuves. Épargnez-vous la peine d'inventer de nouveaux mensonges. Je ne crois plus à votre loyauté, depuis que j'ai acquis la certitude que vous avez profité, pour mieux abuser de ma confiance, de l'amitié qui nous unissait autrefois.

« J'ai le droit d'exiger de vous une réparation.

Je la veux immédiate, et je n'admettrai ni délais, ni faux-fuyants. Il faut que nous nous battions sur-le-champ et que le duel se termine par la mort de l'un de nous deux. Si vous me tuez, vous pourrez épouser la malheureuse que vous avez séduite; si je vous tue, je sais ce qu'il me restera à faire pour venger mon honneur. Mais, quelle que puisse être l'issue de cette rencontre, elle ne doit pas avoir de témoins. Je vous offre donc le combat à la mode américaine, le combat à la carabine, dans un bois, avec faculté pour chacun de nous de faire feu tant qu'il aura la force de tenir son arme et tant que son adversaire sera vivant.

« Vous ne pouvez pas refuser l'arrangement que je vous propose, car vous m'avez mortellement offensé. Je sais d'ailleurs que vous êtes brave et que vous ne reculerez pas.

« Je vous laisse donc maître de fixer l'heure et le lieu du rendez-vous, pourvu que nous nous trouvions face à face dans la journée de demain.

« Si, par impossible, vous cherchiez à vous dérober sous n'importe quel prétexte, si votre réponse n'était pas telle que je l'attends, je vous préviens que, là où je vous trouverai, je vous tuerai comme un chien. »

C'était signé : Guy Pouliguen, et il y avait en *post-scriptum* cet avis menaçant :

« Si ce soir, avant dix heures, je n'ai pas reçu de vous une lettre contenant l'acceptation pure et simple des conditions que je vous pose, je me considérerai comme autorisé, par le seul fait de

15.

votre silence, à vous brûler la cervelle sans autre avertissement. »

Marcel passa la main sur son front et murmura :

— Il ne me manquait plus que cela !

— Que peut bien t'écrire le commandant ? s'écria le Canadien. Tu as l'air consterné.

— Lis, répondit M. de Colorado en lui tendant la lettre.

— Patatras ! dit Dominique après avoir rapidement parcouru le cartel rédigé par l'officier de marine en style laconique et violent; voilà tes châteaux en Espagne qui s'écroulent. Tu ne peux plus demander la main d'une jeune fille dont le beau-frère te propose un duel à mort. Ah ! ça, il est donc enragé ou fou à lier ce Pouliguen ? Où a-t-il pris que tu étais l'amant de sa femme, et qu'est-ce que c'est que cette comédie qu'il te reproche d'avoir jouée ? Du diable si je comprends ce que tout cela veut dire !

— Cela veut dire que cette nuit, au bal de l'Opéra, on lui a débité sur moi d'affreuses calomnies ?

— Qui ?

— Une créature payée par Atkins.

— Par Atkins ! Parbleu ! j'aurais dû m'en douter. Voilà ce que c'est ! Si tu ne m'avais pas empêché de lui casser la tête l'autre jour à la chasse, nous en serions débarrassés à l'heure qu'il est.

— Laisse là ce misérable, dont je règlerai le

compte plus tard, et donne-moi un conseil. Que faut-il que je réponde au commandant ?

— Par Sainte-Anne de Québec, je n'en sais rien du tout. Que répondre à un furieux qui te menace de t'assassiner ? Dans ces cas-là, en général, on prévient la police, et, ma foi tu ferais peut-être bien d'aller conter l'affaire à notre ami Chambras.

— Impossible, ce serait compromettre toute la famille Dortis.

— Bon ! mais tu ne te battras pas, j'espère, avec cet animal. Parbleu! il nous la bâille belle, ton Pouliguen! Comment! tu vas risquer ta vie après-demain matin contre celle d'un goujat qui fait la cour à sa femme, et il te provoque au lieu de te remercier de ce bon office!

— Il ignore que j'ai une affaire avec ce Belamer.

— Ce n'est pas un motif pour vouloir te forcer à accepter un combat insensé, toi qui es son ami, qui te dévoues pour les siens, car te voilà devenu l'ange gardien de toute cette famille Dortis. Ah ! s'il s'agissait d'en découdre à la carabine avec Atkins, je te conseillerais de ne pas manquer l'occasion, ou plutôt non... je te prierais de me céder ta place. Mais un duel contre ce damné Breton !... je m'y oppose, et, si tu veux, je me charge d'aller lui faire entendre raison.

M. de Colorado ne répondit pas tout de suite à cette proposition, et le Canadien, croyant qu'il délibérait avant de se décider à l'accepter, le laissa à ses réflexions. Elles n'étaient pas gaies. Marcel apercevait trop tard le piége où sa générosité imprudente l'avait fait tomber, et il s'étonnait de ne pas avoir deviné plus tôt le plan de Tolbiac.

L'ex-contre-maître, chassé honteusement, avait dû songer aussitôt à se venger, et il était tout simple qu'il eût imaginé de dénoncer comme étant l'amant de madame Pouliguen M. de Colorado, qui avouait l'avoir reconduite chez elle, la nuit, dans une voiture de place. La visite de Marcel intervenant à l'improviste entre le mari et la femme ne s'expliquait que trop, une fois cette première calomnie admise comme une vérité, et le commandant devait croire que cette démarche de son ami était le comble de la perfidie et de l'impudence.

Tolbiac avait eu l'habileté de s'effacer et de faire lancer l'accusation par une femme étrangère à cette intrigue, instrument passif des ennemis de M. de Colorado, unissant leurs haines, pour mieux se venger. M. Pouliguen n'aurait peut-être pas cru à une nouvelle dénonciation venant de la même source que la première ; il devait ajouter foi aux propos d'une créature qui n'avait, en apparence, aucun intérêt à le tromper.

Comment Tolbiac était-il arrivé jusqu'au *yankee?* quel rôle avait joué dans la formation de cette étrange ligue la marchande à la toilette de la rue Albouy ? Marcel n'en savait rien et il n'y songeait guère.

Le mal était fait ; il s'agissait d'en atténuer les conséquences. Celle que M. de Colorado redoutait le plus semblait momentanément écartée, car, dans sa lettre, le commandant ne parlait pas de punir sa femme, et il était évident que, pour s'occuper de la malheureuse Clotilde, il attendrait l'issue du duel. Mais il fallait y répondre à cette terrible lettre, et c'était sur ce point délicat que Marcel concentrait tous les efforts de son intelligence.

— Le rendez-vous avec Belamer est, m'as-tu dit, au bois de Vincennes? demanda-t-il tout à coup.

— Oui, près de la redoute de Gravelle, après-demain matin à neuf heures.

— Bien, dit Marcel en s'asseyant devant son secrétaire.

Et il se mit à écrire ce qui suit :

« J'accepte la rencontre et toutes vos conditions, mais il est impossible qu'elle ait lieu demain. J'ai absolument besoin d'un jour pour régler mes affaires. Je serai mardi matin à dix heures devant la gare de Champigny. Je connais, tout près de cette station du chemin de fer de Vincennes, un vaste parc entouré de murs qui appartient à un de mes amis et que le concierge mettra à notre disposition. Si l'heure et le lieu vous conviennent, il est inutile de me répondre. Chargez-vous seulement d'apporter les armes. »

— Perds-tu l'esprit? demanda le Canadien quand il eut entendu la lecture de ce billet. Quoi! tu consens à faire la partie de cet insensé?

— Je n'ai pas d'autre moyen de sortir de la situation où je me trouve, et d'ailleurs je suis à peu près certain que, sur le terrain, le commandant ne persistera pas à exiger le combat.

— Qui te le fait croire ?

— Je me bats avec Belamer à neuf heures. Si je suis tué par lui, tout est dit. Si je le tue, j'irai à dix heures au rendez-vous de M. Pouliguen et je lui dirai des choses qui le feront changer d'avis.

— Hum ! j'en doute. Il est entêté comme une mule d'Espagne.

— C'est vrai ; mais quand il saura que Belamer a cherché à compromettre sa femme et que je viens de lui épargner la peine de supprimer Belamer, il renoncera à l'idée de me loger une balle dans la tête, car maintenant j'ai mon plan, et je me fais fort de lui prouver que ce fat a été le seul coupable et que madame Pouliguen n'a été qu'imprudente.

X

Le billet fut envoyé à M. Pouliguen, qui n'y répondit pas, et son silence prouvant suffisamment qu'il acceptait le rendez-vous à Champigny, Marcel put disposer à sa guise de la journée du lundi, puisque toutes ses dispositions étaient prises en vue d'un dénouement prochain.

En déclarant à son ami le Canadien qu'il se faisait fort de ramener M. Pouliguen à des sentiments pacifiques, il ne lui avait pas dit comment il comptait s'y prendre.

Son plan était très-simple. Il avait résolu, s'il survivait au duel avec Belamer, de dire au commandant la vérité, toute la vérité, rien que la vérité. Les équivoques, les réticences, les demi-mensonges lui avaient coûté trop cher, et il était décidé à y renoncer pour entrer dans une voie plus large et plus franche.

Clotilde, après tout, s'était arrêtée à temps sur la pente dangereuse où elle glissait, et elle pouvait invoquer en sa faveur quelques circonstances atténuantes. C'en était une assurément que d'avoir accepté les conseils et l'appui de M. de Colorado, lui tendant la main pour la retenir au bord du précipice. C'en serait une encore que de tout confesser à son mari, d'implorer son pardon et de racheter par son repentir et par sa conduite ses légèretés passées.

Marcel voulait donc raconter à M. Pouliguen tout ce qui s'était passé et lui offrir de faire corroborer ce récit par les aveux de sa femme. Et pour les obtenir, ces aveux, il écrivit à Clotilde une lettre qu'il lui fit remettre par les mains sûres du vieux domestique blanchi au service de madame Dortis.

Dans cette lettre, il lui exposait brièvement, mais clairement, la situation, sans lui cacher la rencontre projetée avec le commandant, mais cependant sans lui parler du duel avec Belamer; il lui annonçait qu'en revenant de Champigny son mari l'interrogerait, et il la conjurait de lui répondre avec une sincérité complète.

Il croyait connaître son caractère et il ne doutait pas de son cœur. Il avait donc la certitude qu'elle suivrait cet avis salutaire, et cela lui suffisait.

On n'a besoin de se concerter que pour mentir,

et madame Pouliguen n'avait qu'à raconter de son côté exactement les faits pour tomber d'accord avec son sauveur. Il ne jugea pas nécessaire de lui dicter ce qu'elle avait à dire, et il s'en rapporta à sa loyauté.

Il faut ajouter que, pour convaincre M. Pouliguen de sa bonne foi, à lui, Marcel, et de la droiture de ses intentions, il tenait en réserve une dernière preuve plus décisive que toutes les autres.

Il voulait, après cette explication suprême entre les deux époux, se présenter chez eux et dire à l'officier : Voulez-vous, mon ami, demander pour moi à madame Dortis la main de mademoiselle Claire?

Une telle démarche était certes de nature à rassurer définitivement le mari de Clotilde et à dissiper ses derniers soupçons. Elle était bien faite aussi pour tenter Marcel, qui n'attendait qu'une occasion de se déclarer, et qui n'en pouvait guère trouver de meilleure.

Ayant ainsi arrêté ses projets pour le lendemain, M. de Colorado, l'esprit calme, la conscience en repos et le cœur plein d'espoir, voulut employer agréablement les heures qui lui restaient.

La matinée avait été remplie par quelques affaires : la procuration notariée à signer, afin de mettre Dominique à même de disposer en tout état de cause des fonds déposés chez M. de Gondo ; des instructions dernières à donner au Canadien sur les rapports qu'il le chargeait d'entretenir avec le valet de chambre devenu M. James Jackson de la

Nouvelle-Orléans; la visite de M. de la Roche-Perrière à recevoir pour arrêter avec lui le programme du voyage à Vincennes.

Il fut convenu que Marcel attendrait son témoin, qui viendrait à huit heures le prendre à l'hôtel de la place de l'Europe, et qu'ils se rendraient de là avec Dominique à Vincennes, dans une berline assez vaste pour les recevoir tous les trois.

M. de la Roche n'avait plus entendu parler du bel Oscar, preuve que rien n'était changé aux conventions arrêtées la veille. M. de Colorado lui dit qu'il espérait le rencontrer le soir aux Variétés, où il y avait une première représentation, et lui offrit dans sa loge une place qui fut acceptée avec empressement.

Après le départ du *clubman*, le Canadien, qui avait assisté à la conversation, voulut s'opposer à cette partie de spectacle qui lui semblait assez inopportune, mais ses remontrances n'obtinrent aucun succès.

Marcel affirma que son absence serait remarquée par ses amis du cercle, et peut-être interprétée d'une façon peu flatteuse. Son affaire avec Belamer devait être connue de bien des gens, car le jeune Gondo et Valbourg ne passaient pas pour être des modèles de discrétion. Il ne voulait pas qu'on le soupçonnât de consacrer solennellement sa nuit à écrire son testament et des lettres d'adieux, comme un écolier qui va sur le terrain pour la première fois. Il déclara donc qu'il irait au théâtre et qu'il y resterait jusqu'à la fin, affirmant

que de minuit et demi à sept heures il dormirait
assez bien pour se lever dispos.

Il proposa même à Dominique d'y venir avec
lui, mais le chasseur d'ours gris n'avait aucun
goût pour l'opérette, et il jura ses grands dieux
qu'il aimait beaucoup mieux se coucher ou ar-
penter le boulevard extérieur que de passer sa
soirée dans une boîte chauffée au gaz.

Marcel ne voulut pas le contrarier et s'abstint
d'insister. Le Canadien lui rendit la pareille et le
laissa libre de faire comme il l'entendrait, s'engageant d'ailleurs à le réveiller en temps et lieu.

Sur quoi, M. de Colorado, délivré de tout souci,
sortit dans l'intention d'aller faire une visite à Cécile.

Il lui était interdit provisoirement de se présenter chez madame Dortis, où il aurait pu rencontrer
l'officier de marine. Il lui fallait donc renoncer,
pour ce jour-là, au bonheur de voir Claire. Il voulait du moins se donner le plaisir de causer avec
sa jeune protégée.

Ce n'était pas très-facile non plus, car il ne se
souciait pas de se montrer dans la maison de la
rue Albouy, où il lui aurait fallu passer devant la
porte de la revendeuse, toujours aux aguets. Depuis qu'il avait surpris cette créature en colloque
avec Tolbiac et qu'il la soupçonnait à bon droit
d'être aux gages d'Atkins, il tenait plus que jamais
à lui cacher ses relations d'amitié avec la fleuriste.
Il imagina donc d'aller d'abord trouver Savinien
à son bureau et de l'inviter à dîner pour le soir

même avec sa fiancée, en le priant de passer chez elle et de se charger de l'amener.

Il trouva le jeune caissier dans l'exercice de ses fonctions, et il ne put avoir avec lui qu'un entretien de quelques minutes, car le public assiégeait le guichet comme toujours et l'employé chargé des payements ne pouvait pas se faire remplacer bien longtemps.

Savinien lui dit que, par malheur, il allait être retenu, ce jour-là, bien après la fermeture des bureaux.

Il s'agissait d'une vérification d'écritures nécessitée par une erreur de caisse, et les recherches pouvaient se prolonger toute la soirée.

Le jeune Brévan dut donc, à son grand regret, refuser l'invitation de M. de Colorado, mais il lui apprit que, par extraordinaire, et depuis une semaine seulement, Cécile travaillait, pendant la journée, dans nne grande maison de fleurs artificielles, au coin de la rue de Valenciennes et du faubourg Saint-Denis, et qu'elle en sortait à cinq heures précises pour rentrer chez elle.

En allant l'attendre à la porte, Marcel était certain de la rencontrer et de la rencontrer seule, car les autres ouvrières ne quittaient l'atelier que beaucoup plus tard. Il remercia son protégé, lui dit qu'il comptait profiter de cette indication, lui fit promettre de venir le dimanche suivant déjeuner, avec sa fiancée, à l'hôtel de la place de l'Europe, et il allait le quitter, après lui avoir cordialement serré la main, quand il fut frappé de l'expression de son visage.

Savinien avait l'air triste et préoccupé, à ce point que M. de Colorado crut devoir lui demander s'il avait quelque sujet de chagrin.

Le jeune homme s'en défendit d'abord, et, pressé plus vivement, finit par convenir qu'il craignait d'être forcé de renoncer bientôt à son emploi. Et, comme Marcel, très-surpris, insistait pour en savoir davantage, Brévan, rappelé par le caissier en chef, fut obligé de le quitter, en lui disant à demi-voix qu'à leur prochaine entrevue il lui expliquerait à fond la situation.

Le Californien s'éloigna, et, comme il avait du temps devant lui, il s'achemina pédestrement vers le faubourg Saint-Denis, où il espérait trouver Cécile.

On peut croire que, pendant le trajet, il pensa longuement à ce que Savinien venait de lui confier. Il se demanda pour quel motif son protégé allait être contraint de quitter la maison de banque du baron, et, à force de chercher, il finit par se rappeler que madame de Gondo, au bal, s'était beaucoup occupée du jeune employé de son mari, et par conclure que cette trop sensible personne était peut-être pour quelque chose dans les difficultés de la situation.

— Dominique a raison, se dit-il; il faut en finir. Savinien n'est pas à sa place chez ces Gondo, qui m'ont tout l'air d'avoir pris le parti d'Atkins. Je trouverai mieux que cela pour lui, et il est temps de le marier avec Cécile. Heureusement, dès demain, je l'espère, je serai débarrassé des complications où m'ont jeté les affaires intimes de mon ami Pouliguen et je pourrai m'occuper d'eux... et de moi.

Ces réflexions et quelques autres du même genre le menèrent jusqu'à la rue de Valenciennes, où il arriva juste cinq minutes avant cinq heures. Il reconnut sans peine la maison où travaillait Cécile, et il attendit, en se promenant sur le trottoir, que la jeune fille parût.

Le jour baissait, et, dans ce quartier populeux, l'animation est grande à l'heure où le gaz s'allume au vitrage des boutiques. Les employés, rentrant de leur bureau, remontent à grands pas vers les boulevards extérieurs ; les ménagères circulent, le panier au bras, pour compléter les provisions du matin ; les voitures de charbon descendent du grand dépôt de la Chapelle, les camions roulent chargés de colis ; les fiacres se hâtent vers les gares du Nord et de l'Est, les ouvriers chassés par l'approche de la nuit se pressent autour des cabarets, et les petites ouvrières s'en vont trottant menu, non sans donner en passant un coup d'œil aux étalages des magasins de nouveautés. C'est un pêle-mêle joyeux, une foule bigarrée où ne manquent ni les bourgeois affairés, ni les gamins ébouriffés, criards, sautillant et piaillant à travers la cohue, comme des moineaux parmi les épis mûrs.

M. de Colorado s'amusa un instant de ce tableau varié qui lui rappelait le temps joyeux où il reve-

nait en courant du collège Charlemagne, le nez au
vent, la casquette sur l'oreille et le paquet de livres
sous le bras. Puis, ce souvenir d'un passé déjà bien
éloigné le jeta dans des réflexions mélancoliques.
Il revit par la pensée son père si bon, si indul-
gent, si fier des succès d'écolier de l'élève Marcel
Robinier, et la vieille maison du quartier Saint-
Martin, où ils étaient nés tous deux, et le grand
verger de leur maisonnette de Fontenay-aux-Roses
où ils allaient passer les dimanches d'été.

Il était heureux alors, et il voyait l'avenir en
rose.

Que lui restait-il de tous ces bonheurs ? La
maison avait été démolie, la maisonnette vendue ;
son père était mort pauvre et il n'avait pas eu la
consolation de lui fermer les yeux. Et lui, le gai
collégien d'autrefois, accablé maintenant de millions et de soucis, il combattait péniblement le
grand combat de la vie et il en était à regretter les
joies naïves de son enfance. Il aurait donné de bon
cœur sa richesse acquise au prix de tant de fatigues et de périls pour retrouver les jours tran-
quilles où il jouait aux barres avec ses camarades
dans les longues allées du Jardin des plantes.

A force de rêver à ses illusions évanouies, il en
revint aux espérances qui lui restaient, et, au
milieu des tristesses de son existence agitée, la
douce figure de Claire Dortis lui apparut souriante
comme l'arc-en-ciel après l'orage. Il se dit que
Dieu nous a créés pour aimer, il oublia Tolbiac,
Belamer, Atkins, Gondo, les méchants et les sots

qui obstruaient sa route, et il ne songeaplus qu'à la ravissante jeune fille dont il voulait faire sa femme.

S'il existe vraiment des affinités secrètes entre les objets extérieurs et nos idées, le tour que prirent celles de Marcel devait se rattacher, sans qu'il s'en doutât, à l'approche de Cécile. L'ouvrière venait de se montrer sur le seuil de la fabrique où elle travaillait, et il ne l'avait pas vue, perdu qu'il était dans ses rêveries. Mais elle l'avait fort bien vu, elle, et traversant vivement la chaussée, elle lui prit le bras sans cérémonie.

— Oh ! monsieur, s'écria-t-elle, que je suis contente de vous voir. Je savais que Savinien ne pouvait pas venir et j'étais si inquiète...

— Inquiète ? répéta Marcel. Et à quel sujet, ma chère enfant ?

— Quoi ! vous ne savez pas ?... Savinien ne vous a donc pas dit...

— Je ne sais rien. Mais qu'avez-vous donc ? seriez-vous souffrante ? demanda M. de Colorado qui sentait trembler légèrement le bras de Cécile appuyé sur le sien.

— Non... non... ce n'est pas cela... seulement... vous allez me trouver bien indiscrète...

— Parlez, je vous en prie.

— Eh ! bien, permettez-moi de vous demander... si vous pouvez m'accompagner... oh ! pas bien loin... jusqu'au coin de la rue Albouy.

— Je ne suis venu ici que pour cela, car je voulais absolument vous voir, et j'ai appris de Savinien

que vous sortiez de votre atelier à cinq heures ;
c'est pourquoi...

— Vous êtes donc allé à son bureau ?

— Je le quitte à l'instant. J'espérais l'amener
avec moi, mais il m'a dit qu'il serait retenu toute
la soirée.

— Oui, il me l'a écrit ce matin, et l'idée de rentrer seule me tourmentait tant que j'ai été au moment de rester chez moi. Mais j'ai en ce moment
un travail très-bien payé qu'il me serait impossible
de terminer à la maison, et je me suis décidée.
J'ai bien fait, puisque j'ai eu la joie de vous rencontrer.

— Tout cela ne m'apprend pas ce que vous
craignez si fort. Mais venez, nous causerons en
route.

Cécile ne se fit pas prier. Elle semblait ravie de
quitter la place, et, ayant tourné le coin de la rue
de Valenciennes, elle se mit à descendre le faubourg Saint-Denis avec M. de Colorado. Ce fut
peut-être la première et la dernière fois qu'on y vit
une fleuriste au bras d'un millionnaire californien.

— Que se passe-t-il donc ? demanda Marcel.

— Des choses que j'ose à peine vous raconter,
car vous allez vous moquer de moi. Chaque fois
que je sors, on me suit.

— N'est-ce que cela ? Vous êtes assez jolie pour
que ce malheur vous arrive souvent.

— Oh ! si je n'avais affaire qu'aux désœuvrés qui
me poursuivent de leurs compliments, je ne serais
pas si effrayée. J'ai appris depuis longtemps à me

garder moi-même. Mais ceux que je rencontre
sans cesse sur mon chemin ne me parlent jamais.
Ils se contentent de m'espionner.

— Vraiment ? qui peut vous faire croire...

— J'en suis sûre. Je revois chaque jour les
mêmes figures... une surtout.

— Une, dites-vous ?

— Oui, celle de ce vilain homme qui a été chassé
de la maison de madame Dortis.

— Tolbiac! En effet, j'avais oublié ce que mademoiselle Dortis m'a raconté. Elle m'a dit que vous
l'aviez surpris un jour sur le quai, causant avec
cette revendeuse, votre voisine. Mais j'y pense...
vous le connaissiez donc?

— Non. Mademoiselle Dortis l'a reconnu quand
je lui ai décrit la figure de l'homme que j'avais vu
avec madame Alexis. C'est elle qui m'a appris son
nom et qui m'a recommandé de m'en défier.

— Mais je croyais... si le souvenir que j'ai gardé
de ma conversation avec mademoiselle Dortis est
exact... je croyais que c'était la femme qui vous
épiait, et non pas ce Tolbiac.

— Oui, d'abord. Je ne pouvais pas faire un pas
sans la rencontrer, mais elle s'est aperçue que je
la remarquais, et cette poursuite a cessé. Alors,
l'homme s'est attaché à moi. Un jour que j'arrosais
mes fleurs, je l'ai vu qui se promenait devant la
maison, et, quand je suis sortie pour aller au cimetière, il m'a suivie de loin. Il m'a attendue à la
porte du Père-Lachaise, et il s'est remis à marcher
derrière moi jusqu'à mon atelier. Le soir, comme

je rentrais, je l'ai revu, et il ne m'a quittée qu'à l'entrée de la rue Albouy.

— C'est étrange, murmura M. de Colorado. Mais, ajouta-t-il en se retournant pour regarder derrière lui, aujourd'hui, du moins, il n'a pas osé se montrer.

— Non, depuis quelques jours il ne vient plus, parce que je sors avec Savinien. Je l'ai prié de me conduire tous les matins et de me ramener tous les soirs, et il n'y a pas manqué une fois. C'est pour cela que j'étais si tourmentée en pensant que j'allais rentrer seule.

— Que craigniez-vous, puisque Tolbiac a renoncé à vous épier ?

— Lui, de sa personne, il ne paraît plus, mais je suis entourée de figures suspectes. Tantôt c'est un ouvrier ou un apprenti en blouse, tantôt c'est une vieille femme que je vois rôder autour de moi. Je les regarde, ils se détournent; je m'arrête, ils s'arrêtent; je marche plus vite, ils hâtent le pas. Ils me suivent jusqu'à ma porte, et quelquefois même, de ma fenêtre, je les vois se promener sur le trottoir pendant des heures entières.

— Êtes-vous bien sûre de ne pas vous tromper? quel intérêt ces gens-là peuvent-ils avoir à vous surveiller?

— Je ne sais pas, mais je suis certaine qu'ils m'espionnent.

— Avez-vous dit cela à Savinien ?

— Non. Savinien est très-vif. Je n'ai pas voulu l'exposer à une querelle.

— Mais lui ne s'est aperçu de rien ?

— Quand nous sommes ensemble, il ne regarde que moi. Assurément, il n'a rien vu.

— Et... ce soir, par exemple... remarquez-vous...

— Non... personne, répondit Cécile après avoir donné un coup d'œil rapide aux passants qui sillonnaient la chaussée du faubourg ; personne jusqu'à présent, mais ce n'est pas une raison ; c'est seulement au bout de quelques minutes que je reconnais ceux qui m'en veulent. Aujourd'hui, c'est peut-être cette marchande de pommes qui marche le long des maisons avec son éventaire ou ce chiffonnier que voilà, appuyant sa hotte contre une borne.

— En vérité, ma chère enfant, je crois que vous exagérez un peu, dit Marcel en souriant. Je ne suis pas très-étonné que ce misérable Tolbiac vous persécute, mais je ne puis croire qu'il ait à ses ordres une armée d'espions.

— Peut-être que la frayeur me trouble, car j'ai bien peur, je vous jure, répondit la jeune fille.

— Même avec moi ?

— Oh ! non.

— Au reste, reprit M. de Colorado, je veux en avoir le cœur net. Arrêtons-nous ici, et même, si vous le voulez bien, asseyons-nous sur ce banc. Nous verrons tout en causant, si quelqu'un nous surveille.

Et ils prirent place côte à côte sur un des siéges

municipaux qui garnissent les nouveaux boulevards.

Ils s'étaient arrêtés au point d'intersection du
faubourg Saint-Denis et du boulevard Magenta,
tout près de l'église Saint-Laurent. Les grandes
voies qui se rencontrent là forment une espèce de
carrefour très-fréquenté pendant la belle saison par
les flâneurs, les bonnes d'enfant et les militaires.
Mais on était en hiver et les passants ne s'arrêtaient
pas sous les maigres arbres des contre-allées. Ils
ne faisaient guère attention à la jeune fille et au
Californien, assis sur le premier banc à gauche,
en descendant vers la place du Château-d'Eau.
Ceux qui les regardaient par hasard les prenaient
pour des amoureux, et ne voulaient pas les déranger.

A portée de les entendre, il n'y avait qu'un affreux gamin qui jouait autour d'eux, tantôt à dix
pas, tantôt à deux, suivant que les évolutions de sa
toupie l'éloignaient ou le rapprochaient du banc.

— Eh! bien, demanda M. de Colorado en souriant, êtes-vous rassurée? M'est avis que, de tous
ces gens qui passent, pas un ne s'occupe de nous.

— C'est vrai, et pourtant...

— Quoi, ma chère Cécile?

— Pourtant, j'ai peur. C'est peut-être de la folie,
mais je m'imagine que je suis entourée de piéges
invisibles. Et puis, je crois aux pressentiments...
j'ai tort, je le sais... que voulez-vous? c'est plus
fort que moi... et j'ai le pressentiment qu'il va
m'arriver un malheur.

16.

— Eh! bien, moi, je crois que c'est un bonheur qui va vous arriver, et très-prochainement même... car enfin voici la saison des lilas qui s'avance.

A cette allusion à son mariage, Cécile soupira et secoua la tête.

— Les lilas se faneront avant que je me marie, murmura-t-elle.

— Que dites-vous là! Savinien vous aime, vous l'aimez, et...

— Oh! oui, je l'aime et de toute mon âme.

— Et sa position lui permet maintenant de songer à...

— Sa position! la conservera-t-il?

— Pourquoi non?

— Vous l'avez vu. N'avez-vous pas remarqué qu'il est soucieux, préoccupé? Il ne m'a pas dit ses chagrins, mais je les devine... je suis habituée à lire sur son visage... et je suis sûre qu'il se croit menacé de perdre sa place. Hier, il a laissé échapper quelques mots...

— Que vous a-t-il dit?

— Qu'on le jalousait dans les bureaux, que son chef ne lui montrait aucune bienveillance, et que M. de Gondo lui-même paraissait moins bien disposé.

Marcel réfléchit un instant avant de répondre.

Il savait fort bien qu'il se passait dans la maison du baron quelque chose d'extraordinaire au sujet de son protégé et il ne s'en inquiétait pas beaucoup, résolu qu'il était à assurer définitivement son sort en dehors de toute espèce d'emploi. Mais le moment n'était pas venu, et il avait encore quelques ménagements à garder avant de confier ce projet à Cécile.

— Avec son intelligence, dit-il, Savinien ne serait pas embarrassé de trouver une autre situation, et vous savez bien que je l'y aiderai de tout mon pouvoir.

— Vous êtes si bon!

— Et puis le jour approche où je pourrai vous apprendre une grande nouvelle qui est encore un secret.

— Un secret... qui vous concerne?

— Qui concerne moi, vous, Savinien et une autre personne encore.

Les jeunes filles ont la compréhension alerte, quand il s'agit d'amour, et Cécile dit tout de suite :

— Une autre personne! mademoiselle Dortis?

— Qui vous fait croire qu'il s'agit de mademoiselle Dortis? demanda M. de Colorado en s'efforçant de prendre un air grave.

— Elle est si belle, si douce, si charmante... que je pensais...

— Parlons de vous. Vos inquiétudes commencent-elles à se calmer?

— Oui... pour ce soir, mais... je ne vous ai pas tout dit.

— Que craignez-vous donc encore?

— Les méchancetés de cette femme qui demeure dans ma maison.

— La marchande à la toilette? Et que peut-elle contre vous! Ne m'avez-vous pas dit qu'elle avait cessé de vous épier?

— Dans la rue, oui ; mais, chez moi, elle est toujours aux aguets. Chaque fois que Savinien monte l'escalier pour venir me chercher ou que je descends avec lui, la porte de madame Alexis s'entr'ouvre et je la vois qui nous regarde. Elle surveille mes démarches, les visites que je reçois et, bien plus... je suis persuadée qu'elle s'introduit chez moi, pendant que je n'y suis pas.

— Comment s'y prend-elle?

— Je l'ignore. J'ai toujours grand soin de fermer ma porte à double tour. Peut-être a-t-elle fait faire une fausse clef. Ce qu'il y a de sûr, c'est que, hier soir, je me suis aperçue qu'on était entré dans ma chambre et même qu'on avait fouillé dans le tiroir de la table où je serre le taffetas que j'emploie pour faire mes fleurs.

— Voilà qui est singulier, en effet, et je...

Prends donc garde, drôle, dit M. de Colorado en s'interrompant au milieu de son discours, pour renvoyer d'un coup de pied la toupie que le gamin, qui jouait aux alentours, venait de lui lancer dans les jambes.

— Excusez, bourgeois, grommela le polisson, c'est pas de ma faute... c'est ma corde *qu'est* trop longue.

Et il s'éloigna de quelques pas, mais sans quitter la contre-allée dont le sol bitumé était d'ailleurs très-propice à l'exercice auquel il se livrait avec acharnement.

— Je pense que vous ferez bien de déménager le plus tôt possible, reprit Marcel, et je me concerterai avec Savinien pour vous choisir un nouveau domicile où ces coquins ne viendront pas vous chercher; mais, en vérité, je ne m'explique pas le motif qui les pousse à vous persécuter.

En parlant ainsi, il ne disait pas précisément ce qu'il pensait, car il se doutait bien que l'abominable *yankee* n'était pas étranger à toutes ces manœuvres ténébreuses qui n'avaient d'autre but que de l'atteindre, lui, Marcel Robinier, dans la personne de sa petite protégée; seulement, il n'entrevoyait pas encore ce que tramait contre elle ce scélérat d'Atkins.

— Je ne sais si je me trompe, murmura Cécile, mais je m'imagine que, mademoiselle Dortis m'ayant témoigné de l'amitié, l'homme qui a été chassé par sa mère veut se venger en me jouant un mauvais tour. Il se sera entendu avec ma voisine qui me déteste et ils cherchent de concert l'occasion de me faire du mal. Mieux vaut du reste qu'ils s'en prennent à moi qu'à mademoiselle Claire ou à quelqu'un des siens.

— Je veux en finir avec toute cette bande et je connais un personnage qui m'y aidera, dit M. de Colorado.

Il pensait à Chambras et il se promettait de recourir à son appui, dès qu'il aurait expédié son duel et débrouillé la situation avec le commandant.

En attendant, il y avait peut-être lieu d'aviser.

— Mais, demanda-t-il à l'ouvrière, craignez-vous qu'ils ne se portent contre vous à quelque acte de violence ?

— J'espère qu'ils n'oseront pas, répondit-elle en baissant la voix, mais je les crois capables de tout... même de commettre un crime... Il y a des moments où je me figure qu'ils en veulent à Savinien... et alors... oh ! alors, je deviens folle.

— Écoutez-moi, Cécile ; je pense, comme vous, qu'il est inutile d'informer Savinien de tout ceci. C'est à moi qu'il faudrait vous adresser si vous veniez à courir un danger... quel qu'il fût. Dans ce cas-là, me promettez-vous de m'avertir ?

— Je vous le promets. Seulement, il pourrait arriver que je n'eusse pas la possibilité de vous écrire.

— Comment cela ?

— Le sais-je ? Je me forge mille chimères.

— Mais, du moins, vous pourrez toujours m'envoyer quelqu'un... le premier venu... un de vos voisins... un passant... personne ne refuserait de rendre service à une jeune fille, et il vous suffirait de donner mon nom et mon adresse pour qu'on se chargeât d'un message verbal. Tenez ! voulez-vous que nous convenions d'une phrase ? En cas d'enlèvement... d'arrestation... je suppose les événements les plus invraisemblables... vous n'auriez qu'à prier quelqu'un de me répéter... ceci, par exemple : « *la rose thé attend M. de Colorado* », et à promettre au messager qu'il sera largement récompensé. En moins d'une heure, je serais averti, car je vais donner chez moi l'ordre de m'envoyer chercher sur-le-champ si je me trouvais absent, et je ne m'absenterai pas sans dire où je vais.

— La rose thé, répéta Cécile ; ce sera comme dans les romans.

Et elle se mit à sourire à travers ses larmes, car, en confiant ses chagrins à Marcel, la pauvre enfant avait fini par pleurer.

— La vie est pleine de romans, dit l'ami de Dominique. Ainsi donc...

Ah! cette fois, c'est trop fort et je vais te corriger, mon garçon, s'écria-t-il en se levant brusquement.

Il venait d'être frôlé par le bras du joueur de toupie qui s'était approché peu à peu et qui se trouvait précisément derrière son dos.

Le gamin se garda bien d'attendre le châtiment dont Marcel le menaçait. Il ramassa prestement son buis ferré et s'enfuit à toutes jambes. Bien entendu, M. de Colorado ne s'amusa point à le poursuivre.

— Me promettez-vous de faire ce que je vous demande? reprit-il.

— Je vous le promets, répondit presque gaiement Cécile.

— Venez alors,; profitons de ce que ces drôles veulent bien nous laisser en repos aujourd'hui, et gagnons la rue Albouy.

L'ouvrière s'appuya de nouveau sur le bras de

son protecteur; ils descendirent ensemble le boulevard, où ils ne firent aucune rencontre suspecte,
et ils ne se quittèrent qu'à la porte de la maison
qui abritait madame Alexis.

Cécile, rassurée, ne tremblait plus, et Marcel se
félicitait d'avoir si bien employé son temps.

XI

La promenade avec sa chère protégée avait mené
M. de Colorado fort loin des quartiers civilisés, et,
quand il eut dit adieu à Cécile, il s'aperçut qu'il
lui restait tout juste le temps de rentrer, de s'habiller et de dîner avant d'aller au théâtre où il
avait donné rendez-vous à M. de la Roche-Perrière.

Il prit un fiacre pour regagner son hôtel, où il
trouva le Canadien, qui lui tint compagnie pendant qu'il procédait à sa toilette, et qui lui apprit
qu'aucun incident de nature à modifier le programme de la journée du lendemain n'était survenu depuis son départ. Les choses restaient donc
en l'état, et la rencontre au bois de Vincennes tenait toujours.

Dominique renouvela ses recommandations à
son ami et lui fit jurer ses grands dieux de se cou-

cher aussitôt après le spectacle, afin d'avoir sur
le terrain la main ferme et le coup d'œil juste.
Marcel promit tout ce que voulut le chasseur
d'ours, et il n'eut pas grand mérite à cela, car il
n'avait pas la moindre envie d'aller se fatiguer au
cercle, où il aurait eu peut-être le désagrément de
rencontrer, sinon le bel Oscar, qui ne devait pas
être en veine de s'amuser, du moins ses témoins,
Ernest de Gondo et Jules Valbourg, aussi peu ré-
créatifs l'un que l'autre. Dominique, de son côté,
s'engagea à veiller à ce que la berline fût prête à
l'heure dite et à réveiller à temps son ami.

Tout étant ainsi réglé, M. de Colorado s'en alla
tranquillement au café Anglais et y dîna d'aussi
bon appétit que s'il n'eût pas dû jouer sa vie dans
quelques heures.

Il n'était pas de ceux qui font d'un duel une affaire d'État. Cependant, il ne put s'empêcher de
penser un peu à la soirée qu'il avait passée, l'avant-
veille, dans ce même restaurant avec son ami Pouliguen.

Que d'événements imprévus depuis ce gai repas
où ils avaient fêté ensemble les grands vins de
l'illustre cave du cabaret à la mode! Entre l'officier de marine et lui, il ne s'agissait plus maintenant de discuter sur le mérite des crus du Borde-
lais, mais d'échanger des coups de carabine jusqu'à
ce que mort s'ensuivît.

Marcel espérait bien n'en pas arriver à cette extrémité; et pourtant, lorsqu'il lui revenait à l'esprit
que ce désastreux changement dans les disposi-

tions du commandant était dû aux machinations
d'Atkins, il lui prenait des envies d'en finir avant
tout avec ce bandit et de planter là ses deux duels
pour le provoquer, l'amener sur le terrain et l'expédier dans l'autre monde.

C'eût été assurément équitable et logique ; mais
il était un peu tard pour modifier ses projets ;
et, d'ailleurs, ce n'était pas chose aisée que de
contraindre le *yankee* à accepter le combat à armes
égales.

Le Californien se calma en pensant que le plus
sûr était encore d'aller trouver l'homme de res-
sources par excellence, l'infatigable Chambras, et
lui conter les exploits de l'Américain, en le priant
d'aviser.

Chambras n'était pas officiellement chargé de
poursuivre les méchantes actions que la loi ne
peut ni réprimer, ni même prévenir ; mais dans les
cas très-fréquents où la police est requise de venir
au secours d'un honnête homme ou d'une honnête
femme menacés par certains drôles qui savent
faire le mal en côtoyant le code pénal, c'était toujours Chambras qu'on désignait en haut lieu pour
remplir cette mission délicate.

Marcel avait, d'ailleurs, beaucoup d'autres renseignements à lui demander, et il se reprochait
même d'être resté trois jours sans le voir. Il n'en
avait pas eu de nouvelles depuis qu'ils s'étaient
séparés en revenant des carrières d'Amérique, et
il voulait savoir où en étaient les recherches entreprises contre la bande de l'*Époulardeur*, et, acces-

soirement, quelle tournure prenait l'affaire de Touillard, son ancien valet de chambre, lequel se morfondait dans une cellule de Mazas, pendant que son heureux successeur roulait sur le chemin du Havre en wagon de première classe.

— J'écrirai à Chambras ce soir, en rentrant chez moi, et je le prierai de me fixer un rendez-vous très-prochain, conclut-il en payant l'addition du restaurant.

L'heure était venue de se diriger vers le théâtre, où on allait offrir au public spécial qui, par goût ou par état, assiste habituellement à ces solennités, la première représentation d'une œuvre intitulée : *l'Ile de Tohu-Bohu.*

Du café Anglais aux Variétés, il n'y a guère qu'un demi-cigare. Cette façon de mesurer les distances appartenait en propre à M. d'Aldrige, qui fumait du matin au soir et du soir au matin. Marcel en fit l'application, car il eut tout juste le temps d'achever un excellent panatellas avant d'arriver devant l'étroit péristyle dont les deux colonnes, badigeonnées de stuc jaune, ne rappellent nullement la façade des Propylées.

La foule encombrait le large trottoir, et les coupés arrivaient à la file, guettés par les écumeurs d'asphalte, toujours à l'affût d'une portière à ouvrir. Des femmes encapuchonnées de blanc ou de rose fendaient les groupes des flâneurs attroupés au pied des marches du vestibule, pendant que leur cavalier donnait ses ordres au cocher, droit et roide sur son siége dans sa carapace de four-

rures. Les journalistes, condamnés à ces fêtes théâ-
trales, aspiraient une dernière fois l'air chéri du
boulevard avant de s'engouffrer dans la salle, absolument comme des employés qui se tâtent pour
savoir s'ils se décideront à monter à leur bureau.

Les élégants de bon aloi entraient sans bargui-
gner, en gens qui vont où les devoirs de la haute
gomme les appellent; mais les viveurs de raccroc,
ceux qui intriguent auprès des reporters dramatiques pour faire citer leur nom au Livre d'or du
tout Paris des *premières*, ceux-là se promenaient
longuement, afin de bien montrer au public de la
rue leur col cassé et leur gilet en cœur.

Quelques-uns de ces messieurs ne paradaient là
que pour la forme, car ils n'avaient pas la moindre
place réservée dans le théâtre, et ils n'attendaient
que le moment de s'esquiver après avoir produit
leur effet sur les badauds. Le grand point, ce n'est
pas tant d'aller à une *première* que de faire croire
qu'on y va, et cependant le privilége qu'un vrai
Parisien envie le plus, c'est celui de pénétrer dans
une salle où on donne une pièce nouvelle.

Les bourgeois de passage sur ce bitume, foulé
par tant de bottines à hauts talons, jalousaient les
favorisés et s'éloignaient mélancoliquement, poursuivis par les offres de ces négociants en plein vent
qui colportent des billets *plus chers qu'au bureau*.

M. de Colorado ne s'attarda point à contempler
ce tableau mouvant. Il traversa l'attroupement,
reçut et rendit quelques coups de chapeau, gravit
les degrés et franchit la barrière du contrôle, en

jetant le numéro de sa loge aux cerbères en cravate blanche qui gardent ce dernier retranchement.

Naturellement, cette loge était aux premières de face, et il y prit place au moment où la salle achevait de se remplir.

En attendant que M. de la Roche-Perrière parût, il se mit à chercher quelques visages de connaissance, et il ne vit que le personnel immuable de ces assemblées peu majestueuses : Les *gommeux* aux fauteuils d'orchestre, les *biches* de haut-bord aux avant-scènes, les *cocottes* non gradées aux galeries et les critiques du lundi un peu partout.

Le peuple le plus spirituel de l'univers ne tient pas du tout à ce qu'on lui parle d'un beau livre, mais il ne tolère pas que ses journaux omettent de lui raconter par le menu les péripéties d'un vaudeville ou d'une féerie, et il est d'avis que la plume d'un futur académicien n'est pas de trop pour écrire le compte rendu fidèle et raisonné d'une ineptie scénique.

C'était précisément le cas, et les célèbres auteurs de l'*Ile de Tohu-Bohu* n'avaient point la prétention de révolutionner l'art dramatique.

Ils s'étaient mis trois pour confectionner cette grande *machine*, c'est le terme technique, et, en gens économes qui ne veulent pas dépenser trop d'esprit en une fois, ils avaient remplacé les situations par des *trucs* et les mots par des costumes.

L'*Ile de Tohu-Bohu* était ce qu'on appelle une *pièce à femmes*.

Il y en avait, du reste, presque autant dans la

salle que sur les planches, et une des premières que M. de Colorado remarqua, ce fut Coralie, trônant dans une avant-scène avec René Dortis.

— On voit bien que M. Jackson de la Nouvelle-Orléans n'est pas encore arrivé à Paris, pensa Marcel en détournant les yeux, car il lui déplaisait fort de voir le frère de Claire s'afficher ainsi.

M. de la Roche-Perrière arriva sur ces entrefaites et fut cordialement acrueilli.

— Vous savez les deux grandes nouvelles, demanda-t-il, la baisse du Mobilier Espagnol et la rentrée de Valentine sur la scène où elle fit ses premiers pas?

— Voilà deux grandes nouvelles qui ne m'intéressent guère, dit en riant M. de Colorado. Mademoiselle Valentine m'est fort indifférente et je n'ai pas prêté un sou à l'Espagne. Tout mon argent disponible est chez le baron.

— Diable! on dit que cette baisse lui fait perdre une somme énorme. Heureusement qu'il est solide sur sa base métallique, notre baron. Quant à cette pauvre Valentine, je crois que son début va être drôle. Parbleu! ajouta-t-il en se penchant pour regarder dans la loge voisine, voilà justement son Mariposa qui fait son entrée. C'est ennuyeux en diable. Je me promettais de rire tout mon saoûl au premier couplet que chantera l'*artichaut*, et ce vilain cyclope va me gêner.

C'était bien Atkins qui venait de prendre place sur le devant de la loge, presque coude à coude avec son ennemi intime, M. de Colorado. Le ha-

·sard avait mal fait les choses. comme toujours.

L'américain, d'ailleurs, n'eut pas l'air d'apercevoir ses deux voisins. Il prit des mains de son domestique nègre une jumelle colossale et se mit à lorgner gravement l'assistance d'élite qui remplissait la salle.

Marcel, qui l'observait du coin de l'œil, crut remarquer que cette lunette d'approche se dirigeait de préférence vers l'avant-scène occupée par Coralie, et il se demanda si l'affreux borgne avait quelque velléité de faire concurrence à M. Jackson de la Nouvelle-Orléans. Mais Atkins, après une minute d'examen attentif, mit bas son télescope, tira de sa poche un objet qu'il introduisit dans sa bouche, se campa commodément sur sa chaise, appuya ses bottes contre la cloison, et prit un air de parfaite béatitude. Le drôle, évidemment, s'estimait heureux de son sort et trouvait que tout allait pour le mieux dans le meilleur des mondes.

Son attitude indifférente et satisfaite agaça Marcel à ce point que peu s'en fallut qu'il lui cherchât querelle sans plus tarder. Mais il se rappela qu'il avait d'autres affaires à régler et il se contint.

— Que diable a-t-il avalé? lui demanda à demi-voix M. de la Roche-Perrière. Sa joue est enflée comme s'il lui était survenu une fluxion.

— Il chique, répondit sans hésiter M. de Colorado qui connaissait à fond les habitudes des citoyens de la libre Amérique.

— Bah ! vraiment? j'avais bien entendu dire que les *yankees* passaient leur vie à mâcher du tabac, mais je n'avais jamais voulu le croire. Décidément, ces marchands de lard sont aussi dégoûtants que les porcs qu'ils salent. Pouah! j'aime mieux les Peaux-Rouges. Pauvre *Galantine!*

Le chef d'orchestre donna le signal en frappant sur son pupitre avec son archet, et les spectateurs du rez-de-chaussée se décidèrent à s'asseoir. D'en haut, on ne vit plus qu'une mer de têtes, une mer semée de crânes chauves qui apparaissaient au milieu de cet océan chevelu comme des rochers dénudés et polis par les vagues.

Les instrumentistes attaquèrent une ouverture composée de tous les flonflons connus et accompagnée en sourdine par les renâclements des enrhumés qui se mouchaient en chœur dans la salle. Puis, la toile se leva et laissa voir un décor représentant une forêt vierge où poussaient des arbres inconnus qui tenaient tout à la fois du cèdre, du cactus et du chou.

Cette végétation extravagante convenait d'ailleurs parfaitement à l'*Ile de Tohu-Bohu*, située sous une latitude indéterminée et habitée par un peuple insensé.

Trombone XXIX, roi de ce pays fantastique, était une femme, la reine Cymbale était un homme; le sexe faible y faisait l'exercice à feu, et le sexe fort y soignait les marmots.

Les auteurs s'étaient évidemment proposés de mettre en scène le monde renversé, idée ingénieuse et philosophique dont ils avaient tiré un grand parti en exhibant un bataillon de demoi-

17.

selles court-vêtues qui exécutaient, comme de
vieux troupiers, les manœuvres les plus compli-
quées.

Leur pièce fourmillait de couplets et même d'al-
lusions politiques, mais les jambes des soldats
féminins du roi Trombone absorbaient l'attention
des *dilettanti* et les empêchaient de saisir toute la
finesse des traits aristophanesques dont l'ouvrage
était semé.

Galantine parut, dès la quatrième scène, en costume de page favori de la reine Cymbale, et attaqua son air d'entrée avec un aplomb digne d'un
meilleur sort. Elle s'avança jusqu'à toucher la
rampe, distribua impartialement des œillades aux
fauteuils d'orchestre, côté pair et côté impair,
adressa deux ou trois signes familiers aux bai-
gnoires d'avant-scène où elle comptait sans doute
quelques amis, sourit à un critique influent et
myope qui lui voulait du bien, salua le public, ar-
rondit sa bouche en cœur et se campa, le poing
sur la hanche, dans la pose classique des pages de
féerie.

L'impassible Atkins suivit cette pantomime avec
une certaine attention, et sans doute elle lui plut,
car il cessa de chiquer. Par malheur, sa belle lâcha
une note tellement fausse que le public, peu mu-
sical pourtant, des Variétés y répondit par des
murmures improbateurs.

Toujours prêts à venir au secours des jeunes
personnes qui financent pour être applaudies, la
claque répondit par une salve de bravos intempes-

tifs. Les spectateurs se fâchèrent, le critique influent baissa le nez et M. de la Roche-Perrière éclata de rire en regardant M. de Mariposa qui ne broncha point.

— Par ma foi, dit le gentilhomme en se penchant à l'oreille de Marcel, l'Américain est moins bête qu'il n'en a l'air. Cette drôlesse lui plaît, et cela prouve qu'il a mauvais goût ; mais, du moins, il ne prend pas fait et cause pour elle, et il ne s'affiche pas comme M. Dortis avec Coralie de Marly. Vous devriez bien dire à ce jeune homme qu'on ne s'exhibe pas de la sorte en compagnie d'une personne aussi connue que le village historique dont elle porte le nom.

— Que voulez-vous ? ces choses-là se font à son âge, murmura M. de Colorado qui déplorait plus que quiconque les sottises compromettantes de René.

— A propos de votre protégé, savez-vous qu'il a été reçu au cercle tantôt, à la presque unanimité ? C'est certainement à vous qu'il le doit.

— Et à vous, je n'en doute pas et je vous en remercie. L'acte est fini. Venez-vous faire un tour au foyer ?

— Volontiers. On étouffe ici, répondit le *clubman*.

En proposant cette promenade, Marcel avait son idée. Pour rien au monde, il n'aurait voulu se montrer dans la loge de Coralie, mais il espérait rencontrer René dans le couloir, et il se proposait de lui dire le plus doucement du monde ce qu'il pensait de sa conduite.

Par malheur, le jeune Dortis ne se montra point. Madame de Marly avait les mœurs des oiseaux rapaces. Elle ne lâchait jamais sa proie. Peut-être aussi prévoyait-il que M. de Colorado allait le rappeler aux convenances et voulait-il éviter une admonestation à laquelle il n'aurait eu rien à répondre.

Marcel, après l'avoir cherché inutilement, s'en alla respirer un peu sur le balcon qui termine le foyer.

L'air était doux et le boulevard regorgeait de monde. L'ami de Dominique s'amusa un instant à suivre des yeux les ondulations de la foule.

— Voyez donc ce drôle en blouse blanche qui se querelle avec les sergents de ville ? lui dit la Roche-Perrière. Ils veulent le forcer à déguerpir parce qu'il gêne la circulation en restant là au milieu du trottoir, le nez en l'air... On dirait, en vérité, qu'il nous regarde... Bon ! le voilà qui file entre leurs jambes comme un lièvre... Ils ne le rattraperont pas, je vous en réponds.

— Je crois qu'il est temps de rentrer, si nous ne voulons pas manquer les roulades de mademoiselle Valentine, dit Marcel, que cette scène intéressait médiocrement.

— Allons, puisque vous tenez à avaler le calice jusqu'à la lie ; mais je crains fort que nous n'assistions pas ce soir à une fête de l'intelligence, comme on aura peut-être l'audace de l'imprimer demain dans les journaux.

Le rideau était déjà levé quand ils reprirent leurs places, et rien de nouveau ne s'était produit ni dans la salle, ni sur la scène. René continuait à monter la garde auprès de Coralie; Valentine écorchait avec entrain un air à effet, qui n'en produisait pas d'autre que de provoquer des chut menaçants. Atkins chiquait toujours.

La pièce, quoique un peu cahotée, poursuivit sa carrière avec une vitesse de soixante-quinze inepties à l'heure. Les gardes enjuponnés du trône de *Tohu-Bohu* se révoltèrent contre la reine Cymbale qui opprimait le roi Trombone, et profitèrent de l'occasion pour se livrer à des évolutions plus gracieuses que militaires.

De son côté, M. de Colorado commençait à méditer de battre en retraite devant les averses de calembours rancis et de coq-à-l'âne stupides qui tombaient de la bouche du monarque aliéné de cette île à l'envers. M. de la Roche-Perrière réussit pourtant à le retenir jusqu'au troisième acte, qui débutait par une scène émouvante.

Trombone XXIX, saisi par les satellites de son épouse et lié solidement à un arbre en carton, appelait à son secours le page et lui criait : « *Détache-*moi ! *détache*-moi ! » A quoi le page répondait : « Volontiers, sire, je vais être votre *benzine*, car je vais vous *détacher*. »

A cette insanité qui ne fit pas sourciller le *Yankee*, probablement parce qu'il n'y comprenait goutte, Marcel n'y tint plus, et il se disposait à décamper lorsque la porte de la loge s'entr'ouvrit. On vit poindre la figure d'un contrôleur qui dit à demi-voix :

— Messieurs, excusez-moi. Je cherche M. de Colorado et, comme j'ai trouvé son nom sur la feuille de location, au 27 des premières...

— C'est moi. Qu'y a-t-il ? demanda le Californien.

— Monsieur, il y a un commissionnaire qui vous demande en bas. Je n'ai pas pu le laisser monter parce que cela nous est défendu, mais...

— C'est bien. Je vous suis, dit Marcel surpris et même un peu inquiet. A demain matin, ajouta-t-il en tendant la main à M. de la Roche.

— A huit heures précises, je serai chez vous, répondit le *clubman*.

M. de Colorado prit à la hâte des mains de l'ouvreuse son pardessus et son chapeau, descendit avec le contrôleur qui lui montra dans un coin du vestibule un garçon de quinze à seize ans, alla droit à ce messager en blouse et lui demanda ce qu'il lui voulait.

— Je viens de la part de la rose thé, répondit le gamin.

La foudre tombant aux pieds de Marcel dans le vestibule des *Variétés* ne l'aurait pas plus surpris et l'aurait certainement moins effrayé que cette courte phrase prononcée par la voix enrouée d'un gamin de Paris. *La rose thé*, c'était, à n'en pas douter, Cécile, et il fallait qu'elle courût un grand danger pour qu'elle lui envoyât dire les mots convenus entre eux, quelques heures auparavant, pendant qu'ils causaient assis sur un banc du boulevard Magenta. Quoique très-troublé et très-impatient d'en savoir plus long, il parvint à se posséder, car le lieu n'était pas propre à une explication.

— Viens, dit-il brusquement au gamin.

Et il sortit du théâtre, suivi de ce Gavroche, qui avait fort mauvaise mine.

D'instinct et pour ne pas être remarqué par les *gommeux* qui encombraient le trottoir, car l'acte venait de finir, le Californien gagna rapidement la rue Montmartre et, tournant le coin du boulevard, conduisit ce singulier envoyé dans la petite rue d'Uzès, fort déserte à cette heure.

La richesse a ses inconvénients, et, quand on possède une ou deux douzaines de millions, on jouit d'une telle notoriété qu'on ne peut pas se permettre de causer sur l'asphalte avec le premier venu, sans que ce colloque donne lieu à des commentaires sans fin.

Le *voyou* avait sans doute senti aussi qu'un monsieur en cravate blanche ne devait pas se soucier de converser avec lui devant des gens de son monde, car il s'abstint de dire un seul mot jusqu'à ce que Marcel eût pris position loin des regards curieux du public des premières. Mais, dès qu'il le vit s'arrêter derrière le magasin de la *Ville de Paris,* il s'approcha en faisant le salut militaire, et il dit avec un accent traînard :

— Pardon, mon ambassadeur, c'est bien *vous qui s'appelle* monsieur Colorado?

— Oui, c'est moi, répondit précipitamment Marcel. Que me veux-tu ? qui t'envoie ? Une jeune fille, n'est-ce pas ?

— Oui, mon prince, et crânement jolie, c'est pas pour dire.

— Et elle t'a chargé de me répéter ces mots : la rose thé...

— Attend monsieur de Colorado. C'est justement ça. Oh ! j'ai bien retenu ma leçon, allez ! ça me connaît ces machines-là. V'là dix ans que je ne manque pas une première à l'*Ambigu*. Vous n'y allez pas, mylord ? Non, c'est bon pour nous *qu'est* du *peup*, le paradis de l'*Ambig-Com*. Eh ! *ben*, moi *qu'y* vas, je sais comment *que* ça se joue quand le traître veut faire des misères à la jeune première.

— Assez ! Comment as-tu eu l'idée de venir me chercher aux *Variétés* ?

— Pardi ! c'est pas malin. *Je suis été* d'abord place de l'Europe, là où *c'que* la petite m'avait donné l'adresse. C'est pas pour vous flatter, mon duc, mais vous êtes *chouettement* logé. Le *larbin* qui m'a ouvert voulait me coller la porte au nez. Pour lors, je lui ai dit que je venais de la part d'une dame. Ça n'a rien fait, et il allait me *balancer*, quand il est venu un grand, un solide, *qu'a* la *binette* d'un gendarme en bourgeois.

— Oui... Dominique, murmura Marcel.

— Il a clos le bec au *larbin* et il m'a demandé ce que je voulais. Là-dessus, je lui ai conté mon affaire et il n'a pas trop *tortillé* pour me répondre que je vous trouverais aux *Variétés*, loge 27. Un brave homme, tout de même, ce gros-là !

— Après ?

— Après, je *me suis tiré les pieds* et je m'ai *cavalé* jusqu'aux *Variétés*, mais. là, quand j'ai voulu entrer, des *nèfles !* pour... Le contrôleur a appelé les *sergos* (1) pour m'enlever. Dam ! ça se comprend, il ne me connaît pas, *c't* homme. J'fréquente pas sa *boîte*, vu que l'opérette m'embête. J'aime que le drame. Si ç'avait été aussi bien à l'*Ambigu*, je *collais* mes dix *ronds* au bureau, je faisais celui qui monte aux places du cintre et je redescendais conter mon affaire à l'ouvreuse des premières. Je suis pas regardant, quand il s'agit de rendre service à une jeunesse, et celle-là est gentille. Mais, pour vous finir la chose, je lui en ai tant dit à ce *contrôlemuche*, qu'il *s'a* décidé à aller vous prévenir... et voilà, mon boyard.

Le récit, quoique fait en termes peu choisis, était très-vraisemblable, et Marcel se crut suffisamment édifié sur l'authenticité de la mission confiée par Cécile à ce polisson en blouse sale.

— C'est bien, dit-il d'un ton bref ; maintenant où est la jeune fille qui t'envoie ?

— Dans un bateau, tout contre le quai Henri IV, répondit le gamin sans hésiter.

— Dans un bateau ! te moques-tu de moi, mauvais drôle ?

— Moi, monseigneur ! j'en suis incapable. Ça

(1) Les sergents de ville.

vous paraît étonnant que la petite se *soie* embarquée, vu que c'est pas l'heure ni la saison d'aller canoter à Asnières, mais c'est pourtant comme ça.

— Explique-toi alors.

— Je ne demande que ça, mon général, et, c'est pas pour dire, si vous voulez donner un coup de main à votre bonne amie, faut pas vous amuser à *blaguer* ici... car c'est votre bonne amie, j'ai vu ça tout de suite. J'ai l'œil américain, moi.

— Parle! mais parle donc!

— Eh! *ben*, Mon Excellence, sur le coup de dix heures, je sortais du du *Grand Café Parisien*, même que je venais de gagner une poule au billard, et je me *baladais* sur la place du Châteaud'Eau en fumant ma *bouffarde*, quand je *reluque* une petite, jolie comme un cœur filant du côté du boulevard Magenta, avec un pot de fleurs qu'elle venait d'acheter au marché qui se tient sous les arbres, vis-à-vis Truchot.

— Abrége! abrége!

— Je vas abréger, mon sénateur. Pour lors, v'la deux *zigs* qui m'accostent, un vieux et un jeune, des *binettes* à coucher dans les fours à plâtre de Pantin, et le vieux me dit en me montrant la petite : *Dix balles* pour toi, si tu veux lui *jaspiner* que M. Savinien vient d'avoir les *guiboles* cassées par une *roulante* sur la place de la Bastille, qu'on l'a porté dans une pharmacie, et qu'il voudrait la voir.

— Savinien blessé! s'écria Marcel.

— Jamais! c'était une *frime*. J'ai *pigé* ça tout de

suite, et je me suis figuré que ça devait être un
truc inventé par un *rupin* pour enlever la petite.

— Alors, tu as refusé?

— Pas si bête. Dix *balles*, voyez-vous, monseigneur, pour les refuser, faudrait être agent de
change, et, quand on est en *dèche*, on ne crache pas
dessus. Ça me va, *que* je leur ai répondu. Payez-
vous d'avance? Non? *que* me dit le vieux, tu pourrais nous *faire voir le tour*. Tu auras tes deux pièces
de cent sous, là-bas, sur le quai, où tu vas l'amener.
Nous marcherons devant toi et tu emboîteras le
pas. Si elle te demande comment ça se fait que tu
la connais, tu lui *colleras* que tu *restes* à côté de sa
maison, dans la rue Albouy.

Marcel pâlit. Il commençait à comprendre. Atkins avait dû payer ces misérables pour attirer
Cécile dans un piège, Cécile que ses espions pour-
suivaient depuis quelques jours. Les craintes de
la pauvre enfant n'étaient que trop justifiées.

— Continue, dit-il d'une voix étranglée par l'é-
motion.

— Voilà, mon empereur. Moi, je n'ai fait ni une,
ni deux. J'ai couru après la petite et je lui ai conté
mon *boniment* en douceur. Si vous aviez vu la tête
qu'elle a faite quand je lui ai parlé de Savinien.
Pauv' chatte! elle est devenue blanche comme un
linge. Faut qu'elle ait tout de même un rude *béguin*
pour ce Savinien. En v'là un de *zig de la haute* qui
peut se vanter d'être aimé. C'est pas moi qu'aurai
jamais c'te veine-là.

— Et elle t'a suivi?

— Oh! ça n'a pas été long. Elle a posé son pot
de fleurs sur une borne et elle m'a dit : Où est-il?
Conduisez-moi. A votre service, *que* je lui réponds.
Et nous v'là partis. J'avais le *trac* qu'il ne lui vienne
à l'idée de prendre un *sapin*. C'est ça qui n'aurait pas fait mon affaire, vu que je ne savais pas
où la mener. Mais elle n'en a pas soufflé mot,
p'têtre parce qu'elle n'avait pas de *braise*. Elle n'a
pas l'air de rouler sur l'or. Ces jeunesses-là, ça
vous a la *toquade* d'aimer pour le bon motif.

—Finiras-tu? cria M. de Colorado en serrant les
poings.

— *Illico*, mon maréchal. Je vous contais donc
que nous étions en route. Pour où? j'en savais rien
et je m'en *battais l'œil*, puisque j'avais qu'à *filer* mes
deux *zigs*. Je les *reluquais* de loin. Je les vois qui
prennent le boulevard du temple et qui tournent
par la rue Charlot. J'*emboîtais* avec la petite. Ils
passent par la rue de Turenne, la place des Voges,
et ils traversent la rue Saint-Antoine. J'*emboîtais*
toujours.

— Et elle ne te disait rien. Elle ne s'informait
pas...

— Excusez, mon gentilhomme, elle s'informait à
mort, au contraire. Elle voulait savoir comment
c'était arrivé, si son Savinien était bien malade;
moi, je lui jurais que non, parce que là, vrai, ça
me faisait de la peine de lui voir tant de chagrin,
mais ça ne l'empêchait pas d'y *aller de sa larme*.
V'là qu'au milieu de la rue Beautreillis je perds

de vue mes deux *zigs*. Ça me semble louche. Pourtant, j'avance tout de même. Je les retrouve au bout de la rue, arrêtés sur le quai. Ils faisaient ceux qui causent et le vieux disait tout haut : C'est-il pas malheureux! un si beau garçon! Le pharmacien croit qu'il faudra lui couper la jambe. Naturellement, la petite entend ça. Elle leur demande s'ils parlent d'un jeune homme écrasé sur la place de la Bastille. — Justement, qu'ils répondent.—Où est-il?—Nous allons vous y mener. Vous entendez ça d'ici. Moi, je ne savais plus quelle figure faire.

Ils marchent devant, ils tournent l'Arsenal et ils suivent le quai, en remontant. Nous venions à quatre pas derrière eux. Pas un chat sur la chaussée et il ne faisait pas trop clair, vu qu'au bord de l'eau la ville économise le gaz. Je me sentais pas à mon aise. La petite non plus, faut croire, car tout d'un coup, la v'la qui me prend le bras et qui me souffle à l'oreille : S'il m'arrivait malheur, courez place de l'Europe, 15, demandez à parler à M. de Colorado et dites-lui que la rose thé l'attend.

— Ensuite ?

— Ensuite, mon prince, ça n'a pas été long. Ah ! la petite avait joliment raison de se *méfier*. Figurez-vous qu'au milieu du quai, dans l'endroit le plus désert, v'là les deux *zigs* qui sautent sur elle. Je veux la défendre, mais le vieux me flanque un coup de pied qui m'envoie *dinguer* sur le pavé. Pendant ce temps-là, l'autre empoignait la demoiselle et lui entortillait la tête dans son châle pour l'empêcher de crier. Quand je me suis retrouvé sur mes pattes, ils étaient déjà loin.

— Et tu ne les as pas poursuivis ? Tu n'a pas appelé au secours ?

— C'est pas l'envie qui m'en manquait, vu que j'étais *refait* de mes dix *balles*, mais il n'y avait pas mèche. Le vieux *muffe* m'aurait assommé. J'ai rien dit, et j'ai fait celui qui se *cavale*, mais j'ai été plus malin qu'eux. Je me suis caché derrière le parapet du quai et j'ai vu qu'ils emmenaient la petite dans un bachot amarré contre la Grève.

— Et ils y sont entrés avec elle ?

— Juste, et ils ont eu vite fait de se terrer comme des lapins. Cinq minutes après que j'ai eu reçu mon atout, ni vu ni connu, pas moyen de savoir où ils étaient passés, si je n'avais pas eu le nez de les *guigner* de loin. Alors, j'ai joué des *quilles* et je suis venu au galop depuis le quai jusqu'à la place de l'Europe, et il y a une rude trotte, monseigneur, sans compter celle de votre hôtel ici. Et ça vaut un peu plus que les deux pièces de cent sous dont j'ai été *refait au même*, ajouta le drôle avec une rare impudence.

— Cent francs pour toi, si tu me conduis sur-le-champ à ce bateau, s'écria Marcel.

— Vous m'en donneriez mille que j'irais pas à pied. Je suis *esquinté*.

Une voiture de place passait au pas et, sur un signe de M. de Colorado, elle vint se ranger le long du trottoir.

— Je vas monter à côté du cocher, grommela le

gamin ; comme ça, je ne gênerai pas milord et je
ferai arrêter la *roulante* au bon endroit.

Et, après avoir refermé la portière sur Marcel,
qui venait de se jeter dans la voiture, il se hissa
sur le siége et cria :

— Boulevard Bourdon, et du train, si tu veux
que mon patron t'*aboule* trois francs pour ta
course.

Le cocher fouetta son cheval sans s'étonner de
voir un polisson en blouse voyager en compagnie
d'un bourgeois bien vêtu. Il crut avoir affaire à
quelque riche industriel qu'un de ses ouvriers venait
chercher en toute hâte pour un accident arrivé à
sa fabrique, et il lança sa rosse à fond de train,
pour gagner le pour boire promis.

Cependant Marcel regrettait de ne pas avoir dit
à ses gens de venir l'attendre à la sortie du théâtre,
car il avait hâte de porter secours à Cécile, et il
trouvait que le fiacre marchait bien lentement.

Il ne se demandait pas comment il allait s'y
prendre pour la délivrer, mais il ne doutait pas
d'y réussir, et toute sa crainte était d'arriver trop
tard. Le bateau où les bandits l'avaient entraînée
pouvait démarrer et les minutes étaient précieuses.

D'autres, à sa place, auraient couru demander
main-forte à la police. Il n'y songea même pas.
D'abord, une démarche de ce genre lui aurait fait
perdre du temps. Un commissaire, un chef de
poste, ou un sergent de ville, lui auraient demandé
des explications qu'il ne se souciait pas de leur
donner.

M. Chambras se serait sans doute montré disposé à lui venir en aide sans interrogatoires préalables et sans commentaires; mais il ne savait où
le prendre à pareille heure et il craignait de courir
après lui inutilement. Et puis il n'avait pas habité
quinze ans l'Amérique, sans contracter l'habitude
de faire ses affaires tout seul.

Que pouvait-il redouter en plein Paris, lui qui,
dans la Nevada, avait mis en déroute la bande
d'Atkins? Deux coquins ne lui faisaient pas peur ;
et d'ailleurs, fidèle à la coutume californienne, il
avait dans la poche de son paletot un joli revolver
à six coups chargé à balle, plus un excellent couteau à lame d'acier, très-portatif, mais très-propre
à éventrer un brigand. Il se croyait donc en mesure de tenir en respect les ravisseurs de Cécile et
il voulait tomber sur eux comme la foudre, s'il
pouvait les surprendre dans leur repaire.

En cas de résistance de leur part, le gavroche
qu'il comptait laisser en vedette pourrait crier : à
la garde ! et ses cris ne manqueraient pas d'attirer
du monde.

Il s'en était défié d'abord de ce gavroche, et il
n'avait pas voulu le suivre sans l'interroger. Mais
ses réponses avaient été si précises et son récit
tellement plausible que les doutes de Marcel s'é-
taient promptement dissipés. D'ailleurs, il ne pouvait pas avoir inventé la phrase convenue, et Cécile
seule pouvait lui avoir dit : *la rose thé attend M. de
Colorado.*

Aussi, M. de Colorado croyait-il fermement à la

sincérité du messager en blouse, et il regrettait même de s'être attardé à le questionner. Mieux eût valu cent fois commencer par lui demander tout simplement où était la jeune fille et y courir avec lui.

Pendant le trajet qui se fit très-vite, Marcel ne s'amusa guère à se demander dans quelles mains la fiancée de Savinien était tombée. Evidemment, les brigands subalternes qui s'étaient emparés d'elle agissaient pour le compte d'Atkins, et c'étaient ces misérables que la pauvre enfant voyait rôder sans cesse autour d'elle depuis quelques jours. Ses pressentiments ne l'avaient pas trompée.

— Je veux en finir avec ce scélérat, se disait encore une fois Marcel, pendant que le fiacre roulait sur le boulevard Bourdon. Ce soir, je vais mettre à la raison les chenapans qu'il soudoie. Demain, j'irai trouver mon ami Chambras, et, s'il le faut, le préfet de police, pour qu'on avise à débarrasser la France de ce damné *Yankee*.

La voiture s'arrêta tout près du pont qui enjambe le canal au point où il rejoint la Seine, et le gamin, sautant à bas du siége, vint lestement ouvrir la portière.

— C'est à deux pas d'ici, milord, dit-il en baissant la voix. Renvoyez le *sapin*.

— Non, dit Marcel, je le garde. Il pourra nous servir.

Et, mettant une pièce d'or dans la main du cocher :

— Attendez-moi ici, lui cria-t-il, je ne tarderai

II   18

pas à revenir, ou bien, si j'ai besoin de vous, je vous enverrai chercher par ce garçon.

— Suffit, bourgeois ; je ne bougerai pas répondit le cocher, enchanté de son pour-boire et alléché par l'espoir d'une nouvelle aubaine.

Le gavroche avait déjà pris les devants et s'acheminait à grands pas vers le quai Henri IV. Marcel le rejoignit et, en marchant côté à côte, ils arrivèrent bientôt à l'endroit où, au retour de son voyage au pont d'Asnières, *Pain-de-Blanc* était venu faire une visite nocturne à ses amis du *Barbillon*.

Le vieux bateau était toujours amarré à la berge, immobile et silencieux.

— C'est là, dit le drôle en le montrant du doigt. Nous avons de la chance. Ils n'ont pas encore *décanillé*.

— Ainsi, c'est dans ce bateau qu'ils l'ont emportée ? demanda Marcel.

— Emportée comme vous dites. Ah ! elle ne devait pas peser lourd, et ils l'auront logée dans la soute au charbon. J'ai dans l'idée que ces *faigniants*-là travaillent pour un richard qui se sera *toqué* de la petite. Voyez-vous, mon prince, les *carapatas* c'est tous de la canaille.

M. de Colorado ne s'enquit point de la signification de ce mot bizarre qui veut dire en argot : marins d'eau douce. A la pensée que Cécile était enfermée dans cette prison de bois, sa colère se ralluma et il ne pensa qu'à se ruer sur les bandits qui la retenaient.

Il prit son revolver d'une main, son couteau de l'autre et dit au gamin :

— Reste là ; j'espère que je n'aurai pas besoin de toi, mais, si tu entends un coup de pistolet, cours à la caserne des Célestins, qui est là tout près, et préviens le factionnaire qu'on se tue là-dedans.

— Soyez tranquille, milord, les municipaux, ça me connaît... et les gendarmes aussi.

Marcel ne l'écoutait plus. Il traversa rapidement la berge et sauta à bord en criant :

— Me voilà, Cécile. Où êtes-vous ?

Il espérait que la prisonnière allait lui répondre ou que du moins ses ravisseurs allaient se montrer ; mais rien ne bougea dans ce bateau, qui avait tout l'air d'être inhabité.

La nuit était très-noire et le vent d'ouest faisait rage.

Marcel se lança en avant pour enfoncer d'un coup de pied la porte de la cabine d'arrière, mais tout à coup le plancher manqua sous ses pas et il fut précipité dans le vide. Il était tombé à fond de cale par une écoutille ouverte qu'il n'avait point aperçue dans l'obscurité.

Presque aussitôt la trappe que tenait levée la main de *Pain-de-Blanc*, accroupi derrière ce rempart de planches, s'abattit sur le trou et le ferma hermétiquement. Alors, le frère de Coralie vint s'asseoir sur le couvercle, comme un fossoyeur sur la tombe qu'il vient de sceller, et siffla d'une certaine façon.

La tête de l'*Epoulardeur* parut à la porte entre-
bâillée de la dunette ; on entendit un grognement
de joie poussé par Phémie, et la voix de la douce
Amanda qui disait :

— Le *pante* est dans le sac. Sans moi, vous ne
l'auriez pas. Si je ne vous avais pas dit qu'il allait
aux *Variétemuches*...

— Et sans moi donc ! glapit le *Tafouilleux* qui
arrivait du quai au bruit de la trappe retombant
sur Marcel ; si je n'avais pas *pigé* le mot de passe
de la petite en jouant à la toupie sur le boulevard
Magenta, le *rupin* ne serait pas dans la soute du
Barbillon. S'il *casque*, je veux ma part.

XII

Dominique s'était couché de bonne heure ; aussi fut-il debout avant l'aube, et comme sa toilette ne lui prenait jamais beaucoup de temps, il était déjà dans la cour de l'hôtel quand le soleil se leva.

Pensant que Marcel dormait encore et jugeant qu'il était inutile de troubler prématurément son sommeil, il s'en alla réveiller le cocher, et descendit ensuite à l'écurie pour examiner les chevaux qu'il voulait faire atteler à la berline destinée à recevoir Marcel et ses deux témoins. Après quoi, il entra dans la remise, afin d'inspecter les ressorts de la voiture et les harnais.

Le Canadien était un homme pratique et il savait qu'il y a des occasions où le plus petit accident peut entraîner de graves conséquences ; par exem-

18.

ple, un essieu mal attaché ou un cheval mal ferré
pouvaient être cause d'un retard, et M. de Colorado
devait tenir essentiellement à arriver sur le terrain
avant son adversaire.

Ces intéressantes occupations le menèrent jusqu'à sept heures et demie; puis, trouvant que
Marcel avait assez dormi, et même un peu étonné
qu'il n'eût pas encore paru, il monta au premier
étage et entra dans la chambre de son ami.

Pour le coup, son étonnement devint de la stupéfaction. La chambre était vide et le lit n'avait
pas même été défait. M. de Colorado n'était pas
rentré.

Il n'avait cependant pas l'habitude de découcher
et il était incompréhensible qu'il eût précisément
choisi, pour la passer dehors, la nuit qui précédait
son duel. Dominique n'en revenait pas.

— Ce doit être encore pour rendre service à la
femme de ce Pouliguen qu'il s'amuse à courir du
soir au matin, au lieu de se reposer, disait-il entre
ses dents. Joli moyen de se faire la main. Il va
revenir éreinté, hors d'état de tenir proprement
une arme. Il est capable de se faire tuer comme un
sot par ce Belamer. Jour de Dieu! je n'aurais pas
dû le laisser sortir hier soir. Pourvu qu'il revienne
à temps, ajouta-t-il en redescendant l'escalier. Son
témoin va arriver d'un instant à l'autre. Du diable,
si je sais que lui dire!

Pour tromper son impatience, il revint dans la
cour où la berline était déjà attelée.

Il n'y avait pas à s'informer auprès des domestiques. Marcel était sorti à pied et, quand il ne donnait pas d'ordres pour que ses gens vinssent le chercher en voiture, à son cercle ou ailleurs, il avait coutume de rentrer par la petite porte de la serre, dont il portait toujours la clé sur lui, et de se coucher sans réveiller personne. D'ailleurs, son valet de chambre était parti la veille pour le Havre et n'était point encore remplacé. Dominique en fut donc réduit à ronger son frein en se promenant de long en large et en consultant sa montre.

— Huit heures moins cinq minutes, murmurait-il en frappant du pied. Que peut-il faire ? Où est-il ? Pour peu qu'il tarde encore une demi-heure, nous manquerons le rendez-vous. Et s'il allait ne pas rentrer du tout ? C'est pour le coup que le Belamer en dirait de belles ! Il est vrai que je me chargerais de lui fermer le bec en lui proposant de prendre la place de Marcel. Oui, mais l'autre, le marin, qui va l'attendre à dix heures à la gare de Champigny ! Si Marcel ne se présentait pas, ce serait bien pis encore avec cet enragé, et je n'aurais pas la ressource de lui proposer l'échange, puisque je ne suis pas censé connaître ses affaires avec sa femme.

Et Dominique jurait par tous les saints du Canada.

— Bah ! dit-il après s'être soulagé par des imprécations copieuses, Marcel sera ici à l'heure juste. Je le connais. Il n'est pas homme à manquer une affaire d'honneur, pour quelque motif que ce soit. Ah ! justement, on vient. Ce doit être lui.

Ce n'était pas Marcel, c'était M. de la Roche-

Perrière, boutonné militairement, et portant une
boîte de pistolets.

— Je ne suis pas en retard, j'espère, dit-il en
serrant la main du Canadien.

— Non, parbleu ! s'écria Dominique ; c'est cet
animal de Marcel qui est en retard.

— Comment ! encore au lit ! C'est superbe ! Le
grand Condé ne dormait jamais mieux que la veille
d'une bataille.

— Au lit ! Ah ! bien, oui ! il n'est pas rentré.

— Pas possible !

— C'est comme ça. Je suis furieux, et je lui dirai
son fait, je vous en réponds.

— Mais j'ai passé la soirée au théâtre avec M. de
Colorado, et il a quitté la loge avant la fin du
spectacle.

— Pour revenir ici ?

— Je n'en sais rien. On est venu le demander ;
il est descendu pour parler à la personne qui le
faisait appeler et je ne l'ai plus revu.

— Et cette personne, c'était ?

— Un commissionnaire, je suppose. C'est le
contrôleur du théâtre qui s'est présenté dans la
loge, et...

— Un commissionnaire ! Ce doit être un polisson en blouse qui s'est montré ici dans la soirée,
en prétendant qu'il avait un message à remettre à
M. de Colorado ; je lui ai dit que Marcel était aux
Variétés, loge 27.

— En effet, c'est probable. Mais, dites-moi, de
quelle couleur était sa blouse ?

— Blanche, avec beaucoup de taches et pas mal
d'accrocs.

— Alors, ce messager ressemble beaucoup à un
certain gamin que nous avons vu du haut du balcon du foyer, gesticulant au milieu des sergents
de ville qui voulaient l'empêcher de stationner devant le théâtre. Ce drôle avait l'air de connaître
M. de Colorado qui, lui, ne le connaissait pas.

— C'est cela. Encore quelque machination de ce
gredin... à moins que la commandante... Par
Sainte-Anne-de-Québec, j'aurais dû me couper la
langue, plutôt que de dire où était Marcel.

— Est-ce que vous penseriez qu'on a pu attirer
M. de Colorado dans un guet-apens ? demanda le
clubman qui ne comprenait rien à ces phrases
pleines de réticences.

— Tout est possible avec ces gens-là, répondit
brusquement Dominique.

Par discrétion, M. de la Roche-Perrière s'abstint
de le questionner davantage.

— Voilà une singulière aventure, reprit-il après
une pause, singulière et désagréable au plus haut
point. Il est huit heures et quart, il nous reste à
peine le temps d'arriver à l'heure dite à la redoute
de Gravelle. Si M. de Colorado n'est pas ici dans
cinq minutes, l'affaire est manquée... et Dieu sait
ce que diront ces imbéciles.

— Oui... Belamer et ses témoins... ils sont de
force à prétendre que Marcel a eu peur.

— C'est à craindre. Il n'est tel que les poltrons
pour accuser les autres de couardise.

— Eh! bien, non, s'écria Dominique, ils ne le
diront pas ou ils auront affaire à moi. Si Marcel
n'est pas de retour, c'est qu'il est retenu contre sa
volonté ou qu'il est mort. Je le chercherai tantôt et
il faudra bien que je le trouve... je connais quelqu'un qui m'y aidera... mais, en attendant, je ne
veux pas qu'on l'insulte, et je pars pour Vincennes. Je vais dire leur fait à ces petits messieurs
et, s'ils ne sont pas contents, leur proposer la
botte.

— Vous avez raison. Il est, je crois, inutile que
nous restions ici plus longtemps, et il serait indé-
cent de laisser nos adversaires se morfondre là-bas.
Partons donc sur-le-champ.

— Alors, vous venez avec moi ?

— C'est plus convenable, répondit la Roche. Et
plus prudent, ajouta-t-il tout bas, car il se défiait
des vivacités du Canadien.

— Très-bien. Montez, dit Dominique en lui ouvrant la portière.

Au bois de Vincennes. Brûle le pavé; il faut
que nous y soyons dans trois quarts d'heure,
cria-t-il au cocher.

Et à un valet de pied qui traversait la cour :

— Toi, si monsieur rentre, dis-lui que nous
sommes allés au rendez-vous et qu'il nous y trouvera.

La porte cochère était ouverte. Les chevaux partirent à fond de train et traversèrent Paris à une
allure telle, que ce fut miracle s'ils n'écrasèrent
personne en route.

Les deux témoins de Marcel n'échangèrent pas un mot pendant le trajet. Dominique était dans un état de rage sourde qui lui faisait presque oublier les inquiétudes que lui causait l'absence inexplicable de son ami. Il s'était mis en tête que le messager en blouse venait de la part de madame Pouliguen, et que si Marcel était tombé dans quelque piége, c'était la faute de cette imprudente personne. Quant à M. de la Roche-Perrière, il ne comprenait rien à la conduite de M. de Colorado, et, pour tout dire, il regrettait quelque peu d'avoir consenti à lui servir de témoin, car il ne prévoyait que trop le bruit que ce duel manqué allait faire au cercle et ailleurs. Et chacun d'eux gardait ses réflexions pour soi.

En dépit de l'excellence de l'attelage et de l'habileté exceptionnelle du cocher, il était neuf heures et demie quant la berline déboucha sur le plateau où on avait pris rendez-vous.

Belamer, Valbourg et Ernest de Gondo étaient à leur poste, graves, gourmés et renfrognés selon l'usage en pareil cas.

Le bel Oscar était même de très-mauvaise humeur. Il avait fait, tant bien que mal, sa provision de courage, et, depuis une demi-heure qu'il battait l'estrade, cette provision avait eu tout le temps de s'épuiser. Rien n'use l'énergie des gens qui n'en ont guère comme l'attente prolongée du danger. La bravoure de Belamer était de celles qu'il faut prendre toutes chaudes et elle était déjà considérablement refroidie.

Qu'on juge de sa stupéfaction lorsqu'il vit M. de la Roche-Perrière et M. Le Planchais descendre seuls de la voiture. Mais dès qu'il fut bien sûr que M. de Colorado n'y était pas, il retrouva son aplomb comme par miracle.

— Messieurs, dit aussitôt le Canadien qui n'aimait pas les préambules, mon ami ne viendra pas, mais je suis là pour le remplacer.

— Quelle est cette plaisanterie? demanda Belamer d'un ton rogue.

— *Elle est raide,* celle-là, s'écria Valbourg.

— M. de Colorado serait-il malade? reprit Ernest de Gondo, qui avait des raisons particulières pour s'intéresser à la santé du Californien.

La Roche-Perrière crut devoir intervenir pour empêcher que le colloque ne s'engageât mal.

— Messieurs, dit-il froidement, nous vous devons des excuses pour vous avoir fait attendre. L'absence inexplicable et inquiétante de M. de Colorado a été cause de ce retard. Il n'a pas reparu chez lui depuis seize heures.

— Bah! il est allé hier soir aux Variétés. Léonie l'y a vu, interrompit le *cocodès.*

— C'est vrai. J'ai même passé la soirée avec lui, dans sa loge; mais il a quitté le théâtre avant la fin de la pièce, et il n'est pas rentré à son hôtel. M. de Colorado est trop brave pour qu'on puisse le soupçonner d'avoir voulu se dérober à une affaire d'honneur, et trop bien élevé pour ignorer qu'en pareil cas l'exactitude est de rigueur. Nous devons donc supposer qu'il lui est arrivé un accident grave, et nous, ses témoins, nous venons prier M. Belamer de remettre la partie.

— *Épatant ! épatant !* murmura Valbourg.

— C'est assez juste, insinua Gondo.

— Pardon, dit sèchement le beau ténébreux, je n'admets pas ce genre d'excuse. M. de Colorado m'a insulté grossièrement et sans motif. Il serait trop commode, en vérité, qu'il pût me frustrer de la réparation qu'il me doit, sous prétexte qu'il lui a plu de découcher hier soir.

— Je me porte garant pour lui, répondit la Roche-Perrière, et je vous répète qu'il n'a pas cherché à se soustraire à un engagement pris, car...

— Je n'en sais rien. Je ne sais qu'une chose, c'est qu'il ne s'est pas présenté sur le terrain à l'heure dite ; je serai dans mon droit en publiant ce qui s'est passé et en disant partout que M. de Colorado est un lâche.

M. Belamer n'avait pas achevé de prononcer le mot, que Dominique lui sautait à la gorge.

L'irascible Canadien s'était tu d'abord, par déférence pour M. de la Roche-Perrière, mais quand il entendit traiter Marcel de lâche, il n'y tint plus, et il se mit en devoir d'étrangler l'insulteur.

Les trois autres témoins réunirent leurs efforts pour le lui arracher des mains, et ils eurent quelque peine à y réussir. Dominique se décida pourtant à le leur abandonner, mais ce fut pour crier :

— Demanderas-tu encore si c'est une plaisanterie, failli chien ? Refuseras-tu de te battre avec moi, maintenant que je t'ai crossé comme tu le méritais ?

Belamer était fort occupé à rajuster sa cravate et, de plus, il étouffait de colère, de sorte qu'il ne se pressait pas de répondre.

— Allons, vous autres ! reprit le Canadien, chargez les pistolets et comptez les pas... quinze, dix, cinq, ça m'est égal... à bout portant, si vous vou-voulez... mais dépêchez-vous, j'ai affaire autre part.

— Il est enragé, murmura le *cocodès*. Si on ne le musèle pas, *je me la brise.*

— Prends garde. Il tue les perdreaux au vol à balle franche, souffla au bel Oscar le prudent Ernest.

— Cher monsieur, dit la Roche-Perrière qui avait à peu près conservé son sang-froid, permettez-moi de vous dire que votre conduite est inqualifiable, et que M. Belamer a le droit de refuser une rencontre dans de pareilles conditions.

— Certainement, je la refuse, cria Belamer ; ces violences de crocheteur ne sont justiciables que de la police correctionnelle et je me réserve de les lui déférer.

— Encore une fois, vous ne voulez pas vous battre ? demanda Dominique ; au pistolet, à l'épée, au sabre ?

— Pourquoi pas à la savate, pendant qu'il y est ? grommela Valbourg.

— Je vous répète, monsieur, qu'on n'engage pas de la sorte une affaire, dit la Roche-Perrière, qui

regrettait fortement de s'être mêlé de ce duel par
trop californien. Ces messieurs feront comme il
leur plaira, mais je déclare que je me retire.

— Bien! vous aussi, vous vous mettez contre
moi, s'écria Dominique. Soit! j'en finirai avec ce
gueux-là un autre jour. Dites-moi seulement
l'heure qu'il est. J'ai oublié ma montre.

— Dix heures dans quelques minutes, répondit
le *clubman* abasourdi.

— Alors, bonjour. On m'attend à Champigny.
Vous autres, vous savez où je loge. Vous n'avez
qu'à m'avertir quand votre ami voudra en découdre, dit précipitamment le Canadien.

Et il se mit à courir à toutes jambes vers la
Marne, sans s'inquiéter de son adversaire ni de ses
témoins, ni même de l'équipage de Marcel, qui
stationnait sur la route.

— Il est fou à lier, s'écria M. de la Roche-Perrière.

— Messieurs, commença Belamer, vous rendrez
témoignage qu'en cette affaire je me suis conduit...

— Correctement, c'est entendu. Mais nous y
avons tous joué un assez sot rôle et, si vous m'en
croyez, nous nous dispenserons d'en parler, jusqu'à ce que M. de Colorado reparaisse.

— Adopté à l'unanimité, s'écria Valbourg.

— Pourvu qu'il reparaisse, soupira M. de Gondó
qui voyait s'évanouir l'espoir d'un nouvel emprunt
au moment même où il comptait le réaliser.

Et jamais les besoins de l'héritier du baron n'a-
vaient été plus pressants.

Il suivit, l'œil morne et l'oreille basse, ses deux amis qui regagnaient leur voiture.

M. de la Roche-Perrière les pria de le ramener à Paris, pensant que Dominique pourrait avoir besoin de la berline et n'ayant aucune envie de l'attendre. La disparition de M. de Colorado et la fuite de M. Le Planchais lui avaient donné à réfléchir, et il commençait à regretter de s'être lié si vite avec ces deux gentilshommes d'outre-mer, qu'il trouvait décidément trop excentriques.

Cependant Dominique courait toujours, droit devant lui, sans savoir au juste où se trouvait le village de Champigny.

A un quart de lieue de la redoute, il rencontra un garde qui lui indiqua le chemin en le prévenant qu'il en avait pour une heure, sur quoi il accéléra encore son allure.

Le Canadien était un marcheur de premier ordre, comme tous ses compatriotes, et il aurait lassé à la longue un cheval de course. Il fit si bien, qu'en moins de quarante minutes il arriva à la gare de Champigny.

Le commandant se promenait depuis trois quarts d'heure devant la station. Il le reconnut sans peine et il alla droit à lui en tâchant de se donner un air aimable, à quoi il réussit médiocrement. M. Pouliguen le reconnut aussi, mais il commença par lui tourner le dos.

Cela ne faisait pas du tout l'affaire de Dominique ; cependant il ne se découragea point, et il vint se planter tout droit devant l'officier en lui disant :

— Je suis Le Planchais... l'ami de Marcel.

— Je le sais. Après ? répondit le commandant d'un ton sec.

— Marcel vous a donné rendez-vous ici, mais il ne viendra pas.

— Pour quelle raison ?

— Parce qu'il a disparu cette nuit.

— Disparu ! Qu'est-ce que cela signifie ?

— Ça signifie qu'on l'a probablement attiré hier soir dans un guet-apens. Qui ? Je ne peux pas vous le dire... D'ailleurs, vous connaissez peut-être des personnes qui pourraient vous renseigner là-dessus.

— Je ne comprends pas.

— Écoutez, commandant; moi, je ne suis pas un diplomate et je vais droit au but. On est venu chercher Marcel de la part d'une femme, j'en suis sûr. Il n'y a que les femmes qui envoient des messages mystérieux.

— Eh ! bien ?

— Parbleu ! cette femme, ce doit être la vôtre.

— Qu'osez-vous dire ?

— Marcel m'a tout conté. J'ai lu votre lettre et la réponse qu'il y a faite. Vous êtes jaloux de lui sans sujet. Il ne s'est jamais occupé de madame Pouliguen que pour la protéger contre les persécutions d'un nommé Belamer, un fat à grande barbe qui lui faisait la cour. Et la preuve qu'il voulait la débarrasser, et vous aussi, de ce polisson, c'est qu'il l'a provoqué, c'est qu'il devait se battre ce matin avec lui dans le bois de Vincennes, tout près d'ici. Il espérait bien le tuer et venir ensuite vous expliquer la chose sans mentir, sans rien déguiser. Il est parti cette nuit et il n'a pas reparu. Je suppose que madame Pouliguen, qui avait eu vent de votre projet de duel, aura voulu parler à Marcel. Peut-être aussi se sera-t-on servi de son nom pour tendre un piége à Marcel... il a des ennemis .. entre autres un certain Atkins, dont vous vous souvenez sans doute... Atkins de San-Francisco...

— Assez ! dit avec emportement l'officier de marine. Je vous défends de vous occuper de ma femme. C'est déjà trop que vous vous soyez permis de prononcer son nom, et M. Marcel Caradoc est un misérable de vous avoir livré un secret qui devait rester entre lui et moi.

— Vous traitez Marcel de misérable, s'écria le Canadien que la colère gagnait à vue d'œil.

— Oui, Caradoc est un misérable. Je l'attendais pour le tuer. Il n'est pas venu, parce qu'il est trop lâche. C'est vous que je vais tuer.

— Moi ? allons donc !

— Oui, vous, que M. Caradoc à pris pour confident. Tous ceux qui connaissent mon déshonneur sont de trop en ce monde. Il faut qu'ils meurent ou que je meure.

— Ah ! c'est trop fort ! Comment ! j'accours tout exprès pour vous rassurer sur la vertu de...

— Vous mentez. Vous êtes venu jouer ici une indigne comédie concertée avec cet infâme Caradoc.

— Savez-vous que vous commencez à m'échauffer les oreilles ? cria Dominique.

— Je l'espère bien, répondit avec mépris M. Pouliguen. Mais finissons-en, je vous en prie. J'ai là des armes, ajouta-t-il en montrant la gare. Je vais les chercher et nous allons nous battre comme nous devions nous battre avec votre ami... à mort.

— A mort! soit, répéta le Canadien qui ne se possédait plus.

M. Pouliguen se précipita dans la gare, où il avait laissé ses armes à la garde d'un facteur, et laissa pour un instant Dominique réfléchir aux inconvénients de la franchise.

Il avait cru faire merveille, cet excellent Dominique, en disant la vérité au commandant, et il s'apercevait un peu tard qu'il avait commis une grosse sottise. Il venait de se rendre justice en proclamant que la diplomatie n'était pas son fort.

En effet, il s'était mis en route dans l'intention très-louable de châtier Belamer et de calmer l'officier de marine. Or, Belamer avait carrément refusé de se battre, et l'officier de marine le forçait, lui le pacificateur, à accepter un combat à mort. C'était justement le contraire de ce qu'il voulait.

Et vraiment, pour peu qu'il eût réfléchi avant d'agir, le bon Canadien aurait bien dû se douter un peu que M. Pouliguen allait se fâcher. Les explications qu'à la rigueur le marin irascible et jaloux aurait pu admettre, si elles lui avaient été données par Marcel, qui savait la valeur des mots et des choses, ces explications si délicates, si périlleuses, passant par la bouche d'un homme étranger à l'art des ménagements, devenaient presque insultantes.

Ne forçons point notre talent, a dit Lafontaine. Dominique, allié précieux quand il s'agissait de guerroyer, était un pitoyable négociateur pour conclure un traité. Il ne s'était pas demandé, avant de parler, si le récit du duel manqué avec Belamer n'irriterait pas le commandant au lieu de l'apaiser. Il ne s'était pas dit que se poser en confident de Marcel vis-à-vis de ce Breton si chatouilleux sur tout ce qui touchait à son amour-propre, c'était la plus insigne des maladresses.

Un mari trompé tient par-dessus tout à ne pas ébruiter ses mésaventures conjugales, et il ne fallait pas être bien perspicace pour deviner que celui-là prendrait fort mal les consolations de Dominique déclarant sans détours que son ami Caradoc l'avait mis au courant des légèretés de Clotilde. Mais, quoiqu'il eût beaucoup vécu avec les Peaux-Rouges, le chasseur d'ours gris n'avait point appris d'eux la prudence.

Il n'eut même pas l'idée de chercher à réparer sa faute, et il n'est pas très-sûr qu'il la regrettât, car M. Pouliguen l'avait mis hors de lui par les propos injurieux qu'il venait de tenir sur Marcel. Il ne pensait plus qu'à venger son vieux camarade insulté par un époux exaspéré, et, lorsque l'officier reparut avec la boîte qui contenait ses carabines, le dialogue ne fut pas long.

— Conduisez-moi à cette maison de campagne

qui a un parc où nous devions nous battre avec
M. Caradoc, dit le marin.

— Cette maison n'existe pas. Caradoc s'est mo-
qué de vous, répondit le Canadien.

— Fort bien. Je porte cette nouvelle insulte
à son compte. Mais nous pouvons nous battre ailleurs.

— Parfaitement. Le pays est boisé tout exprès.

— Venez donc.

Et le commandant s'achemina vers la Marne,
qui coule tout près de la station.

Dominique s'en alla côte à côte avec lui. Ils
avaient l'air de deux amis qui vont déjeuner sur
l'herbe.

Il est vrai que la saison n'était guère propice
aux parties champêtres. Il n'y avait pas encore de
feuilles aux arbres, et ces parages, si fréquentés
pendant l'été, étaient silencieux et déserts.

Arrivé au pont de Champigny, M. Pouliguen
prit, à gauche, un sentier qui longe la rivière en
amont, s'arrêta, ouvrit sa boîte et en tira deux carabines à double canon court et à bascule, deux
armes excellentes pour la chasse au sanglier.

— Puisque M. Caradoc ne vous a rien caché,
dit-il, vous connaissez les conditions du combat
qu'il avait accepté. Je n'y veux rien changer.
Voici un paquet de vingt cartouches à balle. Pre-
nons-en chacun dix et choisissez une de ces carabines.

Dominique s'arma et prit sa part de munitions,
sans répliquer un seul mot.

19.

— Maintenant, reprit l'officier, vous ne connaissez probablement pas ce pays?

Le Canadien fit signe que non.

— Moi, je le connais, et je vous apprends que les deux rives de la Marne sont couvertes d'arbres sur une assez longue étendue, comme elles le sont ici. Vous voyez l'autre bord. La distance est suffisante. Vous allez rester à la place où vous êtes, Je vais passer le pont et, au delà, je me jetterai dans le bois qui vous fait face. Quand vous me verrez paraître sur la berge opposée et lever ma carabine en l'air, ce sera le signal. A partir de ce moment, chacun de nous s'embusquera comme il l'entendra et fera feu à volonté, jusqu'à ce qu'il ait usé ses cartouches. Nous aurons bien du malheur si nous ne touchons pas avant d'avoir épuisé le paquet.

— C'est bien, dit simplement Dominique.

Le marin jeta sa carabine sur son épaule et s'éloigna, sans s'inquiéter de la boîte qu'il laissait tout ouverte aux pieds de son adversaire.

Dominique, resté seul, hésita un instant. Il dépendait de lui de s'esquiver et de planter là ce Breton enragé. C'eût été assurément plus sage, mais il avait sur le cœur certains gros mots lancés par Pouliguen, et, de plus, il se disait qu'un jour ou l'autre, Marcel aurait affaire à ce diable d'homme et que mieux valait l'en débarrasser tout de suite.

— Si je tue ce commandant, murmura-t-il, c'est bien lui qui l'aura voulu.

Et il se mit à charger tranquillement son arme.

Ce fut tôt fait, et ensuite il alla se poster sur le bord extrême de la berge, l'œil fixé sur l'autre rive et le doigt sur la détente. Il avait confiance dans la loyauté de l'officier, mais il voulait être prêt à riposter si son ennemi s'avisait de commencer le feu avant le signal convenu.

Un instant après, M. Pouliguen se montra entre deux saules, leva son arme à bout de bras et disparut aussitôt dans le fourré. Le duel à l'américaine était commencé. Le Canadien l'avait pratiqué plus d'une fois de l'autre côté de l'océan, et il en connaissait toutes les finesses. Il s'empressa donc de faire un bond à gauche et de se cacher derrière un gros buisson, puis il se jeta à quatre pattes et se traîna rapidement à dix mètres de là.

Il espérait que son adversaire, le croyant toujours à la même place, userait une cartouche en le tirant au jugé. Mais M. Pouliguen ne se laissa pas prendre à cette ruse, et, au moment où Dominique se relevait pour prendre position derrière un gros acacia, la poudre parla sur la berge opposée, et une balle siffla très-près de son oreille.

— Où diable a-t-il appris à viser si juste ? grommela le vieux chasseur en se défilant vivement par le tronc de l'arbre qu'il avait choisi. Je me figurais que les marins ne savaient tirer que le canon.

Et, s'accroupissant avec précaution, il attendit.

Rien ne bougeait en face de lui. D'épaisses touffes de roseaux cachaient le bas de la berge, couronnée par un bouquet de peupliers et couverte par des aulnes enchevêtrés avec des saules,

de façon à former une véritable fortification végé-
tale. Le commandant avait bien choisi son embuscade.

Où était-il au juste? Dominique n'en savait rien
encore, mais il le guettait avec la patience et la sub-
tilité d'un sauvage. Il venait de s'allonger à plat-
ventre sur l'herbe, la tête légèrement relevée, la
carabine épaulée et le corps bien en ligne avec
l'acacia qui le protégeait. Dans cette position qui
fait partie de l'école de tirailleurs, il exécuta un
tour de force, qui consistait à prendre son chapeau de la main gauche et à l'élever lentement,
sans que son buste changeât de position, au-dessus
d'un bouquet de genêts dont les pousses entouraient le pied de l'arbre.

Cette fois, le leurre réussit. Une fumée blanche
s'éleva, un coup sec résonna et le chapeau vola en
l'air. Mais, pour faire feu, Pouliguen avait été obligé
de montrer le bout de sa carabine.

Avec une prestesse merveilleuse, le Canadien
porta sa main gauche au canon et sa main droite
pressa la détente. Il entendit un cri, puis un frois-
sement de broussailles, et ce fut tout.

— Je l'ai tué, bien sûr... murmura-t-il, à moins
que ce ne soit une farce pour me pincer quand je
me relèverai.

A tout événement, il rampa à reculons, en ayant
soin de se maintenir dans la perpendiculaire du
tronc, jusqu'à une dépression du sentier, où il se
trouva suffisamment abrité. Là, il ramassa son
chapeau, il le replaça sur sa tête, après avoir con-

staté que la cuve avait été percée juste au milieu par la balle du commandant, et-il se mit en devoir de reprendre la position verticale.

Avant qu'il fût debout, quatre mains vigou-reuses le saisirent au collet, et, en se retournant, il se trouva face à face avec deux gendarmes : deux honnêtes gendarmes à pied, le fusil sous le bras et le sac de cuir en sautoir ; deux braves gardiens de l'ordre public, qui s'en allaient porter la correspondance de la brigade et que le bruit de la fusillade avait attirés.

Dominique ne s'attendait pas à ce dénoûment, qui était cependant facile à prévoir ; car il fallait avoir, comme lui, des notions bien vagues sur les usages des pays civilisés pour s'imaginer qu'on pouvait impunément échanger des balles d'un bord à l'autre de la Marne. Il se croyait toujours dans les savanes de la Sonora, où la maréchaussée est inconnue.

— Qu'est-ce que vous faites là, vous ? lui de-manda l'un des deux soldats, le plus ancien ; cela se voyait à sa moustache grise.

— Vous le voyez bien, je chasse, répondit sans hésiter le Canadien.

— D'abord, *et d'une,* la chasse est fermée depuis trois semaines ; ensuite, et de *deusses,* il n'y a point de gibier ici ; c'est donc pourquoi, et de *troisses,* que vous vous amusez à tirer sur les pigeons des parti-culiers de Champigny. Vous êtes en contravention, mon brave, et je vous arrête.

— Soit! arrêtez-moi, dit Dominique sans sourciller.

— Pour lors donc, reprit le représentant de la force publique, vous avouez le délit?

— J'avoue tout ce que vous voudrez. Où allez-vous me mener?

— A Vincennes. A moins que vous ne soyez domicilié à Champigny et que vous n'y trouviez des répondants. Faute de quoi, il faudra vous expliquer avec le maréchal des logis, parce que... là, voyez-vous, votre affaire, ça n'est pas clair... votre fusil de chasse ressemble, comme deux gouttes d'eau, à une carabine de munition... port d'arme prohibée... et peut-être mieux que ça.

— Je n'ai rien à dire. Allons voir le maréchal des logis, répliqua le Canadien qui paraissait tenir beaucoup à être conduit à Vincennes et même plus loin.

Il avait ses motifs pour cela, ce cher Dominique. Il comprenait que, d'une façon ou de l'autre, il allait rester prisonnier et subir un interrogatoire, et voici comment il raisonnait :

— Pouliguen doit être mort, se disait-il, j'ai visé à un pied au-dessous du canon de sa carabine et, à cette distance, je suis sûr de mon coup. Donc, j'ai dû le toucher en pleine poitrine. D'ailleurs, s'il n'était que blessé, il appellerait au secours et il se tait. Mais on va trouver le corps, et, si je me laisse promener dans ce village, on m'accusera d'avoir tué le commandant, ce que, du reste, je ne nierai pas. Je vais avoir toutes sortes de désagréments.

J'aime mieux me faire conduire tout de suite à la préfecture de police et raconter mon histoire à Chambras. Il n'y a que lui qui puisse me tirer de là, et, de plus, j'ai besoin de lui pour chercher Marcel.

— Pour lors, reprit le gendarme, demi-tour à droite, pas accéléré, marche. Le train va partir et nous n'avons que le temps.

Dominique suivit sans mot dire ses deux gardiens qui ramassèrent comme pièce de conviction la boîte à fusils oubliée sur le bord du sentier par l'officier de marine. On le fit monter dans un wagon de dernière classe et le trajet se fit silencieusement. Les deux soldats de la maréchaussée n'étaient pas éloignés de croire qu'ils venaient de faire une importante capture et que la politique n'était pas étrangère à l'événement.

A Vincennes, en descendant du train, on rencontra justement, au milieu de la Grande-Rue, le maréchal de logis, et un des gendarmes, l'ancien, se mit en devoir de lui expliquer le cas.

Dominique le laissa dire et, quand il eut fini :

— Je demande à être mené devant M. Chambras, sous-chef de la sûreté, s'écria-t-il. Je n'avouerai qu'à lui, à lui seul, ce que je suis venu faire à Champigny.

Le maréchal des logis était intelligent et très-désireux d'avancer. Il pensa, comme ses subalternes, qu'il y avait là un mystère à éclaircir et que le cas valait la peine qu'il s'en mêlât personnellement.

Le Canadien n'avait pas l'air d'un délinquant ordinaire, et la carabine, qu'il n'avait fait aucune difficulté de remettre aux gendarmes, était une arme de luxe. Le sous-officier crut que M. Chambras, qu'il connaissait fort bien, lui saurait gré d'avoir mené rondement cette affaire et parlerait de lui au préfet de police.

— Vous voulez voir le sous-chef de la sûreté? dit-il. Très-bien. Je vais vous accompagner à Paris.

— Merci, répondit Dominique. Vous est-il égal que nous y allions dans ma voiture?

Il montrait la berline de M. de Colorado qu'il venait d'apercevoir arrivant au grand trop du côté du bois. Le cocher s'était ennuyé d'attendre et rentrait à l'hôtel. Il s'arrêta court sur un signe du Canadien.

— C'est à vous cet équipage? demanda le maréchal des logis.

— Vous le voyez bien, puisque le cocher m'obéit.

— Oh! oh! pensa le sous-officier; je parie qu'il retourne d'un duel entre gens du grand monde; il doit y avoir de la femme là-dedans... qui sait? peut-être que ce grand gaillard a tué le mari... dans tous les cas, ça ne peut que me faire honneur d'avoir mis la main dessus.

Et il dit tout haut :

— Monsieur, ça n'est pas de refus. Je vais monter avec vous. Il n'est pas défendu d'avoir des égards pour les personnes qu'on arrête. Seule-

ment, je vous avertis que nous allons tout droit à
la préfecture et que si votre cocher voulait me faire
une farce en route...

— Donnez lui l'ordre vous-même.

— Mon garçon, vous allez nous mener au coin
de la rue Harlay, dans la Cité, derrière le Palais-
de-Justice, dit le maréchal des logis au cocher qui
ne broncha point, quoiqu'il dût être un peu étonné
de voir l'ami de son maître revenir escorté par la
gendarmerie.

Et, après avoir donné quelques brèves instructions à ses subordonnés, il fit entrer Dominique
dans la berline et y entra après lui, sans oublier la
carabine et la boîte. Les chevaux partirent au
grand trot, et on roula vers Paris.

En route, le sous-officier essaya de faire causer
son prisonnier, mais il n'en tira que des réponses
vagues, et il se confirma de plus en plus dans l'idée
qu'il tenait le premier fil d'une de ces affaires mys-
térieuses dont les lecteurs de la *Gazette des Tribunaux* sont si friands.

Dominique, lui, se frottait les mains. Il pensait
que ce brave gendarme lui rendait sans le savoir
un grand service. En effet, il aurait peut-être perdu
toute sa journée à courir après Chambras, tandis
que, grâce au maréchal de logis qui devait connaître les habitudes du service de la sûreté, il était
certain de s'aboucher promptement avec l'agent auquel il avait tant de choses à raconter.

Il était résolu à ne rien lui cacher et même à
commencer par lui parler de son duel à l'améri-

caine, car enfin, si, par hasard, M. Pouliguen vivait encore on ne pouvait pas le laisser mourir sans secours.

Il faut même dire que le Canadien eût agi plus chrétiennement en allant le relever lui-même au moment de son arrestation, mais d'abord il ne doutait pas de l'avoir tué raide, et puis la vie qu'il avait menée aux mines n'était pas précisément une école où il eût pu apprendre à compatir aux souffrances de ses semblables.

Le cocher de M. de Colorado connaissait son Paris. Il s'arrêta sur le quai de l'Horloge, au coin de la rue de Harlay, juste à l'endroit où les voitures cellulaires qui vont, trois fois par jour, récolter les prisonniers dans les postes tournent pour déposer leur chargement à la porte de la *permanence.*

La *permanence* est un bureau spécial, ouvert jour et nuit, où on reçoit les gens arrêtés et où, avant de les envoyer au *dépôt*, on inscrit sur un registre leur nom, leur état civil et la cause de leur arrestation. C'est la première étape de ce chemin qui aboutit quelquefois à la place de la Roquette. Dés qu'un homme a franchi ce seuil redoutable, il est pris dans l'engrenage de la machine judiciaire et, qu'il soit innocent ou coupable, il doit passer successivement par tous ses rouages, depuis l'inscription sommaire jusqu'à l'arrêt de condamnation ou l'acquittement, ou tout au moins jusqu'à l'ordonnance de non-lieu.

Le Canadien, qui n'avait aucune idée des formes

de la justice française, grimpa d'un pas allègre l'escalier usé par les bottes des voleurs et des assassins.

Le maréchal des logis marchait derrière lui, selon l'usage, car c'est toujours l'homme arrêté qu'on fait passer le premier, et pour cause. Il lui avait indiqué le chemin, et il n'en revenait pas de le voir enjamber les marches quatre à quatre. D'ordinaire, les criminels sont moins pressés d'arriver.

La première figure que Dominique aperçut dans le bureau, ce fut celle de Chambras causant avec l'employé chargé de la tenue du registre.

L'agent supérieur lui tendit la main en souriant et lui dit :

— Vous venez de la part de M. de Colorado savoir s'il y a du nouveau. Vous tombez bien. J'ai beaucoup de choses à lui apprendre.

Dominique, au lieu de répondre, s'effaça et montra du doigt le maréchal de logis qui s'avança, prit M. Chambras à part et lui fit son rapport à voix basse. Ce fut court, car le sous-officier n'en savait pas bien long, et l'accueil fait au prisonnier par le sous-chef de la sûreté l'embarrassait un peu. M. Chambras l'écouta attentivement, lui dit de déposer ses pièces de conviction sur une chaise et le quitta pour emmener le Canadien dans un coin, où il lui dit à demi-voix :

— Qu'y a-t-il de vrai dans ce qu'on me raconte ?

— La vérité, répondit aussitôt Dominique, c'est

que je viens de me battre sans témoins avec un officier, qui avait insulté mon ami, et que j'ai bien
peur de l'avoir tué.

— Sans témoins ! c'est grave.

— Je le sais, et c'est pour cela que je n'ai rien
voulu dire à ce brave soldat ; je tenais à me confesser à vous qui me connaissez et qui savez bien
que je ne suis pas un assassin. Du reste, vous aurez
facilement la preuve que le combat a été loyal. Les
gendarmes m'ont arrêté sur la rive droite de la
Marne ; à quelques pas du pont de Champigny on
trouvera le corps de mon adversaire sur la rive
gauche, et les soldats déposeront qu'ils ont entendu
trois coups de feu ; j'en ai essuyé deux, le second a même percé mon chapeau comme vous
voyez, et je n'ai tiré que pour me défendre.

Chambras réfléchit un instant, puis, revenant au
maréchal des logis, il lui donna ses instructions à
voix basse :

— Retournez là-bas et faites vite, lui dit-il en le
congédiant ; dès que vous aurez terminé votre procès-verbal, envoyez-le par estafette au cabinet du
préfet ou apportez-le vous-même.

Le sous-officier sortit aussitôt.

L'employé, plongé dans ses registres, n'entendit
pas un mot de tous ces apartés, et il ne s'étonna
point de voir Chambras prendre le bras de Dominique et s'en aller avec lui.

L'agent et le Canadien descendirent ensemble,
et, quand ils furent arrivés sur le quai où stationnait la berline, Chambras dit tranquillement :

— Savez-vous, mon cher monsieur, que mon devoir m'oblige à vous arrêter?

— Vraiment? demanda sans se troubler Dominique. Vous m'accorderez bien un répit jusqu'à la
fin de l'enquête que vont faire vos gendarmes.
Quand vous en connaîtrez le résultat, vous pourrez
m'arrêter tout à votre aise, car je n'ai pas la moindre envie de vous quitter. J'ai bien trop besoin de
vous pour m'aider à retrouver Marcel.

— Comment! M. de Colorado...

— A disparu cette nuit, et je crains qu'il n'ait été
assassiné.

— Voyons, cher monsieur, dit Chambras qui
commençait à se demander si le Canadien n'était
pas devenu fou, expliquez-vous clairement, je vous
prie. Il ne s'agit pas de plaisanter. La situation est
très-sérieuse.

— Trop sérieuse, répliqua Dominique. En deux
mots, voici les faits : Marcel devait se battre ce
matin, à neuf heures, au bois de Vincennes, avec
un certain Belamer et, à dix heures, avec le commandant Pouliguen, à Champigny.

— Ce commandant n'est-il pas le gendre d'une
madame Dortis ?

— Justement, et c'est la conduite de sa femme
qui a causé les deux duels. Je vous raconterai cela
plus tard. Naturellement, je devais servir de témoin
à Marcel. Il est sorti hier soir pour passer la soirée
au théâtre des Variétés et il n'est pas rentré. Je
suis allé au rendez-vous avec son autre témoin et
j'ai proposé à ce Belamer de me battre à la place

de mon ami. Il a refusé comme un poltron qu'il est. Alors, j'ai couru à Champigny pour tâcher d'apaiser M. Pouliguen, car je ne lui en voulais pas du tout à celui-là. Mais l'enragé n'a rien voulu entendre. Il a insulté Marcel, il m'a injurié. Bref, il m'a contraint de me battre à l'américaine, à travers la rivière, et vous savez ce qu'il en est advenu.

Et tenez ! une nouvelle preuve que le combat a été loyal... la carabine dont je me suis servi est à lui. Elle est là-haut dans votre bureau. Il vous sera facile de vous assurer qu'elle lui appartenait. Il voulait à toute force un duel à mort, et il avait apporté les armes.

— Je ne doute pas que votre innocence ne soit établie aujourd'hui même, et pour ma part j'y crois déjà, dit Chambras, qui avait assez l'habitude d'interroger des prévenus pour être bon juge en matière de sincérité. Si je n'y croyais pas, je n'agirais pas avec vous comme je le fais. Je ne tarderai guère à recevoir le procès-verbal de la gendarmerie, et j'espère qu'après l'avoir lu M. le préfet sera d'avis de vous laisser libre, sauf à donner à cette affaire telle suite qu'il jugera convenable. Jusque-là, vous resterez avec moi. Mais revenons à la disparition de M. de Colorado. N'avez-vous recueilli aucun renseignement, aucun indice ?

— Un seul. Hier soir, à neuf heures, j'étais à l'hôtel, lorsqu'un individu en blouse blanche est venu demander Marcel. Les domestiques voulaient le chasser, mais il a fait tant de tapage que je suis

allé le recevoir. J'ai vu un drôle de seize à dix-sept
ans tout au plus, qui s'est dit chargé d'une commission très-pressée, sans vouloir s'expliquer davantage, et j'ai été assez sot pour lui dire que M. de
Colorado était aux Variétés, loge 27.

— C'est tout ?

— Non. M. de la Roche-Perrière, qui se trouvait
dans la loge, m'a raconté ce matin qu'on s'était
présenté au théâtre vers onze heures pour parler
à Marcel, que Marcel était descendu sur le boulevard et n'avait plus reparu. De plus, à la descrip-
tion que je lui ai faite du messager, il l'a reconnu
tout de suite pour l'avoir vu, pendant un entr'acte
rôdant devant la façade des Variétés. Il me paraît
donc à peu près certain que c'est cet abominable
gamin qui aura attiré Marcel dans quelque guet-
apens.

— C'est bien possible. Seulement, de quel prétexte a pu se servir un *voyou* en blouse pour décider M. de Colorado à le suivre ?

— Je n'en sais rien, mais je soupçonne qu'il lui
a été envoyé par un misérable Américain nommé
Atkins.

— Cet Atkins était au bal chez M. de Gondo.

— Oui, le baron est son banquier. Le drôle a
des millions qu'il a volés, je ne sais où, mais c'est
un scélérat de la pire espèce, je vous le garantis.

— Votre garantie est excellente, cher monsieur,
mais il faudrait des preuves et on va ouvrir une
enquête que je dirigerai moi-même. Pour le moment, allons au plus pressé.

Chambras appela un homme qui flânait sur le trottoir du quai et qui devait être un agent de la sûreté. Il lui dit quelques mots à l'oreille, et l'homme se dirigea aussitôt vers la préfecture.

— Maintenant, reprit le policier, je puis m'absenter. On saura où me trouver, et votre voiture vous attendra ici. Venez avec moi.

— Où donc ?

— A la Morgue.

— Comment ! vous croyez que...

— Je ne crois rien du tout, mais, quand il s'agit d'une disparition, c'est par la Morgue qu'il faut commencer. Si le corps y arrive, cela simplifie les recherches.

— Ainsi, vous pensez que Marcel a été assassiné... jeté dans la Seine...

— Pardon, cher monsieur, je vous répète que je ne tire aucune conclusion des faits que vous venez de me raconter. M. de Colorado est dans la rivière ou ailleurs, je l'ignore, mais je veux me renseigner. Je tiens donc beaucoup à causer avec le greffier de la Morgue qui est, du reste, un homme charmant. J'espère bien que nous ne trouverons pas le corps de votre ami parmi ceux qu'on lui apporte tous les jours, mais enfin il faut tout prévoir et, si cela arrivait, je tiens à être averti le plus tôt possible.

— Soit ! dit le Canadien, allons à la Morgue. J'en ai vu bien d'autres.

Et ils s'acheminèrent ensemble par le quai de l'Horloge, vers la pointe orientale de la Cité.

Ils n'étaient point désireux de causer, chacun d'eux ayant de son côté d'amples sujets de réflexion ; aussi arrivèrent-ils en moins d'un quart d'heure devant la halle aux cadavres.

C'est un bâtiment propret qui a remplacé, il y a une vingtaine d'années, la vieille Morgue construite en 1804 à l'angle nord-est du pont Saint-Michel. Il occupe l'extrémité de l'île et fait face à une promenade plantée de maigres arbres. Les hauts contre-forts du chœur de Notre-Dame projettent leur grande ombre sur cette esplanade où les enfants du quartier viennent jouer, moins gaiement et moins bruyamment que sur la place Maubert. On dirait qu'ils ont peur de réveiller les morts qui dorment là tout près.

Vu du dehors, ce dernier asile des désespérés a l'air d'un corps de garde ou d'un bureau de douanes. Cette bâtisse oblongue, soigneusement badigeonnée, ne ressemble pas plus à la vieille Morgue du grand Châtelet que la place de la Roquette ne ressemble à Montfaucon. Le progrès nivelle tout. Au temps où nous vivons, l'aspect d'une prison ne diffère pas sensiblement de celui d'une maison de santé ; on pourrait prendre les cimetières pour de grands jardins dont le propriétaire aimerait beaucoup les cyprès, et le bourreau s'habille comme un employé de ministère.

Dominique avait quelquefois passé par ce chemin dans ses promenades à travers Paris, mais il n'était jamais entré dans le funèbre établissement.

En sa qualité de batailleur émérite, il n'appré-

ciait nullement le plaisir que les oisifs prennent à
se régaler des tristes spectacles qu'on y trouve.
Pour aimer à voir des morts, il n'est rien de tel que
des gens qui n'ont jamais risqué leur vie.

— Entrons, dit Chambras.

Dominique le suivit sans mot dire dans la salle
d'exposition.

C'est une grande pièce carrée, haute de plafond,
largement éclairée, dont la porte est toujours ouverte. Une cloison parallèle à la façade dérobe aux
passants du dehors la vue du vaste vitrage derrière
lequel s'allongent sur deux rangs égaux douze
dalles destinées à recevoir les cadavres, que les
affreux gavroches, habitués de ce théâtre mor-
tuaire, appellent les *artistes*. Quand toutes les
places sont vides, ils disent *qu'il y a relâche*.

Dans ce Paris qui prétend donner le ton à l'univers, le *cabotinage* règne et gouverne. On y court à
la comédie d'outre-tombe et on y fait des révolu-
tions pour le seul plaisir de porter des plumets.

Ce jour-là, par extraordinaire, la troupe en représentation ne se composait que de deux sujets,
deux noyés, un vieux et un jeune, couchés côte à
côte sur des lits de marbre, de ce marbre gris bleu
dont on fait les cheminées de salle à manger.

Aussi le public était-il peu nombreux, et, s'il eût
été d'usage de payer pour entrer, la recette eût été
maigre. Il n'y avait là que cinq ou six gamins,
échappés de l'école mutuelle, deux ouvrières en
rupture d'atelier, une demi-douzaine de bourgeois
venus là pour passer un moment, comme on allait

au bon vieux temps voir donner la question, et une femme qui portait un enfant au maillot.

L'enfant criait et, pour le faire taire, la femme lui disait en lui montrant le vieillard exposé : *Regarde comme il est beau, le monsieur.*

Dominique eut froid dans le dos. Il avait pourtant vu scalper.

— M. de Colorado n'y est pas, dit Chambras après avoir donné au vitrage un coup d'œil rapide.

Et, faisant signe au Canadien de le suivre, il ouvrit une porte qui conduisait au greffe.

L'agent de la sûreté était là comme chez lui et il entra sans frapper. Le commis du greffier était occupé à écrire sur un gros registre un signalement que lui dictaient à haute voix deux garçons de salle instrumentant au fond de la pièce voisine. Il se retourna, envoya à Chambras un signe amical, toisa rapidement Dominique et dit :

— Vous permettez? J'achève de remplir la feuille et je suis à vous.

Et il reprit, en s'adressant à ses subalternes :

— Nous disons : un pantalon de toile bleue déchiré au genou... souliers vernis éculés et crevés... casquette plate en soie noire avec visière rabattue... une blouse blanche très-sale, raccommodée au poignet gauche avec du fil noir... la boutonnière du collet est arrachée... il y a une pièce neuve à l'épaule...

— C'est un nouveau qu'on vous apporte? demanda Chambras dont l'attention venait d'être vaguement éveillée par une des énonciations du signalement, celle qui avait trait à la blouse blanche.

— Oui, un *môme* de seize ans qu'on vient de retirer de l'eau à deux pas d'ici, en amont du pont de la Tournelle, au bas du quai Henri IV. Si vous voulez le voir...

Chambras poussa jusqu'à la salle où on déshabillait le noyé. Dominique fit comme lui, et il n'eut pas plutôt regardé le cadavre qu'il s'écria :

— C'est le gamin qui est venu hier soir demander Marcel.

— Vous êtes certain que c'est lui ? demanda Chambras.

— Parfaitement certain. Je le reconnaîtrais rien qu'à la forme de son nez, répondit le Canadien.

En effet, les traits du mort étaient taillés sur le type commun à presque tous les individus de sa race, la race essentiellement parisienne de ces coureurs de ruisseaux que les Anglais appellent des *hirondelles de boue* et que nous connaissons sous le nom caractéristique de *voyous*. Front bas, cheveux plats, nez retroussé, teint plombé, bouche tordue, menton fuyant, épaules étroites et jambes cagneuses. C'est le signalement général de ce contingent impur qui fournit beaucoup plus de recrues au bagne de la Nouvelle-Calédonie qu'à l'armée française.

— Fort bien, reprit Chambras. Voilà un premier indice qui nous aidera, je l'espère, à connaître la vérité. Il est évident que le gamin ne s'est pas noyé volontairement. A quinze ans, on ne se suicide pas.

— Vous ne supposez pas, je pense, que Marcel l'a jeté à l'eau ! s'écria Dominique.

— Non, certes. Mais j'ai une autre idée.

— Laquelle ?

— Si, comme je le crois, ce garçon, en venant chercher M. de Colorado, agissait pour le compte d'autrui, ceux qui l'avaient envoyé ont bien pu le pousser dans la Seine pour se débarrasser d'un complice gênant.

— Oui... cela doit être et cela confirme ce que je vous disais tout à l'heure... que le piége a été tendu par un ennemi de Marcel... par Atkins.

— Ou par un autre. Mais voyons le reste du signalement.

Les deux garçons de salle continuaient tranquillement leur répugnante besogne. Ils avaient achevé de déshabiller le cadavre et ils visitaient les vêtements dont ils venaient de le depouiller.

— Dans la poche gauche du pantalon, quatre-vingt-dix centimes en gros sous, une pipe neuve et un paquet de tabac, cria celui qui dictait. Dans la poche droite, un cahier de chansons et une toupie avec sa corde.

— Il n'a pas été fouillé, dit Chambras, donc ce ne sont pas des *escarpes* ou des *charrieurs* qui l'ont envoyé dans la rivière, car ces messieurs ne négligent pas même la monnaie de cuivre.

— Au côté gauche du cou, une cicatrice ancienne, continua la voix monotone du garçon de salle. Les mains ne sont pas calleuses.

20.

— Parbleu ! ce gaillard-là n'a jamais travaillé qu'à ouvrir les portières. Est-ce tout ?

— Oui.

— Pas de tatouages ?

— Pas la queue d'un.

— Pas de blesssures ?

— Non. Il est sain comme l'œil.

— Preuve qu'il n'y a pas eu de lutte entre lui et ceux qui l'ont noyé. On a dû le prendre en traître, lui donner une poussée par derrière. Donc, la scène s'est passée sur une berge quelconque et tout au bord de l'eau.

— Miséricorde ! pourvu qu'il n'aient pas donné aussi une poussée à Marcel !

— Ce n'est pas probable. M. de Colorado est de force à résister, et je serais bien étonné qu'il se fût laissé surprendre.

— Moi aussi. Je me demande même sous quel prétexte on a pu l'attirer au bord de la rivière.

— Cherchez bien. Il serait très-important de savoir cela. On a dû se servir du nom d'un de ses amis ou de celui d'une personne à laquelle il s'intéressait.

— La femme du commandant Pouliguen, parbleu ! On sera venu lui dire qu'elle le demandait, qu'elle courait un danger... c'est déjà arrivé une fois... et Marcel y aura couru comme un fou. J'avais le pressentiment que cette coquette lui porterait malheur.

— Nous ne savons rien encore. Attendons le résultat de l'enquête. Je la dirigerai moi-même, et vous pouvez compter qu'elle sera faite avec soin.

— Est-ce que vous pensez qu'il y aura lieu d'instruire judiciairement? demanda le greffier qui avait terminé ses écritures et qui venait vérifier, selon l'usage, les indications fournies par ses subordonnés.

— Peut-être, répondit Chambras. C'est une affaire très-embrouillée jusqu'à présent, et il faut que je prenne les ordres du préfet avant de la transmettre au parquet. Je vais toujours vous envoyer deux agents qui prendront la surveillance dans la salle du public. N'exposez pas le corps avant de vous être *recordé* avec mes hommes. Je ne serais pas étonné que ceux qui ont noyé ce garçon vinssent voir s'il est ici.

— Le fait est que ça s'est vu, dit l'employé.

— Et le bon moment pour les pincer, c'est celui de la première impression. Mes gens seront ici dans dix minutes.

Après avoir pris congé du personnel de la Morgue, M. Chambras sortit avec Dominique, très-troublé, non par le vilain spectacle auquel il venait d'assister, mais par les suppositions que l'agent avait émises sur le sort probable de M. de Colorado. Elles n'étaient que trop admissibles, ces conjectures fondées sur une longue pratique des instructions criminelles, et il était fort à craindre que Marcel ne fût tombé dans un guet-apens et n'y eût laissé la vie.

Cette pensée bouleversait tellement le Canadien

qu'il oubliait son duel avec le commandant et sa propre situation pour ne songer qu'à son malheureux ami.

L'agent de police le rappela à la réalité en lui disant :

— Voilà, cher monsieur, un premier pas de fait pour arriver à reconnaître la vérité sur la disparition de M. de Colorado. Je vais mener rondement les recherches, et j'ai besoin tout d'abord de consulter mon chef. D'autre part, je ne puis prendre sur moi de vous rendre votre liberté avant que je sache officiellement à quoi m'en tenir sur cette histoire de Champigny. Vous ne trouverez donc pas mauvais que je vous prie d'attendre à la préfecture le rapport du maréchal des logis.

Dominique fit un geste d'indifférence. Il comprenait fort bien qu'on le retenait prisonnier jusqu'à plus ample informé, mais la perspective d'une captivité de quelques heures ne l'effrayait guère, car il ne doutait pas que son innocence ne fût établie avant la fin de la journée.

Chambras, du reste, s'y prit de telle sorte que cette réclusion provisoire ne fut pas difficile à supporter. Il conduisit le Canadien dans le corps de logis séparé où se trouvent les appartements du préfet, il l'installa dans une chambre proprement meublée qui servait de lieu de repos au chef de la sûreté, lorsque des nécessités de service l'obligeaient à passer la nuit à la préfecture, et il l'y laissa en lui annonçant qu'il comptait revenir dans l'après-midi le remettre en liberté et en le priant de sonner pour demander tout ce dont il pourrait avoir besoin.

Un agent se tenait dans l'antichambre pour exécuter ses ordres et aussi un peu pour l'empêcher de s'en aller, Dominique n'usa point de son obligeance commandée.

Le chasseur d'ours gris n'avait rien mangé de la journée, quoique l'heure du déjeuner fût passée depuis longtemps et pourtant il n'avait pas faim ; mais, en revanche, il tombait de sommeil. Son cerveau se fatiguait beaucoup plus vite que ses jambes, et son cerveau avait énormément travaillé ce jour-là.

Il eut beau lutter ; plus il cherchait à rassembler ses idées, plus elles s'embrouillaient. Il finit par céder, et il alla s'étendre sur le lit, où il dormit à poings fermés pendant quatre bonnes heures.

La nuit tombait quand il fut réveillé par M. Chambras en personne.

— Bonne nouvelle, lui dit l'agent.

— Marcel est retrouvé ? s'écria Dominique en sautant à bas de sa couchette.

— Non, mais vous êtes libre.

— Ce n'est que cela, murmura le Canadien tout désappointé.

— C'est bien quelque chose, reprit Chambras en souriant. Un duel sans témoins, diable ! on va à Mazas pour beaucoup moins. Mais nous sommes suffisamment édifiés maintenant.

— Ah ! le gendarme a trouvé le corps sur l'autre rive de la Marne, comme je vous l'avais dit ?

— Il a trouvé M. Pouliguen vivant, et c'est fort heureux.

— Comment! je l'ai manqué?

— Pas tout à fait. Votre balle lui a cassé un bras et une côte.

— J'ai tiré trop haut... ou, plutôt, c'est cette mauvaise carabine de pacotille qui n'est pas juste.

— En êtes-vous fâché?

— Non, ma foi! ce commandant est un brave et je ne lui en veux pas. C'est à sa femme que j'en veux. Alors. il a pu parler et dire...

— Il n'est revenu à lui qu'au bout de deux heures, mais, en reprenant connaissance, il a raconté toutes les circonstances du duel au maréchal des logis qui l'interrogeait, et il vous a pleinement justifié.

— Par sainte Anne de Québec! je regrette maintenant de l'avoir touché. J'aurais dû tirer en l'air. Un bras et une côte, c'est grave.

— Très-grave, mais il n'en mourra pas. Les médecins répondent de le sauver. On a même pu le transporter chez lui sur un brancard.

— J'irai le voir, morbleu! Je lui dois bien ça. Mais, Marcel? Vous n'avez rien appris sur Marcel?

— Rien encore. Mes agents sont en surveillance à la Morgue et j'en ai envoyé d'autres visiter les berges de la Seine. Le signalement de M. de Colorado est donné partout, même en province. Tout mon monde est sur pied et, comme cette dispari-

ion va faire un tapage énorme, les renseignements
vont nous arriver de tous les côtés.

— Alors, je puis espérer que bientôt...

— Je vous tiendrai au courant, et d'ici à très-peu
de jours vous aurez ma visite. Permettez-moi seulement de vous recommander le silence le plus absolu
sur votre duel. M. Pouliguen s'y est engagé de son
côté, et je ne dois pas vous cacher que, si M. le
préfet consent à étouffer cette affaire, c'est à la
condition que personne ne l'ébruitera.

— Oh ! je vous promets de ne rien dire. Je n'y
pense déjà plus. C'est à Marcel que je pense.

— Espérez, cher monsieur, répondit Chambras,
espérez et comptez sur moi. Je retrouverai M. de
Colorado ou j'y perdrai mon nom. Et quand je
l'aurai retrouvé, ajouta-t-il en ouvrant la porte,
j'aurai des choses intéressantes à lui apprendre.

Dominique allait demander de quoi il s'agissait,
mais le sous-chef de la sûreté lui fit signe qu'il ne
voulait pas s'expliquer devant l'agent posté dans
l'antichambre et lui indiqua poliment l'escalier qui
conduisait au quai de l'Horloge où la berline attendait toujours.

XIII

Marcel Robinier avait disparu le lundi soir. Dominique s'était battu à sa place le mardi matin et il avait passé, un peu malgré lui, le reste de la journée à la préfecture de police.

Pendant qu'il dormait profondément sur un lit administratif, Savinien Brévan faisait sa besogne quotidienne chez le baron de Gondo.

Le guichet avait été moins fréquenté que de coutume. Il y a des jours où on dirait que les Parisiens n'ont pas besoin d'argent : les jours ou il fait beau et où il leur prend des envies d'aller se promener.

Les caissiers connaissent cette innocente manie et, quand le soleil brille, ils prévoient qu'ils auront quelques loisirs. Savinien s'était donc un peu distrait de son rude travail habituel en pensant beaucoup à Cécile qu'il n'avait pas vue depuis l'avant-veille.

De neuf heures à quatre heures; il ne se permettait jamais d'autre distraction, mais celle-là lui suffisait amplement pour le consoler des exigences du public et des rebuffades de son chef de bureau qui se montrait de plus en plus rogue à son endroit.

La séance tirait à sa fin. Il venait de payer à un homme assez mal vêtu un chèque de sept mille neuf cents francs signé la veille par M. de Colorado; il finissait de compter ses billets de banque et il commençait ses additions sur son livre de caisse, lorsqu'il vit poindre à son guichet la figure olivâtre de mademoiselle Katinka, femme de chambre de madame Gondo.

— Madame la baronne voudrait vous parler sur-le-champ, lui dit cette Valaque aux yeux noirs qui passait pour être la confidente intime de sa noble maîtresse.

Savinien, très-surpris, en référa au caissier dont la seule réponse fut un haussement d'épaules assez méprisant et un geste qui voulait dire : Allez!

— Le portefeuille est dans le tiroir et les rouleaux d'or sur la tablette, lui dit le jeune employé.

— C'est bon, grommela cet homme; je vous suppléerai s'il se présente des clients avant la fermeture et j'arrêterai les comptes. Quatre heures vont sonner dans vingt minutes; vous pouvez vous dispenser

de revenir, si madame la baronne a envie de vous
garder.

Brévan tressaillit et fut sur le point de se fâcher. Jamais son chef ne lui avait parlé sur ce
ton. Cependant, comme il était habitué à ses accès
de rusticité, il se contint, et, l'ayant salué froidement, il suivit Katinka.

L'obligeante cameriste le fit passer par un escalier dérobé qui conduisait des bureaux à l'appartement particulier de madame de Gondo.

Le financier avait fait construire cette galerie
pour mettre en communication son hôtel et sa maison de banque. Il en usait assez fréquemment, mais
il était rare que la baronne s'en servît.

Savinien n'y rencontra personne, et, guidé par
la Valaque, il arriva bientôt chez madame,
comme disait cette créature en son langage de servante. Madame c'était tout pour Katinka. Elle
n'obéissait qu'à madame, et le baron lui-même
eût été mal venu à lui donner des ordres.

Le protégé de Marcel trouva la femme de son
patron dans un état d'agitation extraordinaire.

D'habitude, à cette heure et en cette saison, la
baronne était en grande toilette de jour, car elle
recevait de trois à quatre et elle allait au bois de
quatre à six. Mais, ce jour-là, tout était en désordre chez elle, les idées, le costume et les meubles. Il y avait des robes jetées sur des chaises et
des écrins ouverts traînaient sur les tables.

Dès qu'elle vit paraître Savinien, elle congédia
d'un signe sa femme de chambre qui s'empressa

de refermer la porte et de la laisser en tête à tête avec le jeune employé.

— Je vous ai fait prier de venir pour vous demander un service, dit-elle d'une voix émue.

— Un service ! à moi ? répéta Savinien, tout interdit.

— Oui, et un service d'une nature très-délicate, un service que je ne puis attendre que de vous, car vous m'inspirez la confiance la plus absolue... et le plus vif intérêt.

— Je suis prêt à faire de mon mieux, madame, pour justifier la bonne opinion que vous avez de moi.

— Voici ce dont il s'agit. Vous êtes employé aujourd'hui au guichet des payements ?

— Oui, madame.

— Eh ! bien, j'ai besoin de cinquante mille francs, à l'instant même. Veuillez descendre à la caisse et me les apporter.

Savinien tressaillit. C'était la seconde fois que, depuis son entrée en fonctions, on le sollicitait de faillir à son devoir. Il n'y avait pas encore bien longtemps que le fils du baron avait cherché à lui soutirer une grosse somme. Maintenant, la femme du baron lui en demandait une beaucoup plus forte, sans pouvoir mettre en avant le même prétexte que M. Ernest de Gondo, car elle n'avait pas de compte ouvert dans la maison de banque de son mari.

— Mais... c'est impossible, balbutia Brévan.

— Impossible ! et pourquoi ?

— Parce que je ne puis payer que sur un titre régulier.

— Bon! si je devais garder cette somme, mais je vous la remettrai demain à midi. C'est une avance de quelques heures.

— Je suis obligé de rendre mes comptes chaque soir, et je serais sévèrement blâmé, peut-être même remercié par monsieur le baron, s'ils n'étaient pas en règle.

— Ainsi, vous refusez de me sauver? s'écria la baronne d'une voix tremblante.

— Vous sauver!

— Oui, me sauver, reprit-elle en lui prenant la main et en le regardant avec ses grands yeux noirs où brillait une larme. Je ne puis vous dire ce que je veux faire de cet argent, mais vous devriez deviner que je cède à une nécessité terrible, inexorable, puisque je viens vous supplier de manquer à vos devoirs, de vous compromettre pour moi... vous, Savinien... vous que je...

Madame de Gondo n'eut pas le temps d'achever. La porte s'ouvrit brusquement, si brusquement qu'on aurait juré qu'elle était poussée par quelqu'un qui était aux écoutes derrière le battant, et Ernest de Gondo entra dans la chambre comme une bombe.

— Que signifie cette façon de vous présenter chez moi? demanda la baronne, pâle de colère.

— Ne vous fâchez pas, belle maman, riposta l'héritier présomptif, je n'ai que deux mots à vous dire, mais deux mots très-pressés, et, si vous vou-

lez bien m'accorder une minute d'entretien, là,
près de cette fenêtre...

— Je me retire, monsieur, s'empressa de dire
Savinien, car il ne demandait qu'à s'esquiver.

— Non pas, non pas, restez, jeune homme, restez, s'écria M. de Gondo fils qui paraissait aussi
troublé que sa belle-mère.

— Monsieur Brévan, je vous prie de rester, appuya la baronne. M. de Mariposa dîne ici ce soir et
j'ai à vous consulter sur des valeurs américaines
qu'il m'a proposé de me céder.

Savinien ne pouvait guère refuser. Il resta et il
se mit à compter machinalement les fleurs du tapis
pendant que madame de Gondo causait à voix
basse avec Ernest.

Leur colloque fut très-court, mais très-animé;
la baronne rougissait et pâlissait tour à tour pendant que son beau-fils lui jetait à l'oreille des phrases brèves et probablement significatives.

Savinien crut remarquer que, tout en parlant,
ils le regardaient à la dérobée, et son embarras ne
fit que s'accroître. Mais le jeune Gondo coupa
bientôt court à la conversation et sortit en jetant
cet adieu à sa belle-mère :

— Ce sera vite fait. J'y cours et je reviens.

Madame de Gondo écouta un instant le bruit de
ses pas qui s'éloignaient rapidement dans le corridor et revenant au fiancé de Cécile :

— Tenez-vous à végéter éternellement dans un
misérable emploi de commis? lui demanda-t-elle
avec une animation étrange.

— C'est mon lot, madame, et je n'en rêve pas d'autre, murmura Brévan, qui avait peur de commencer à comprendre,

— Ainsi, reprit la baronne d'une voix vibrante, vous vous trouvez heureux? Vous ne vous êtes jamais dit qu'il y a dans le monde des pays où un homme jeune, intelligent, hardi, peut conquérir promptement une immense fortune? Vous n'avez jamais envié le bonheur du baron qui arrivé pauvre à Constantinople, en est revenu riche à millions?

— Jamais, madame, dit froidement Savinien.

— Ah! vous ne connaissez pas cette vie enivrante de l'Orient, où l'opulence est à qui sait la conquérir. J'y suis née, moi, et j'aspire à y retourner, car je suis lasse de l'existence que je mène ici... lasse des liens qui m'y retiennent et que je voudrais briser... et, si je rencontrais quelqu'un qui comprît le bonheur que je rêve... qui fût prêt à me suivre...

— Le bonheur, je l'ai trouvé, madame, interrompit le protégé de Marcel. Je suis fiancé à une jeune fille que j'aime et que j'épouserai dans un mois.

Un éclair passa dans les yeux de la baronne et elle eut un geste de colère.

A ce moment, la porte s'ouvrit de nouveau et Ernest reparut. Il était essoufflé comme un homme qui vient de monter précipitamment l'escalier; si essoufflé, qu'il ne put adresser à sa belle-mère qu'un signe dont Savinien ne devina point le sens.

Madame de Gondo comprit sans doute que ce jeune financier avec quelque confidence à lui faire, car elle se redressa aussitôt et dit sèchement à celui qu'elle couvait des yeux tout à l'heure :

— Je ne vous retiens plus, monsieur ; votre fiancée vous attend, je suppose, et je me reproche de vous avoir gardé si longtemps.

Savinien s'empressa de profiter de la permission. Il lui tardait de fuir cette femme et il sortit sans remarquer le regard méchant qu'elle lui jeta pour adieu.

Le caissier en chef lui avait donné congé et il ne se souciait point de passer par le bureau. Il gagna donc la rue tout droit et il s'achemina très-lentement vers le petit logement qu'il habitait au bas de la rue du Rocher.

Il descendait le boulevard Malesherbes, la tête basse et rêvant à sa singulière entrevue avec la baronne, lorsqu'il entendit une voix à lui connue, la voix de Katinka, qui disait à un cocher de fiacre :

— A l'heure. Au coin de la rue Traversière-Saint-Antoine et de l'avenue Daumesnil.

Il fit un saut de côté ; la voiture tourna et il put apercevoir derrière la glace levée la figure de madame de Gondo.

XIV

En sortant de l'hôtel de Gondo, Savinien emportait une lourde provision de tristesse et d'inquiétudes. Il n'avait que trop bien saisi le sens des singuliers discours de la baronne, et il comprenait que sa situation allait devenir impossible dans une maison où il se passait de si étranges choses.

Depuis quelque temps déjà, cette situation était difficile, et il sentait autour de lui comme une atmosphère de malveillance. Son chef immédiat le traitait avec un dédain qui ressemblait à du mépris ; ses camarades lui faisaient froide mine et évitaient soigneusement sa compagnie en dehors du bureau.

Il avait d'abord attribué à la jalousie les façons hautaines du caissier et la réserve glaciale des employés. Ces gens-là devaient voir d'un très-mauvais œil un nouveau venu que le baron avait pourvu

d'emblée d'un poste de confiance. Mais il se demandait maintenant s'ils ne le soupçonnaient pas
d'actions honteuses, s'ils n'attribuaient pas la faveur dont il jouissait à la protection inavouée et
inavouable de la baronne.

Cette idée lui vint en réfléchissant à la proposition inouïe que madame de Gondo avait osé lui
faire en termes alambiqués, mais pourtant assez
clairs.

En d'autres circonstances, il aurait pu se moquer
des ridicules transports de cette épouse infidèle et
quadragénaire ; mais l'absurde passion qu'elle ne
rougissait pas d'avouer semblait à Brévan plus redoutable que risible. Il venait de blesser mortellement dans sa vanité de femme une Grecque dépra-
vée, vindicative, sans scrupules et sans foi. C'était
là une injure qu'elle ne pouvait pas oublier et
qu'elle devait certainement chercher à venger.

Entre elle et Savinien, la lutte était impossible.
Il ne songeait pas à la tenter. Il y songeait d'autant moins que d'autres motifs lui avaient fait
prendre en dégoût la maison du baron.

A tort ou à raison, il s'était imaginé qu'elle
abritait des mystères et que la prospérité appa-
rente des Gondo cachait des drames intimes.

Cette croyance se fondait sur des observations
assez futiles. Une ou deux fois, il avait remarqué
un homme mal vêtu et porteur d'une physionomie sinistre causant aux abords de l'hôtel avec la
suivante Katinka. Et, tout à l'heure encore, ne
venait-il pas d'entendre cette soubrette équivoque

21.

donner à un cocher de fiacre l'ordre de conduire
la baronne dans un quartier perdu, à l'angle d'une
rue mal famée ?

Du reste, les allures d'Ernest ne lui plaisaient
pas beaucoup plus que celles de sa belle-mère.
Ce viveur rapace, qui rôdait sans cesse autour
de la caisse paternelle, lui inspirait un invincible
dégoût, et il se disait qu'un jour ou l'autre il l'aurait pour ennemi.

Mieux valait ne pas attendre qu'une coalition se
formât, entre le fils et la femme de M. de Gondo,
contre lui, pauvre employé, trop faible et surtout
trop honnête pour leur résister avec quelque
chance de succès. Aussi avait-il résolu de tout raconter à M. de Colorado et de lui demander conseil, sans lui cacher que son plus vif désir était de
renoncer à une place dont les avantages pécuniaires
étaient trop largement compensés par beaucoup
de déboires et même de dangers.

Ce n'était pas sans hésiter un peu qu'il avait
pris cette décision, car il savait qu'elle allait causer
beaucoup de chagrin à Cécile, sa démission devant nécessairement retarder encore son mariage,
puisque depuis deux mois qu'il occupait sa place,
il n'avait pas encore eu la possibilité de faire assez
d'économies pour suffire aux dépenses d'une entrée en ménage. Mais il espérait que la protection
de M. de Colorado ne lui ferait pas défaut pour
l'aider à trouver un autre emploi.

La place de l'Europe était à peu près sur le chemin de son bureau à son domicile de la rue du

Rocher. Il y passa pour ne pas perdre de temps, mais il ne trouva pas M. de Colorado chez lui, et pour cause. M. Le Planchais n'était pas rentré depuis qu'il était parti pour Vincennes.

Les domestiques ne purent ou ne voulurent pas renseigner Savinien sur les causes de l'absence de leurs maîtres, et, après avoir attendu deux heures sur le trottoir de la rue de Constantinople, il se décida à quitter la place et à remettre sa visite au lendemain.

Cécile lui avait écrit le jour même qu'elle resterait fort tard à son atelier, et qu'il était inutile de l'attendre ce soir-là, parce qu'une ouvrière de ses amies devait l'accompagner pour rentrer chez elle, mais qu'elle le priait de venir la chercher, rue Albouy, à huit heures du matin. Il passa donc sa soirée tout seul, et la nuit il ne dormit guère.

Mais il se leva avant l'aube, et il fut exact au rendez-vous de sa fiancée.

Depuis quelques jours, il s'était abstenu d'aller chez elle pour ne pas donner prise aux propos de la méchante voisine, et il vit bien qu'il avait eu raison, car, en montant l'escalier, il trouva la porte de madame Alexis entr'ouverte, et il aperçut, par l'entrebâillement, la figure rougeaude de cette créature, qui paraissait n'avoir d'autre occupation que d'espionner les passants.

Cécile l'attendait, toute prête à sortir. Elle était rayonnante, et, quand il lui demanda le motif de sa joie, elle lui répondit en riant :

—Venez avec moi, je vous conterai cela en route.

Il n'insista pas pour rester, car il avait fort peu
de temps à lui, puisqu'il voulait voir M. de Colorado avant d'aller à son bureau. Ils descendirent
donc ensemble, et ils eurent le déplaisir de trouver
aux aguets la revendeuse, qui eut même l'impudence de les saluer d'un bonjour ironique.

En débouchant de l'allée dans la rue, Savinien
se heurta presque à un homme de piètre apparence, qui semblait hésiter à entrer dans la maison et qui s'effaça brusquement pour le laisser
passer.

— Serait-ce un de ceux qui vous suivent quand
vous allez à l'atelier ? dit-il à demi-voix.

Il eût été charmé de l'occasion de corriger un
de ces drôles, mais Cécile lui répondit vivement :

— Non, non, je ne l'ai jamais vu, et d'ailleurs,
depuis dimanche, on ne me suis plus. Venez, venez ! j'ai bien autre chose en tête.

— Mais où allons-nous ? demanda Savinien en
voyant qu'elle remontait vers la rue des Vinaigriers, au lieu de gagner, comme à l'ordinaire, le
boulevard Magenta qui conduisait au faubourg
Saint-Denis.

— Je vais chez madame Dortis, répondit Cécile
d'un air riant.

— Madame Dortis ! la mère de cette jeune fille
qui s'est trouvée mal chez M. de Colorado ?

— Et que j'ai reconduite en voiture, et que j'a-
vais cessé d'aller voir, parce que je rencontrais
souvent, à la porte de son hôtel, la mère Alexis

causant avec un homme dont la figure m'effrayait.
Ah ! mon ami, si vous saviez ce que madame Dortis
fait pour moi... pour nous.

— Pour nous ?

— Oui, Savinien, pour nous ; car, grâce à elle,
nous allons pouvoir nous marier dans six semaines... dans un mois... peut-être plus tôt... Combien faut-il de temps pour les bans ?

— Je ne sais... Mais expliquez-vous, ma chère
Cécile... vous me faites mourir d'impatience.

— Eh ! bien, voilà ! Mademoiselle Claire a parlé
de moi à sa mère... et peut-être aussi à M. de Colorado... et même, à ce propos-là, si vous me pro-
mettez d'être discret, je vous dirai bientôt un secret... que mademoiselle Dortis m'a confié et qui
la concerne... un secret d'amour...

— Cécile ! je vous en supplie, revenons à vous.

— Je le veux bien. Apprenez donc, monsieur,
dit la jeune fille en prenant un air sérieux, apprenez que je vais m'établir.

— Comment ! que signifie...

— Mon Dieu ! oui ; le patron d'une des bonnes
maisons de fleurs artificielles du faubourg Saint-
Martin veut vendre son fonds après fortune faite.
Madame Dortis me prête l'argent nécessaire pour
l'acheter, et elle me recommandera à de gros négociants pour me procurer des commandes. Je me
charge de diriger les ouvrières, vous vous occupe-
rez de la comptabilité, de la correspondance et du
dehors. Nous ferons des affaires excellentes, et,
qui sait ? un jour peut-être nous aurons une maison

de campagne... avec un jardin tout plein de lilas, dit Cécile en battant des mains.

— Mais c'est un rêve !

— Non ; madame Dortis m'attend ce matin pour signer l'acte. Oh ! nous pouvons accepter. C'est un prêt qu'elle me fait, et nous avons vingt ans pour rembourser le 'capital et les intérêts. C'est hier qu'elle m'a dit tout cela, et, depuis hier, je crois que je deviens folle... de joie.

Puis, changeant de visage tout à coup :

— Ma pauvre mère ! murmura-t-elle, comme elle serait heureuse si elle était encore avec nous ! Dimanche, mon ami, nous irons ensemble au cimetière.

— Oui, oui, nous irons... C'est elle qui nous protége là-haut... car c'est trop de bonheur, s'écria Savinien. Et moi qui tout à l'heure encore voyais l'avenir en noir... Ah ! la main de M. de Colorado doit être dans tout cela !

Cécile se pencha à son oreille et lui dit :

— Il aime mademoiselle Claire et... elle l'aime. Tant pis ! voilà le secret lâché.

— Je vais courir à son hôtel pour le remercier. Et j'ai à peine le temps... je dois être à mon bureau à neuf heures.

— Ce sera la dernière fois, mon ami, car j'espère bien que vous allez donner votre démission.

— J'y étais déjà presque décidé. Maintenant, je n'hésite plus. Et c'est pour cela qu'il faut que je vous quitte, dit Savinien, qui perdait aussi un peu la tête. Voici justement une voiture, je vais la prendre et passer par la place de l'Europe.

Tout en causant, les fiancés étaient arrivés au coin de la rue des Vinaigriers et du quai de Valmy. Un fiacre passait à vide. Savinien le héla, et le cocher amena ses chevaux contre le trottoir.

Le protégé de Marcel allait dire adieu à Cécile, et il avait déjà mis la main à la portière, quand il sentit qu'on lui touchait doucement le bras. Il se retourna, et il vit l'individu qu'il avait déjà rencontré dans la rue Albouy.

— Pardon, monsieur, dit ce personnage en ôtant poliment son chapeau ; je suis chargé de vous prier de passer tout de suite chez M. le baron de Gondo.

— Justement, j'y vais, répondit Brévan, très-surpris que le baron l'envoyât chercher si loin par un si vilain messager.

— Alors, monsieur, nous y allons, reprit l'homme.

— Je n'ai pas besoin de vous, répliqua sèchement Savinien en voyant que cet individu faisait mine de monter en voiture avec lui.

Mais celui-ci s'approcha et lui dit tout bas :

— C'est pour ne pas effrayer la petite dame qui est avec vous que je vous ai parlé du baron de Gondo. On vous attend chez le commissaire de police.

— Chez le commissaire de police! Quelle est cette plaisanterie?

— Je ne plaisante pas, monsieur, dit l'homme

sans élever la voix. J'ai ordre de vous y conduire, et, si vous désirez voir le mandat d'amener, je l'ai là dans ma poche.

— Qui êtes-vous donc ?

— Je suis inspecteur du service de sûreté, monsieur.

Savinien pâlit et s'appuya au mur pour ne pas tomber.

La scène se passait à l'angle d'un jardin qui faisait le coin du quai, à deux cents pas tout au plus de l'hôtel de madame Dortis. Cécile y assistait très-émue, car la figure de cet inconnu qui venait d'accoster son fiancé ne lui disait rien de bon. Mais elle n'avait pas compris d'abord, et ce fut seulement lorsqu'elle vit Savinien tout près de défaillir qu'elle se rendit compte de la situation.

Elle ne dit pas un mot ; elle prit le bras de son fiancé, et ses yeux exprimèrent si bien la résolution de ne pas le quitter que l'agent ajouta d'un air aimable :

— Mademoiselle peut venir avec vous, si ça lui fait plaisir.

Il savait son métier, cet inspecteur de la sûreté, et il connaissait sans doute l'axiome si souvent mis en pratique par les juges d'instruction : « Cherchez la femme. »

— C'est bien. Marchons, dit Brévan, déjà remis de son trouble.

— Il y a loin d'ici au quartier de l'Europe, lui souffla le policier... Nous pouvons y aller en voiture.., à condition que je monterai avec vous.

Le jeune homme ouvrit la portière, fit passer Cécile et se plaça à côté d'elle sur la banquette du fond, pendant que l'agent donnait au cocher l'adresse du commissariat.

Étourdie, accablée, écrasée, la malheureuse enfant n'avait pas la force de parler. Peut-être aussi n'osait-elle pas questionner Savinien. Elle le regardait en cherchant à lire sur son visage et elle se serrait en tremblant contre lui.

L'agent sauta dans le fiacre, s'assit en face d'eux et le cocher fouetta ses chevaux.

— De quoi m'accuse-t-on? lui demanda le jeune caissier.

L'inspecteur tira un portefeuille éraillé, y prit un papier de format administratif et le lui tendit silencieusement.

Il ne voulait pas prononcer devant la jeune fille les terribles mots écrits à la main qui remplissaient le blanc du mandat imprimé.

Le chef du service de sûreté recommande à ses agents d'avoir des égards et il ne leur défend pas d'avoir du cœur.

Savinien lut d'un coup d'œil et remercia d'un signe de tête.

— C'est à la requête de M. de Gondo que cet ordre a été donné? dit-il avec assez de calme.

— Oui, la plainte est arrivée à la préfecture hier soir à onze heures. On m'a remis le mandat ce matin.

— Pourquoi ne m'avez-vous pas arrêté chez moi?

— Je suis arrivé rue du Rocher, juste comme vous sortiez. Vous êtes passé devant moi pendant que je vous demandais à la concierge. Vous étiez déjà dans la rue quand elle m'a dit que c'était vous. Alors, je vous ai *filé*.

— Il était inutile de me suivre. Vous pouviez m'aborder immédiatement. Je n'aurais pas refusé de vous accompagner.

— J'avais des instructions pour le cas où je ne vous trouverais pas à domicile.

— C'est vous que j'ai rencontré rue Albouy?

— Oui.

— Pour quelle raison ne vous êtes-vous décidé à m'arrêter que sur le quai?

— Parce que vous alliez prendre une voiture. Si je vous avais laissé monter dedans, ma *filature* était manquée.

Savinien se tut. Il en savait assez. Évidemment, la police, avant de le prendre, avait voulu épier ses démarches et connaître les personnes qu'il fréquentait. Dans quel but? Il ne se l'expliquait pas encore très-bien, quoiqu'il entrevit déjà confusément qu'il pourrait avoir à se repentir d'être allé ce matin-là, voir Cécile.

Elle n'en pensait pas tant, la pauvre petite. Elle avait à peine entendu les questions de son fiancé et les réponses de l'agent de police. Elle ne comprenait qu'une chose, c'était que Savinien courait un danger et qu'elle ne voulait pas l'abandonner, quoi qu'il advînt.

Savinien, lui, faisait son examen de conscience

et cherchait vainement en quoi il pouvait avoir donné prise à une accusation de vol.

La scène qu'il avait eue la veille avec la baronne lui revint naturellement à l'esprit, mais il eut beau se rappeler les moindres détails de cette singulière entrevue, il ne parvint pas à deviner pourquoi on l'arrêtait, alors que, précisément, il avait refusé de céder aux instances et aux séductions de madame de Gondo qui le pressait de commettre un détournement dans la caisse de son mari. D'ailleurs, il se sentait fort de son innocence et il ne tremblait pas. Il souhaitait même ardemment de comparaître devant le commissaire afin de savoir au juste ce qu'on lui imputait, et il ne doutait pas de se justifier facilement.

Le trajet lui parut court, tant il était absorbé par la pensée de mettre fin promptement aux angoisses de Cécile, dont il sentait la main frémir dans la sienne.

On arriva devant la maison à lanterne rouge et l'agent s'empressa de descendre pour montrer à son compagnon et à sa compagne de voyage le chemin du bureau.

Savinien voulut payer le fiacre, mais le policier s'y opposa en disant :

— Justement, il est à quatre places. Nous pouvons en avoir besoin tout à l'heure.

Une allée étroite et un escalier malpropre les conduisirent à une grande pièce située au premier étage et garnie de bancs où étaient assis deux vagabonds en guenilles et un sergent de ville. Au fond de cette salle nue et triste, le secrétaire du commissariat classait des paperasses sur une table de bois noir. L'agent vint lui parler bas, et, après un bref colloque, poussa une porte à battant mobile et disparut dans le cabinet voisin.

— Je croyais trouver ici M. de Gondo, dit Savinien à l'employé.

— Asseyez-vous, répondit brutalement ce scribe que ses relations forcées avec les coquins n'avaient point accoutumé à la politesse.

Brévan se redressa, et il allait le prendre de très-haut, mais Cécile le supplia du regard et il se tut.

Un instant après la porte se rouvrit et l'agent reparut.

— M. le commissaire vous demande, dit-il.

Il ajouta :

— Mademoiselle va vous attendre ici.

— Enfin ! murmura le protégé de Marcel.

Et il entra dans le cabinet, après avoir serré la main de sa fiancée.

Le commissaire de police était dans son fauteuil, devant son bureau, le dos tourné à la fenêtre, et il lui indiqua du geste un siége.

Il y eut un silence qui dura près d'une minute.

Savinien attendait fièrement qu'on l'interrogeât. Le commissaire étudiait le visage de Savinien qui se trouvait en pleine lumière.

Il y lut l'irritation, mais non pas la crainte, et il se mit à chercher un coup droit pour commencer l'attaque.

— Hier, dit-il, dans les bureaux de M. le baron de Gondo, une somme de cent mille francs a été soustraite à la caisse.

Savinien ne sourcilla pas. Il s'attendait à quelque chose de pareil.

— A quelle heure ce vol a-t-il été commis? demanda-t-il froidement.

— Vous devez le savoir, répondit le commissaire d'un ton sec.

— Je sais qu'à trois heures et demie, appelé chez madame de Gondo, j'ai laissé au caissier en chef le portefeuille et le numéraire.

— Les a-t-il vérifiés en votre présence ?

— Non, quoique je l'en aie prié.

— Eh ! bien, c'est en faisant sa caisse, après la fermeture du guichet, c'est-à-dire de quatre à cinq heures, qu'il a reconnu le déficit.

— Je ne suis pas responsable de ce qui s'est passé après mon départ, car je n'ai plus remis les pieds dans le bureau.

— Alors, vous prétendez que la soustraction de cette somme de cent mille francs doit être imputée au caissier principal ?

— Non, mais j'affirme que je n'y suis pour rien.

— C'est ce qu'il faudra prouver.

— Pardon ! il me semble que c'est plutôt à vous de prouver que je suis coupable.

Le commissaire fit un haut-le-corps. Il ne s'attendait pas à une défense si calme et si nette.

— Déjà, depuis que vous êtes entré dans la maison de banque de M. de Gondo, reprit-il, un paquet de dix billets de mille francs a disparu dans des circonstances à peu près identiques.

— C'est vrai, répondit Savinien sans se troubler ; mais cette fois-là on ne m'a pas fait l'injure de me soupçonner.

— Où êtes-vous allé hier en sortant de l'hôtel de M. de Gondo ?

— Chez M. de Colorado, place de l'Europe.

— L'étranger qui vous a recommandé à M. le baron ?

— Oui, monsieur, M. de Colorado n'était pas chez lui. Je suis allé dîner au petit restaurant où je mange habituellement et je suis rentré me coucher de très-bonne heure.

— Et ce matin, qu'avez-vous fait ?

— Je me suis levé avant le jour et j'ai été rue Albouy.

— Chez votre maîtresse ?

— Non, monsieur, chez une jeune fille que je suis à la veille d'épouser.

Le commissaire eut un sourire incrédule. Par état, il ne croyait guère aux liaisons innocentes.

— Et ensuite, reprit-il, vous êtes sorti avec elle ; au moment où l'agent vous a arrêté sur le quai de Valmy, vous veniez d'appeler le cocher d'une voiture de place. Où vous proposiez-vous de vous faire mener ?

— Chez M. de Colorado d'abord, et de là à mon bureau.

— Qu'aviez-vous donc de si pressé à dire à votre protecteur?

— Je voulais le consulter sur le projet que j'avais formé de me démettre de mon emploi.

— Ah! et pourquoi alliez-vous renoncer à une place qui vous faisait vivre?

— Pour des raisons que je ne suis pas obligé de vous dire.

— Fort bien. Je les devine. Vous vouliez quitter la France pour jouir tranquillement des cent mille francs que vous avez pris hier. Où sont-ils?

— Je vous répète, monsieur, que je n'ai rien pris. Ma caisse était en règle au moment où j'ai quitté le bureau. Il ne tenait qu'à mon chef de la vérifier. Il lui a plu de ne pas le faire. Je ne pouvais ni l'y obliger, ni refuser de me rendre chez madame de Gondo qui me faisait appeler.

— Écoutez-moi, jeune homme, dit le commissaire d'un ton paternel. M. le baron de Gondo ne s'est décidé à porter plainte contre vous que contraint et forcé, pour ainsi dire. Vous lui avez été recommandé par un de ses clients qu'il tient en très-haute estime et il lui répugne de vous perdre. Il est tout disposé à retirer sa plainte si vous restituez volontairement la somme. Ainsi, je vous engage à entrer franchement dans la voie des aveux.

— Et que voulez-vous que j'avoue, puisque je suis innocent? Cette accusation est absurde. Qu'aurais-je fait de cet argent? Depuis hier, je n'ai pas pu le dépenser, vous en conviendrez. Si je l'avais volé, il serait dans ma poche ou chez moi. Vous pouvez me fouiller et fairè une perquisition à mon domicile. Si vous ne trouvez rien, ni sur moi, ni dans mon logement, je suppose que vous ne me retiendrez plus.

— Ainsi vous persistez à nier.

— Oui, certes.

— Prenez garde. Une fois que votre affaire sera entre les mains du juge d'instruction, personne n'aura plus le pouvoir de l'arrêter.

— Je le sais et je n'ai rien à répondre à vos insinuations. Je ne suis pas coupable. Je n'ai donc rien à craindre.

— Fort bien. Je vais procéder sur le champ aux perquisitions que vous demandez. Si vous couchez ce soir au dépôt de la préfecture, vous n'aurez à vous en prendre qu'à vous-même.

Ayant dit, le commissaire se leva, mit son chapeau et son pardessus, montra la porte à Savinien et sortit derrière lui.

Cécile attendait, pâle et tremblante, assise dans la salle commune, à côté de l'agent qui se leva en apercevant son chef et le suivit dans un coin où ils échangèrent quelques mots à demi voix. Puis, revenant aux pauvres fiancés qui se regardaient tristement sans oser se parler :

— Venez, leur dit-il, M. le commissaire vous attend.

Ils obéirent machinalement. Cécile avait à peine la force de penser. Savinien ne se demandait pas pourquoi on voulait qu'elle fût du voyage. Il lui semblait qu'il faisait un mauvais rêve et il espérait que ce mauvais rêve allait bientôt finir.

Le fiacre était resté à la porte. Ils y montèrent tous les quatre, le commissaire et Cécile dans le fond, Savinien et l'inspecteur de la sûreté sur le devant. Celui-ci avait donné tout bas l'ordre au cocher. On partit.

Le jeune homme croyait qu'on allait chez lui, rue du Rocher, et il se disait que, dans quelques instants, son innocence allait éclater. Il s'aperçut bientôt que la voiture filait tout droit par la rue de la Pépinière et la rue Saint-Lazare, et qu'elle allait arriver devant la gare de l'Ouest.

— Je croyais que vous me conduisiez chez moi ? dit-il.

— Nous irons plus tard, soyez tranquille, répondit sèchement le commissaire.

— Où me menez-vous donc ?

— Vous le verrez.

Savinien se tut. Ce ton méprisant le révoltait, et il sentait bien que, s'il parlait, il se laisserait aller à un accès de colère.

Il était assis en face de Cécile. Leurs yeux se rencontrèrent et il lut une prière dans ceux de sa fiancée. Elle semblait le supplier de lui épargner de nouvelles émotions et il puisa dans ses regards la force de se contenir.

Où allait-on ? Il ne le devinait pas.

Le commissaire avait tiré des papiers de sa poche et les lisait attentivement. L'agent, penché à la portière, observait les passants, sans doute pour n'en pas perdre l'habitude.

On roula longtemps ainsi, et ce fut seulement lorsque le fiacre entra dans la rue du Château-d'Eau que Savinien entrevit le but de ce voyage forcé. La maison qu'habitait Cécile était là, tout près. Était-ce donc chez elle qu'on le conduisait et dans quel but ?

Le cocher tourna sans hésiter par la rue Albouy, la remonta au grand trot et s'arrêta devant la porte du n° 75. Savinien comprit tout à fait.

Les perquisitions allaient commencer par la chambre de l'ouvrière.

— Ils la soupçonnent d'être ma complice, pensait-il en frémissant ; ils croient trouver chez elle l'argent qu'ils m'accusent d'avoir volé. Ah ! c'est infâme.

Cécile comprenait peut-être aussi, car elle était bien pâle.

En mettant pied à terre, Savinien crut apercevoir à une fenêtre la figure de la marchande à la toilette qui disparut aussitôt.

Le commissaire entra le premier dans l'étroite allée. Cécile et Savinien le suivirent poussés par l'inspecteur, qui fermait la marche.

— A quel étage ? demanda-t-il.

— Au sixième, répondit laconiquement Savinien.

Aux poignantes émotions de l'incertitude qui l'avaient agité pendant le trajet, succédait une rage froide. Il était affligé tout à l'heure ; maintenant, il était indigné et résolu.

Tant que les soupçons n'avaient atteint que lui

seul, il s'était contenté de les repousser avec dédain et il avait supporté avec indifférence les ri-
gueurs du commissaire. Mais l'humiliation qu'on
allait infliger à Cécile le révoltait comme une
odieuse injustice, et il attendait avec impatience
le moment où son innocence serait prouvée pour
dire leur fait à ceux qui n'avaient pas craint d'im-
pliquer sa fiancée dans une accusation abominable.

Cependant, la pauvre enfant montait en s'appuyant sur son bras, silencieuse et résignée. Elle
n'eut pas le crève-cœur de passer sous les yeux
de madame Alexis. Par extraordinaire, la porte
de la revendeuse était fermée.

Au sixième étage, le commissaire s'arrêta, faute
de pouvoir aller plus loin. L'escalier finissait là.

— Vous avez votre clef ? demanda-t-il à la jeune
fille.

Cécile ouvrit sa porte sans répondre, et, quand
tout le monde fut entré, l'agent la referma pour
prévenir toute tentative d'évasion.

La chambrette était tout ensoleillée. Un souffle
printanier caressait les humbles fleurs du jardin
suspendu sur la gouttière, et les oiseaux favoris
de l'ouvrière chantaient joyeusement dans leur
cage. Le pauvre mobilier de la mansarde brillait de
propreté, et les outils de la fleuriste s'étalaient sur
la petite table de sapin, parmi des roses artificielles, comme le jour où elle avait reçu pour la
première fois la visite de M. de Colorado.

Le commissaire regardait cet intérieur dont la
simplicité équivalait presque à une attestation de

vertu, et il semblait se demander s'il fallait croire
que la jeune fille laborieuse qui l'habitait avait pu
se rendre complice d'un vol. Mais il exerçait depuis longtemps ses redoutables fonctions et il
avait appris à ne pas se fier aux apparences. Aussi
son hésitation ne fut-elle pas de longue durée.

— Remettez-moi vos clefs, dit-il à Cécile.

— C'est inutile, répondit Savinien avec amertume. Vous voyez bien que rien ne ferme ici.

C'était vrai. Les tiroirs de la table étaient ouverts, le buffet et la commode aussi. L'armoire en
noyer n'avait pas de porte.

Le commissaire fit un signe et l'agent commença
la perquisition.

Cécile, anéantie, s'était laissé tomber sur une
chaise. Savinien se tenait debout, adossé à la fenêtre,
les bras croisés, la tête haute, regardant d'un œil
irrité l'inspecteur qui fouillait méthodiquement,
vidant les tiroirs, soulevant les assiettes, palpant
les robes, dépliant le linge.

C'était un odieux spectacle que ce furetage impitoyable. Ces rudes mains accoutumées à em-
poigner les voleurs et les assassins maniant ces
objets qu'avait touchés Cécile, faisaient à Savinien
l'effet de deux grosses araignées souillant la jeune
fille de leur contact impur. Il lui semblait assister
à une profanation de ses chastes amours.

L'homme acheva de scruter et de sonder les
meubles, interrogea le commissaire d'un coup
d'œil et alla droit au lit, à la pauvre couchette sans

rideaux où la veille encore l'ouvrière s'était endormie en rêvant de son fiancé.

— C'est indigne, s'écria Savinien, de quel droit agissez-vous ainsi? Je vous défends de toucher à ce lit.

Et il s'avança les poings fermés. Mais presque aussitôt il s'arrêta et il recula comme si un spectre lui eût barré le passage.

Le policier avait cherché d'abord sous le chevet et il venait d'en retirer une liasse de billets de banque, des billets de mille francs qu'il exhibait triomphalement.

— J'ai eu raison de commencer par la femme, dit le commissaire en prenant le paquet des mains de son agent.

— Mais ce n'est pas vrai... c'est une infamie... ces billets ont été apportés ici par quelqu'un... on a voulu me perdre, balbutia Savinien qui chancelait comme un homme frappé d'un coup de massue.

— Tout y est, murmura le commissaire après avoir compté. Le baron a de la chance que l'affaire me soit venue.

— Monsieur, je demande justice... je suis victime d'une machination horrible... et Cécile est innocente...

— Vous direz tout cela au juge d'instruction. En attendant, veuillez vous taire et suivre l'agent qui va vous conduire à la préfecture.

— Et elle? qu'allez-vous faire d'elle? cria Savinien éperdu.

22.

— Je veux bien lui épargner la salle commune du dépôt, répondit le commissaire. Je vais l'envoyer directement à Saint-Lazare.

Cécile se leva, étendit les bras et tomba sans connaissance sur le carreau de la chambre.

— Restez là, dit le commissaire à son agent, pendant que Savinien se précipitait pour relever sa fiancée. Je vais vous envoyer deux sergents de ville et vous attendre en bas.

Et il sortit, en ayant soin de fermer la porte et d'emporter la clef.

Madame Alexis avait repris position à sa fenêtre et, au bout d'un quart d'heure, elle eut le plaisir de voir porter dans un fiacre Cécile évanouie et Savinien monter dans une autre voiture avec l'inspecteur de la police de sûreté.

La fournisseuse attitrée de la maîtresse d'Atkins n'avait pas perdu sa journée.

FIN DU TOME SECOND.

Le troisième et dernier volume des *Mystères du Nouveau Paris* a pour titre : *l'Omnibus du Diable.*

F. Aureau. — Imprimerie de Lagny.

Librairie de E. DENTU, Palais-Royal

ROMANS ET NOUVELLES, COLLECTION A 3 FR. ET 3 FR. 50 LE VOLUME

Paris. —Alcan-Lévy, imprimeur breveté, 61, rue de Lafayette

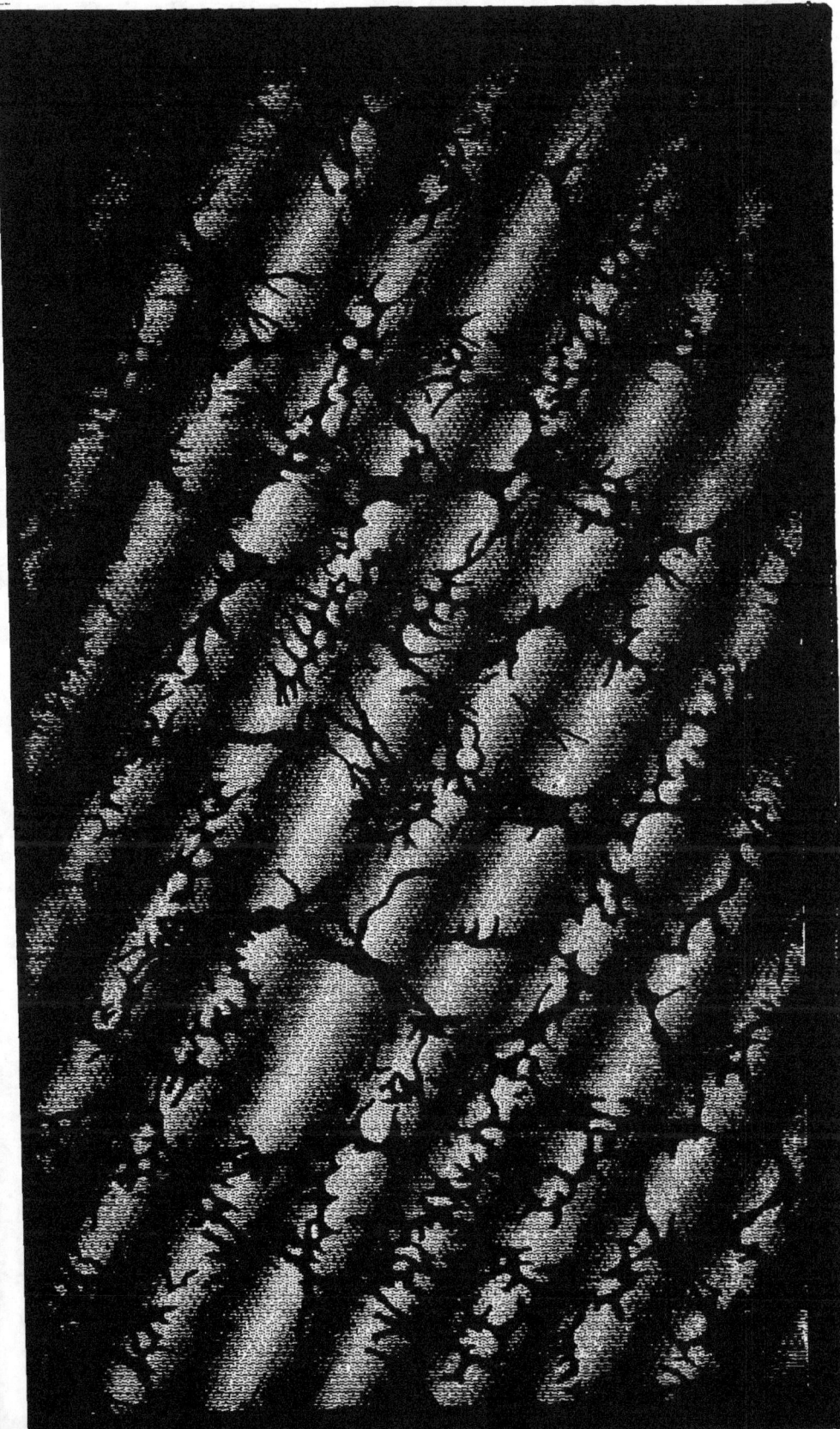

www.ingramcontent.com/pod-product-compliance
Lightning Source LLC
Chambersburg PA
CBHW050748030726
47505CB00002B/459